KB133814

여행이라는 참 이상한 일

어이없고 황당하고 늘 후회하면서도
또 떠나고야 마는

여행이라는 참 이상한 일

한수희 지음

indıgo

여행이라는 참 이상한 일

✈

별것 아닌 일들을 위한 여행

그 누구의 것도 아닌 나의 여행

프롤로그

|

나는 왜 여기까지 왔단 말인가?

한때 나는 내가 여행을 좋아하는 사람인 줄 알았다. 사실 이 여행기를 쓰기 전까지도 그런 줄로만 알았다.

돈이 생기면 가장 먼저 하고 싶은 일은 비행기 표를 끊는 일이다. 새해의 달력을 받을 때마다 언제쯤 여행을 가면 좋을지 궁리한다. 돈이 없어진다고 상상했을 때 가장 무서운 것은 더는 여행을 떠날 수 없다는 사실이다. 그건 내게 거의 사형선고에 가깝다.

나는 그렇게 좋아하는, 아니 좋아한다고 믿어온 여행을 매해 해왔다. 인터넷을 열심히 뒤져 가장 싼 비행기 표를 예약하고 일정을 짠다. 출발일까지 몇 개월이나 남았는데 매일 인터넷으로 그곳에 관한 정보를 검색한다. 몸은 갑갑한 책상 앞에, 붐비는 지하철 안에, 멋없는 거리에, 지겨운 내 방 침대 위에 있어도 마음은 이미 그곳에 도착해 있다. 아무리 화나는 일이 있어도 몇 달후면 공항에서 그곳으로 떠나는 비행기를 기다리고 있을 거라는 생각을 하면 기분이 좋아졌다. 남들은 상상조차 못 할 엄청나고 특별한 비밀이라도 품은 기분이었다.

하지만 실제로 그곳에 도착하면 나는 매번 같은 생각을 한다.

'그 많은 돈을 들여서, 그 개고생을 해가며, 나는 왜 여기까지 왔단 말인가?!'

대체 여행이 뭐라고. 여행지에서 내가 하는 일이라고 해봤자 낯선 도시에 떨어져 숙소를 찾고 밥 먹을 곳을 찾고 메뉴판 속의 해독 불가능한 글자들을 어떻게든 읽어보려 노력하고 남들은 어떻게 하는지 눈치를 보고 온종일 잔뜩 긴장한 채로 돌아다니면서 '저건 어디에 쓰는 물건일까?' '저 사람은 왜 저런 행동을 하는 걸까?' 추측만 하다가 그나마 가장 자신 있는 만국 공통의 행위인 쇼핑에 열정을 불태운 후 끊어질 것처럼 아픈 다리를 질질 끌고 숙소로 돌아와 그대로 침대 위에 쓰러지는 날들의 반복일 뿐이다. 그리고 정해진 날짜가 되면 다시 짐을 꾸려서 공항으로 떠나 집으로 가는 비행기에 올라탄다.

사실 일을 하는 것보다는 그 일을 하는 나를 상상하는 것이 더 즐겁고, 실제의 연애보다는 추억 속의 연애가 더 아름다운 법이다. 마찬가지로 여행을 하는 것보다는 여행지에서 보고 듣고 느끼게 될 것을 상상하거나 전에 했던 여행의 기억을 떠올리는 쪽이 훨씬 더 낭만적인 일이다.

나는 태어나고 자란 도시에서 전학 한번 가본 적 없는 평범한 여자애였다. 도시는 너무나 작아서 시내라는 곳에 나가 도서관과 극장과 우체국과 서점과 빵집을 지나 한 바퀴를 천천히 돌아도 15분이면 충분했다. 그렇게 걷다 보면 어릴 적 이웃부터 부모님 친구, 유치원, 초중고 동창생을 고루 마주칠 수 있었다.

옥상에 올라가면 언제나 남쪽의 바다가 보였다. 잔잔하고 따뜻한 바다 위에는 작은 섬들, 그리고 더 먼 바다를 향해 떠나는 고깃배들이 있었다. 나도 떠나고 싶었다. 이 익숙하고 갑갑한 현실에서 벗어나 이방인이 될 수 있기를, 특별한 사람이 될 수 있기를 간절히 바랐다.

그런 내가 그간의 여행들을 통해 깨달은 것은 이런 것이다. 나는 여행을 하는 것보다 여행을 하는 나를 더 좋아한다. 여행의 계획을 짜고 짐을 꾸려 새벽녘에 집을 떠나 공항의 대합실에 앉아 비싼 커피를 마시며 창밖의 비행기들을 바라보는 나를 좋아한다. 가본 적 없는 도시를 향해 출발하거나 그런 도시에서 막 도착한 비행기들을 바라보는 나를 좋아한다. 이제 곧 미지의 세계를 향해 떠날 나를 좋아한다. 나는 그런 나를 여행보다 더 좋아한다.

사실 나는 낯선 곳을 싫어한다. 낯선 상황도 싫다. 낯선 사람들과 낯선 언어 속에 둘러싸여, 어딘가에 가고 무언가를 해내야 한다는 생각을 하면 겁부터 난다. 길을 잃는 것도, 길을 묻는 것도 싫다.

하지만 나이가 들수록 인생은 조금씩 예측 가능해지는 법이다.

아니, 인생이 예측 가능해졌다기보다는 인생에 대한 나의 태도가 예측 가능해졌다고 보는 것이 맞는 표현일 것이다. 이제는 새로운 상황이 발생해도 예전처럼 회복 불능의 패닉 상태까지 가지는 않는다. 나는 이런 말들로 나 자신을 달랜다. '지난번에도 비슷한 일이 있었지. 그때도 넌 미친 여자처럼 난리를 쳤지만 결국 넘어갔잖아. 그러니까 이번에도 어떻게든 될 거야.'

그러나 여행지에서 나는 회춘이라도 한 것처럼, 고국에서라면 겪지 않아도 될 난처한 상황에 놓이고 낯선 곳에 도착하고 당황하고 절망하는 일을 반복해야 한다. 끔찍하게 하기 싫은 일도 해야 한다. 길을 헤매거나 길을 묻거나 남을 괴롭히거나 남에게서 괴롭힘을 당하는 일들을. 일상에서는 하지 않아도 좋을 일들을. 예측 불가능한 상황 속에 놓이는 일들을. 나는 다시 어린 시절의 나로 돌아간다. 이런 게 여행이라면 나는 여행이 싫다. 나는 여행을 좋아하지 않는다.

하지만 그 싫어하는 여행을 나는 한다. 왜냐하면, 거기에는 내가 좋아하는 것들도 있기 때문이다. 좋아하는 것들을 하기 위해서는 싫어하는 것들을 곱절은 해야 한다는 걸 이제는 알기 때문이다. 시간이 흘렀을 때, 가끔은 싫어하는 것들이 가장 즐거웠던 일이 되기도 한다는 걸 이제는 알기 때문이다.

더불어 나는 이 낯선 장소에서 모국어라는 갑옷을 입지 않은 나를, 이 사회의 시스템에 대해서 아는 것 하나 없는 나를, 마치 어린아이나 촌뜨기로 돌아간 것 같은 나를 발견한다. 결국 길게는 20시간씩 비행기를 갈아타고 몇 달치 생활비를 며칠 만에 탕진하고 낯선 숙소에서 외로움과 두려움에 벌벌 떨며 입맛에 맞지 않는 음식에 눈물을 흘리고 사기꾼과 호객꾼에게 당하고 온종일 다리가 부러질 정도로 걸어 다니는 이 모든 비이성적이고 비효율적인 일들을 통해 내가 이역만리 타국에서 찾게 되는 것은, 바로 나 자신이다.

그러므로 내게 여행이란 건 '가장 먼 곳에서 나를 발견하는 일'이다. 좋든 싫든 그것이 나다. 그게 '진정한 나'라고 장담할 수는 없다. 하지만 나 자신의 일부인 것은 확실하다. 그리하여 여행이 끝날 때마다 나는 같은 사람인 채 다른 사람이 되어 돌아온다. 그건 미처 기대하지 못했던 보너스 같은 것이다.

그러니 다들, 즐거운 여행 되시길.

가이드북에서 한 페이지를 할애한 보석 사기를
가이드북에 나온 그대로 당하다니, 참 이상한 일이다.
고향이 아닌 곳에서 고향의 느낌을 받으러
그 먼 길을 가다니, 참 이상한 일이다.

여행은 참 이상한 일이고,
그 이상한 일을 하기 위해서 매번 짐을 꾸린다.

여행이라는 참
이
상
한
일

내가 살아본 적 없는
인생

나는 언제나 슈트케이스보다는 배낭이다.
나는 내 인생을 끌고 다니기를 원하지 않는다.
나는 어깨에 이고 다니는 쪽이다. 성큼성큼.

끄라비 공항의 짐 찾는 곳에 한 커플이 서 있었다. 처음에는 홍콩이나 싱가포르 사람이 아닐까 싶었는데, 한국인들이었다. 단정한 머리 모양에 선글라스를 쓰고 바나나 리퍼블릭이나 클럽 모나코의 모델들처럼 차려입고는 손에는 작은 가죽 가방을 든 커플이었다. 먼지도 흠집도 헝클어진 데도 없는 커플이었다. 순간 그들이 부러워졌다. 어쩌면 그들의 인생이.

방콕에서 며칠을 보내다 남부의 해안 도시 끄라비까지 비행기를 탔다. 끄라비에서는 아름다운 피피 섬으로 가는 배를 탈 수 있기 때문이다. 작은 비행기는 끄라비에 착륙하기 전 기류 불안정으로 심하게 요동쳤다. 나는 주위를 둘러보았다. 의자 팔걸이를 꽉 붙잡고서 눈을 크게 뜨고 주위를 둘러보는 한 중국 아주머니와 눈이 마주쳤다. 마치 거울을 보는 것 같았다. 아주머니에게 동지의식과 부끄러움을 동시에 느끼면서 슬그머니 눈길을 피했다.

끄라비 공항이 창밖으로 내려다보일 정도로 가까워지자 비행기가 기체를 서서히 앞으로 숙이기 시작했고, 구름을 통과할 때 복도를 걸어 다니며 승객들의 안전벨트를 체크하던 승무원들이 의자를 붙잡고 휘청거릴 정도로 기체가 흔들렸다. 아이들은 좋다고 깔깔대고 중국 아주머니는 괴성을 지르고 나는 식은땀을 흘리며 목구멍 속에서 하느님과 알라신과 부처님의 이름을 외쳤다. 그러면서 승무원들의 표정을 체크하는 것도 잊지 않았다. 그들은 '이런 일쯤이야 밥 먹듯이 일어나는 걸' '기장님도 참!'의 얼굴로 생글거리며 복도 위를 협곡 사이에 놓인 흔들다리라도 되는 듯 위태롭게, 하지만 꿋꿋이 걸어갔다. 하지만 나는 그들의 눈빛에 0.0002초 정도의 속도로 스쳐 지나간 두려움을 놓치지 않았다. 저들은 분명 비행기가 땅이나 바다를 향해 속수무책으로 곤두박질치는 순간에도 미소를 잃어서는 안 된다는 훈련을 받았을 것이다. 복도를 지나쳐 비행기 뒤편에 다다르면 커튼을 닫고 엎드려 울면서 기도를 하거나 부모나 애인에게 전화를 걸거나 구명조끼를 챙겨 입고 산소마스크를 쓸 것이다. 하지만 땅 위에 추락할 때 구명조끼가 무슨 소용인가. 중국 아주머니를 끌어안고 울고만 싶은 심정이었다.

약 10분 후, 나는 살아서 끄라비 공항의 짐 찾는 곳에 서 있었다. 죽음을 목전에 둔 사람이 할 만한 다짐('앞으로 착하게 살겠습니다!') 따위는 늘 그렇듯 깡그리 잊어버린 내 곁에는 그 커플이 있었다. 남자는 흰 셔츠에 면바지를 입고 가죽 구두를 신었다. 여자는 구김 하나 없는 스커트를 입고 가벼운 스웨터를 어깨에 걸친 채로(이 더위에 스웨터라니!) 작은 귀걸이도 하고 엷은 화장까지 했다.

지금껏 수도 없이 열대의 나라들을 여행했지만, 단 한 번도 그들과 같은 차림일 수 있으리라고는 상상도 못해봤다. 첫 여행 때는 집에서 입는 옷, 입다가 버릴 옷만 배낭 속에 잔뜩 쑤셔 넣어 갔다. 정말로 입다가 버릴 작정이었는데 집착이 심해서 양말 한 짝 버리지 못하고 고스란히 갖고 돌아왔다. 여행지에서의 구질구질한 내 모습에 짜증이 난 다음부터는 좋아하는 옷들을 가져갔다. 그래봤자 죄다 소매 없는 티셔츠, 소매 있는 티셔츠, 소매 대신 어깨끈이 달린 티셔츠였다. 허름한 청바지나 짧은 스커트나 핫팬츠를 가져가기도 했다. 내가 여행지에서 입을 옷을 고르는 기준은 간단했다. 가볍고 얇고 잘 구겨지지 않고 빨았을 때 금방 마르는 것. 거기에 머리는 산발을 하거나(생각해보니 머리를 빗지 않은 지 20년은 된 것 같다.) 질끈 동여매거나 밀짚모자를 쓰거나, 반다나 또는 헤어밴드로 대충 가리고 다녔다.

게다가 나는 언제나 슈트케이스보다는 배낭이다. 나는 성큼

성큼 걷는 여자이기 때문이다. 성큼성큼 걷는 여자에게는 슈트케이스가 어울리지 않는다. 슈트케이스는 '나는 내 인생을 끌고 다니고 있어. 개처럼 질질'의 느낌으로 끌고 다녀야 한다. 나는 내 인생을 끌고 다니기를 원하지 않는다. 나는 어깨에 이고 다니는 쪽이다. 성큼성큼.

다만 내 여행용 배낭은 턱없이 작다. 회사에 다니던 시절에 호텔에서 열리는 유럽의 한 등산용품 브랜드 런칭 행사에 초대받은 적이 있다. (나도 한때는 그런 데 초대도 받고 그랬다.) 오로지 호텔 밥을 먹고 싶어 간 것인데, 그날의 메뉴는 감사하게도 스테이크였다. 하지만 스테이크보다는 얇게 썬 납작한 노란색 버터가 얌전히 올려져 있던 작은 접시가 더 기억에 남는다. 버터는 적당하게 물러져 있었고 나이프로 떠서 빵 위에 퍼 발라 먹기에 최적의 상태였다. 버터의 맛은 참으로 호사스러웠다. 나는 빵 부스러기 한 조각 남기지 않고 접시를 싹싹 비웠다.

곧 추첨 행사가 있었다. 입구에서 건넨 명함을 추첨해 선물을 주는 행사였다. 나는 그런 데 관심이 없었다. 나는 원래 추첨이란 추첨에는 다 떨어지는 타입이다. 요행을 바라서는 안 되는 인생이다. 추첨장에서 나는 늘 남들이 펄쩍펄쩍 뛰며 기뻐하는 모습이나 지켜보다가 똥 씹은 얼굴로 집으로 향하는 인생이었다. 노력 없이 얻은 것은 한 가지도 없었다. 나도 이런 내 운명에 체념했다. 그래서 나는 복권도 사지 않는다. 태어나서 한 번도 사본 적 없고 사볼 생각도 해본 적 없다. 복권을 사기 위해 줄을 선 사람들을 보면 다른 세계에 사는 사람들을 보는 것 같다. 언젠가 친구가 "복권이나 당첨됐으면 좋겠다"고 하기에 "자존심이 있지, 난 복권 같은 건 안 사"라고 단호하고 매정하게 말한 적도 있다. 실은 자존심과는 아무런 관계가 없다. 내게 당첨 운이란 것이 있었다면 나도 매주 복권을 사댔을 것이다.

그런데 스테이크를 먹었으니 이미 소기의 목적은 달성했다는 마음에 반쯤 넋을 놓고 여유롭게 배를 두드리고 있던 내 이름이 불렸다! 내가 당첨이 된 것이다! 나처럼 당첨 운이 없는 여자가 말이다!

운이나 복이란 건 누구에게나 같은 양으로 주어지는 걸까, 아니면 불공평하게 주어지는 걸까? 어떤 사람에게는 많이, 어떤 사람에게는 적게 주어지는 걸까? 만일 누구에게나 같은 양으로 주어지는 거라면 어떤 이들에게는 그 운과 복이 특정한 시기에 몰리기도 하고, 너무 일찍 찾아오기도 하고, 너무 늦게 찾아오기도 한다. 어떤 이들은 그 운과 복을 제대로 누리지도 못한 채 떠나기도 한다. 한 푼 한 푼 모아 방바닥 밑에 묻어둔 전 재산을 결국 쓰지도 못하고 죽어버리는 노랑이 영감처럼.

운과 복을 인생의 이 시기와 저 시기에 잘 배분해서 쓸 수 있었으면 좋겠다. 재정 플랜이라도 짜는 것처럼 말이다. 만약 그럴 수 있다면 내 운과 복들이 봄에 내리는 비처럼 인생의 모든 시기를 촉촉히 적시게 하고 싶다. 너무 쉽지도, 너무 어렵지도 않은 인생을 살고 싶다. 하지만 그러고 싶다고 해서 그럴 수 있는 건 아니겠지.

아무튼 그 행사장에서 나는 당첨 선물로 작은 등산용 배낭을 받았다. 내 돈 주고는 절대 안 살 배낭이었다. 하지만 튼튼한 배낭이라 여행 다닐 때 메고 다니기 좋다. 긴 여행에는 맞지 않지만 일주일 안쪽의 짧은 여행이나 짐이 가벼운 더운 나라를 여행할 때는 그럭저럭 쓸 만하다. 여분의 신발까지 넣으면 가방이 터질 것 같아 신발은 주머니에 넣어서 가방 앞쪽에 끈으로 고정해 달아둔다. 그렇게 하면 그럭저럭 배낭여행자의 느낌이 난다. 그 배낭은 그해 내게 주어진 운과 복이었다.

≈≈≈≈≈≈

끄라비 공항의 짐 찾는 곳에서 나는 머리에는 커다란 헤어밴드를 하고(신혼여행으로 간 일본의 편의점에서 산 무인양품 제품이다. 한마디로 늘어질 대로 늘어진 것) 목이 늘어난 회색 반팔 티셔츠에(남동생이 입다 버린 것) 역시 늘어진 미니스커트를 입고(산 지 10년은 더 된 것), 끈 달린 슬리퍼(이마트!)를 신은 채였다. 등에는 내 복덩이 배낭을 메고 어깨에는 잡동사니를 넣은 숄더백도 하나 더 멨다.

내 옆에 선 선남선녀의 인생이, 나는 부러웠다. 부럽지 않았다고 하면 거짓말이다. 그건 내가 살아보지 못한 인생과 내가 살아볼 수 없는 인생에 대한 호기심과 동경 같은 거였다.

학창 시절의 어떤 여자애들에 대한, 그 여자애들의 인생에 대해 느끼는 감정과 비슷했다. 말간 얼굴에 입을 가리고 웃는 여자애들. 조용히 말하고 사뿐사뿐 걸어 다니는 여자애들. 교복에 구겨진 자국 하나 없이 셔츠의 목과 소매가 언제나 깨끗한 여자애들. 체육 수업을 마치고 수돗가에서 얼굴을 씻고 난 후에는 손수건을 꺼내 찍어내듯 물기를 닦아내는 여자애들. 내 교복은 항상 구겨져 있었고 내가 수돗가에서 물을 틀기라도 하면 늘 옷이 흠뻑 젖는 대참사가 일어났다. 얼굴의 물기는 언제나 바람에 말랐다. 그런 내가 상상조차 할 수 없는 여자애들의 인생.

짐을 찾은 후 우리의 인생은 완전히 다른 방향으로 갈라질 것이다. 나는 공항을 빠져나와 선착장으로 가장 싸게 가는 법을 찾아 헤맬 것이고, 그들은 자신들을 기다리고 있는 고급 리조트의 밴에 가볍게 올라탈 것이다. 내가 겨우 몸을 구겨 넣은 사설 셔틀버스는 끄라비 시내의 알 수 없는 장소에 나를 내려줄 것이다. 여기가 어디인지 내가 어리둥절해할 동안, 그들은 시 외곽의 리조트에 도착해 미소 띤 직원에게 방으로 가는 길을 안내받을 것이다. 아름답고 청결한 방에 들어선 그들은 벨보이에게 팁을 좀 쥐어주고 방문을 닫을 것이다. 여자가 창 너머의 프라이빗 풀을 향해 걸어가면 에어컨을 켠 남자가 웃으며 그녀의 뒤를 따를 것이다. 여자는 풀에 발끝을 담가볼 것이다. 남자는 "수영부터 할까?"라고 물을 것이고 여자는 "수영은 나중에 하고 우선 구경부터 할까?"라고 제안할 것이다. 둘은 가벼운 옷으로 갈아입고(지금까지도 무거운 옷을 입고 있지는 않았지만) 가벼운 마음과 가벼운 발걸음으로 리조트를 산책할 것이다.

내가 겨우 피피행 페리 선착장에 도착해 떠나기 직전의 배를 잡아타기 위해 끝도 없이 긴 땡볕의 도크 위를 미친 듯이 달려 다이빙하듯 배에 뛰어들고, 커다란 몸집의 북유럽 남자들이 아우슈비츠행 열차를 타거나 한 것처럼 우울한 표정으로 구겨져 있는 지하 선실에 겨우 자리를 잡고 있을 때, 그들은 그들 인생의 아름다운 한때를 맛볼 것이다. 그런 그들의 인생이 나는 부러웠다. 그들의 인생 전반을 촉촉하게 적시고 있을 운과 복이 부러웠다.

그때 내 인생의 운과 복은 하강곡선을 그리고 있었다. 우리가 아이들을 데리고 태국으로 2주 동안 여행을 떠날 수 있었던 이유는 운이 넘치고 복이 터져서가 아니라 남편이 실직을 했기 때문이다. 나의 운과 복의 시대는 이제 끝난 것인가. 아직 오지 않은 것인가. 이 정도면 내 주제에 과분할 정도로 운이 좋고 복이 넘치는 것인가. 도무지 알 수가 없었다. 가끔씩 외할머니가 돌아가시기 전까지 매일 쓰셨던 일기장에서 훔쳐본 문장 하나가 떠올랐다.

'나는 참 박복하다.'

하지만 그때도, 지금도, 나는 내 일기장에 그런 문장 따위는 쓰고 싶지 않다.

그때 남편이 활주로를 걷는 나와 아이들을 뒤에서 찍은 사진이 있다. 나는 헤어밴드를 하고 배낭을 등에 메고 배낭에 운동화를 매달고 숄더백까지 어깨에 멘 채로 끈 달린 슬리퍼를 신고서 씩씩하게 걷고 있다. 늠름한 어깨와 탄탄한 허벅지와 단단한 종아리. 나의 뒤를 배낭을 멘 아이들이 좇아오고 있다. 각각 헬로키티와 도라에몽이다. 그리고 프레임 바깥쪽, 내 옆에 그 커플의 모습이 보인다. 팔짱을 낀 채 단정한 차림으로 다정히 걷는 그 커플. 나와 다른 인생을 사는 그 커플. 어쩌다 우연히 같은 프레임 안에 담긴 사람들이.

그 사진을 통해 나는 내가 아닌 나의 뒷모습을 바라본다. 옆에서 걷고 있는 그 커플의 뒷모습도 함께 본다. 둘은 한눈에도 완전히 다른 부류의 사람들이다. 내가 그들처럼 살게 될 일도, 그들이 나처럼 살게 될 일도 없을 것이다. 운이고 복이고 상관없이, 그저 자기 인생을 사는 것뿐이다.

우리는 잠시 끄라비라는 도시의 공항에서 만났다가 헤어질 사람들이다. 심지어 그들은 나를 기억조차 하지 못할 것이고, 나도 거리에서 그들을 마주친다 해도 알아보지 못할 것이다. 그렇게 때때로, 나는 세상의 여기저기에서 내가 살아보지 못한 인생을 스쳐 지나간다.

내가 그들처럼 살게 될 일도,

그들이 나처럼 살게 될 일도 없을 것이다.

운이고 복이고 상관없이, 그저 자기 인생을 사는 것뿐이다.

우리는 잠시 끄라비라는 도시의 공항에서 만났다가

헤어질 사람들이다.

심지어 그들은 나를 기억조차 하지 못할 것이고,

나도 거리에서 그들을 마주친다 해도 알아보지 못할 것이다.

그렇게 때때로,

나는 세상의 여기저기에서 내가 살아보지 못한

인생을 스쳐 지나간다.

우리 집에서 묵으시면
어떻겠습니까?

나는 천성적으로 의심이 많은 사람이다. 더불어 겁도 많다.
낯도 가린다. 폐쇄적인 성격이다. 그러니까 남의 집에는, 잘 가지 않는다.

→ "It's chilly. I like chilly weather."

(쌀쌀하네. 전 쌀쌀한 게 좋아요.)

"Oh, you like chilly?"

(아 정말? '칠리'한 게 좋습니까?)

"Yeah."

(네.)

"Ah……."

(아…….)

출팀은 창밖을 바라보았다. 뭔가 대단히 중요한 것을 알아냈다는 듯한 표정이었다. 그런 건 아닌데.

사실 'chilly'란 단어의 뉘앙스는 다소 부정적이다.(지금 사전을 찾아보니 그렇다.) 으스스하고 오싹한 느낌. 그런데 그때는 그 단어가 '기분 좋게 쌀쌀한', 뭐 그런 뜻인 줄 알았다. 인도 여행 중에 나는 포켓용 영어사전과 『EBS 왕초보 영어회화』 몇 권을 들고 다니며 숙소에서 밤마다 읽어댔는데(그것 말고는 달리 할 일이 없었다. 그렇다고 장 보드리야르의 『시뮬라크르와 시뮬라시옹』을 읽을 수는 없지 않은가. 아, 왜 하필 그 재미도 없고 뭔 말인지도 모를 책을 배낭에 쑤셔 넣었을까.) 'chilly'는 둘 중 어디에선가 발견한 단어였다. 더듬더듬 영어를 말하는 티베트 승려 앞에서 '난 cool이나 cold보다 세련된 단어를 말할 줄 아는 여자라고!'의 느낌으로 으스대고 싶었던 것이다.

인도에서 만난 티베트 스님 출팀과의 인연에 대해서는 이전 책에도 짧게 쓴 적이 있는데, 이번엔 좀 더 길게 써보겠다. 인도로 떠나기 전 들었던 것과는 달리 정통 인도식 커리는 내 입맛과 위장에 꽤 잘 맞았다. 그러나 절세미인 마누라도 매일 보면 질리는 것처럼 나는 점점 커리에 물리기 시작했다. 무엇보다 '카레에는 김치'라는 공식을 철석같이 믿으며 살아왔기에 김치 없는 커리를 더 이상 견디기 힘들었다. 진심으로 국물이 먹고 싶었다. 목구멍이 칼칼해지고 콧구멍이 뻥 뚫리고 배 속 깊은 곳에서부터 온기가 밀려오는 개운하고 뜨끈한 국물이 먹고 싶었다. 하지만 인도에는 국물이 없었다. 임시방편으로 배낭 밑바닥에 쑤셔 넣어간 컵라면 국물을 마셔보기도 했지만 인도 물에 말아먹는 컵라면은 '이 맛이 아니야…….'의 깊은 상실감만 남겼다.

그때 나는 티베트 난민촌 이야기를 떠올렸다. 출발하기 전에 정보 조사차 인터넷을 검색하던 중 인도의 티베트 난민촌에 가면 티베트 전통음식을 먹을 수 있는데, 그중에는 '모모'라는 만두도 있고 '뚝바'라는 수제비 비슷한 것도 있다는 거였다. 하지만 그곳은 북인도의 다람살라였고 나는 남인도에 와 있었다. 아무리 같은 인도라지만 마이소르에서 다람살라까지는 차로 쉬지 않고 달려도 최소 44시간은 걸리는 거리였다. 아무리 먹을 것에 눈이 멀었다고 해도 만두와 수제비를 먹기 위해 44시간을 달리는 짓은 하지 않는다. 아무리 나라도.

그러던 중 나의 생명줄이던 가이드북『론리 플래닛』의 마이소르 근처 관광지 안내 페이지에서 티베트 난민촌 빌라쿠페에 관한 정보를 발견했다. 인도에서 가장 큰 티베트불교대학이 있는 이 동네에는 티베트 음식을 파는 식당이 있고 게스트하우스도 하나 있다고 했다. 정보는 그게 다였다. 나는 가이드북 반 페이지 분량의 정보 하나만 믿고 빌라쿠페를 찾아가기로 했다. 우리와 닮은 티베트인도 만나고(나는 카레와 향냄새만큼이나 인도인의 느끼한 외모에 질려 있었다. 아침 드라마의 불륜남 전문 배우들에 둘러싸여 살아가는 기분이랄까.) 맛있는 만두와 수제비도 실컷 먹고 오자. 신난다.

그리고 빌라쿠페로 가는 버스에서 내 옆자리에 앉은 티베트 스님 출팀은 나에게 물었다.

"그런데 어디 묵을 데는 있나요?"

"『론리 플래닛』을 보니 빌라쿠페에 게스트하우스가 하나 있대요. 거기 가보려고요."

"그럼…… 우리 집에서 묵으시면 어떻겠습니까?"

"네?"

이 스님, 장삼 걸친 변태가 아닐까. 그러나 핸섬한 눈주름을 가진 중년의 티베트인은 활짝 웃었다.

"저는 학생들과 함께 살고 있습니다. 우리 집에는 빈 방도 있습니다. 어서 오세요."

인도에 도착한 지 2주째인 나는 벌써 수도 없이 많은 초대를 받았다. 그 초대는 대개 "나는 호텔에 혼자 묵고 있어" "와이프가 여행을 갔어"라는 식이다. 나는 천성적으로 의심이 많은 사람이다. 더불어 겁도 많다. 낯도 가린다. 폐쇄적인 성격이다. 그러니까 남의 집에는, 잘 가지 않는다.

그러나 출팀의 이 한마디는 나를 세상에서 가장 오픈된 사람으로 만들었다.

"우리 집에 가면 만두와 수제비를 먹을 수 있습니다."

"스님의 뜻이 그러하시다면……."

나는 말 잘 듣는 강아지처럼 출팀의 뒤를 졸졸 따라갔다.

≋≋≋

그때 내 옆에는 인도로 떠나기 직전 구한 동행자인 수현이 함께 있었다. 아무리 나라도 혼자서 인도 땅에 첫발을 디디기는 두려웠기 때문이다.

수현의 여행 일정은 한 달, 나는 두 달이었다. 우리는 함께 뭄바이에서 인도의 서부 해안을 따라 땅끝 도시인 깐야꾸마리까지 여행할 예정이었다. 그러고 나서 수현은 논스톱 기차로 뭄바이로 되돌아가 귀국 비행기를 잡아타고, 나는 혼자서 동부와 내륙지방을 마저 돌아볼 계획.

수현은 착하고 유쾌한 처자였지만 가이드북 한 권 없이 인도에 왔다. 수현의 가방에는 찬합을 쌀 때나 유용할 보자기 한 장이 들어 있었다. 이불 대용으로, 짐을 줄이기 위한 선택이었다. 할 줄 아는 영어는 하이, 굿모닝, 굿바이, 굿나잇, 하우 머치 정도였다. 인도 여행을 앞둔 수현의 준비 자세는 딱 거기까지였다.

빌라쿠페 초입까지는 인도의 흔한 시장통 풍경이었다. 정체를 알 수 없는 색(주로 붉은색이 많았다.)의 액체가 발린 더러운 벽, 꼬질꼬질한 옷을 입고 흐릿한 눈빛을 한 인도인들, 시끄러운 힌두 음악, 매연과 굉음은 덤프트럭 저리 가라인 릭샤들. 하지만 그곳을 지나면 펼쳐지는 티베트 난민촌의 풍경은 새마을운동이라도 벌인 듯했다. 잘 닦인 길에는 쓰레기 한 점 없었고 옹기종기 모인 단층주택들은 작지만 깨끗하게 관리되어 있었다. 동네는 조용했고 곳곳에 크고 작은 사원들이 세워져 있었다. 이 정도가 난민들의 임시 거주지라면 이건 티베트를 향한 상당한 액수의 국제적 지원 때문인가, 아니면 북방민족 특유의 근면성 때문인가. 거기까지 알아보기에 나는 너무 게을렀다. 내가 바란 것은 한시라도 빨리 출팀이 내게 맛있는 만두와 수제비를 먹여주는 것뿐이었다.

출팀의 집은 우리의 시골집과 비슷했다. 마당이 딸린 작은 단층집에 네 개의 방과 식당, 부엌, 실내 화장실이 있었다. 툇마루도 있고 개도 한 마리 있었다. 출팀이 말한 대로 학생들, 그러니까 동자승들이 함께 기거했다. 그들은 총 네 명이었는데, 하나는 종로 뒷골목에서 마주치면 왠지 시선을 피하고 싶어질 것 같은 늙은 총각 롭상이었고 나머지는 똘똘하게 생긴 람상, 갈마, 또 하나의 롭상(티베트 사람들도 이름 선택의 폭이 그다지 넓지는 않은 듯하다.)인 10대 스님들이었다. 늙은 롭상은 그 험상궂은 얼굴로 수줍게 웃으며 끼니때마다 우리에게 산해진미를 해다 바쳤다. 어린 세 녀석은 스님이긴 했지만 강아지들처럼 매일 싸우고 장난치느라 정신이 없었다. 그중 랍상이라는 나이가 가장 많은 녀석이 열여섯 정도였는데 티베트 남자답게 꽤 잘생겨서 '스님만 아니면 저걸 콱 그냥……'이라는 검은 마음을 애써 억눌러야 했다.

두 개의 침대가 놓인 꽤나 근사한 손님방에 짐을 풀자마자 출팀은 어서 밥 먹으러 나오라며 우리를 불렀다. 랍상은 수줍게 웃으며 티베트 만두인 모모(우리 주려고 급히 사 온 모양이다.)와 뚝바, 차오멘중국식 볶음국수 등을 사정없이 내왔다. 그 당시만 해도 푸드파이터이던 나는 대한민국에서 나보다 더 많이 먹는 사람을 만난 적이 없었지만(우리 아빠를 제외하고) 이 정도는 장정 5인이 작정하고 먹어도 소화하기 힘든 양이었다. 허나 성의를 무시할 수 없어 음식을 꾸역꾸역 입에 쑤셔 넣는 내게 출팀은 인자한 미소를 지으며 말했다.

"여기 칠리가 있습니다. 어서 드세요."

웬 칠리? 출팀이 가리킨 곳에는 칠리 페이스트, 그러니까 고추장 같은 것이 포장지째로 놓여 있었다.

"칠리 좋아한다고 하지 않았습니까? 어서 드시지요."

아아, 그는 내가 쌀쌀한chilly 날씨를 좋아한다고 말한 것을 칠리 고추chili로 알아들었던 것이다. 생각해보니 그의 눈에 비친 나는 창밖을 바라보며 난데없이 '아, 난 고추가 좋아'라고 되뇌이는 한국에서 온 미친 여자였을 것이다. 그런 미친 나를 집까지 초대해서 먹여주고 재워주다니, 이 스님, 역시 뭔가 의심스럽다. 경계를 게을리해서는 안 되겠다.

식사가 끝나자 스님이 물었다.

"여기서 얼마나 머무실 수 있습니까?"

"글쎄요. 하루나 이틀?"

"아, 안 됩니다. 사흘만 더 기다리세요. 사흘 후면 달라이 라마가 우리 마을에 오십니다."

달라이 라마! 잔뜩 들뜬 출팀은 달라이 라마를 만날 귀한 기회가 미천한 우리에게 온 것은 기적이라는 식으로 우리를 설득하려 했다.

"사흘만 더 머물다가 달라이 라마를 보고 가세요. 그는 여기 자주 오지 않거든요."

"아…… 그럴까요?"

그 후로 2박 3일 동안 출팀은 끼니때만 되면 방문을 두드려 "아침 준비됐습니다" "점심 준비됐습니다" "저녁 준비됐습니다"로 우리를 꾀어내 듣도 보도 못한 맛난 음식들을 대접했다. 밥

짓는 롭상의 수줍게 웃던 얼굴도 점점 굳어져 가는 걸 느낄 수 있었다. 이건 길에서 마주친 손님이 아니라 한국에서 온 특사라도 대접하는 모양새였다.

밤이 되자 동네의 모든 스님들이 불경을 외러 마을 한가운데의 사원으로 모이기 시작했다. 출팀은 그 자리에 외국인이면서 여자이기까지 한 우리를 끼워줬다. 스님들은 이런 경우가 드물지 않은 듯 별 동요 없이 불경을 외웠다. 불경은 어느 나라에서 어느 시간에 듣든 졸음을 유발하는 효과가 탁월했다. 나이가 지긋한 승려들은 소리에 놀라지 않는 사자처럼 무소의 뿔같은 얼굴로 백만 번도 넘게 외웠을 불경을 한결같이 진지한 태도로 읊었다. 그들의 얼굴을 보니 잠시 '내가 지금 무엇을 의심하고 있는 것인가' 하는 생각이 들었다. 우리는 구석에 앉아 꾸벅꾸벅 조는 동자승들을 보며 키득거렸다. 동자승들도 우리와 눈이 마주칠 때마다 머쓱한 얼굴로 웃었다. 나중에 스님들이 버터차를 돌려 마시기 시작했는데 우리에게도 버터차가 왔다. 버터차의 맛은 심심하고 느끼했다.

≋≋≋

　이튿날에는 출팀의 주선으로 빌라쿠페 관광을 갔다. 출팀은 릭샤를 대절해 동네에 있는 모든 사원과 대학, 심지어 공예품 제조공장까지 견학을 시켜주었다. 내가 보기에는 그 사원이 다 그 사원이었는데 출팀이 너무나 흐뭇한 얼굴로 지켜보고 있어 나는 손에 닿는 창틀을 사뭇 진지한 태도로 매만지거나 뭐가 뭔지 알 수 없는 탱화 앞에서 팔짱을 낀 채 '흐음' 하는 애매한 신음소리를 내야만 했다.

　사실 내게 더 인상적이었던 것은 사원이 아니라 티베트 사람들이었다. 젊고 열정적인 스님들이 불교대학의 마당 여기저기에 모여 토론 수업을 하고 있었는데, 멀리서 보면 싸움이라도 난 것처럼 보였다. 두 스님이 손바닥을 쩍쩍 내리치면서 마구 소리를 질러대면 그들을 둘러싼 다른 스님들도 추임새를 넣는 식이었다. 출팀은 이것이 티베트불교대학의 전통적인 토론 수업 방식이라고 말했다.

　골목에서는 머리를 길게 길러 땋고 낡은 전통의상을 입은 나이 든 여자들을 만났다. 티베트에서 가족들을 만나러 히말라야를 넘어온 여자들이었다. 티베트 사람들은 중국 정부의 탄압을 피해 눈 덮인 히말라야를 넘어 인도로 망명을 해왔다. 도중에 목숨을 잃는 일도 부지기수였다. 외국에서의 기나긴 난민생활에도 티베트 사람들에게서는 알 수 없는 평온함과 자긍심이 느껴졌다.

착한 관광객 연기도 신물이 날 무렵에서야 그날의 관광은 끝이 났다. 하루 동안 빌린 릭샤비는 우리가 내겠다고 했지만 출팀은 한사코 거절했다. 보통 이런 경우에는 상대의 착한 마음씨에 감동을 받게 마련이다. 하지만 평소 '주지도, 받지도 않는다'는 신조로 살아온 나는 부담스러워 먹은 음식이 체할 지경이었다.

그날 오후 툇마루에 앉아서 숙제를 하는 학생들을 지켜보다가 나는 출팀에게 당신이 보여준 친절에 어떻게 답을 해야 할지, 고마워 몸 둘 바를 모르겠다고 말했다. 물론 그 이면에 숨어 있는 의심은 철저히 감춘 채로. 출팀은 웃으며 "괜찮다. 너희들은 내 친구니까"라고 답했다. 그리고는 방에 가서 앨범을 하나 가져왔다. 앨범 안에는 출팀의 사진 외에 웬 서양 여자의 사진도 있었다.

"그녀는 제 후원자입니다."

후원자. 그 말 한마디에 의심의 뭉게구름이 또다시 피어올랐다. 호주 사람인 그녀는 출팀에게 경제적 지원을 해주고 있었다. 많은 수의 티베트 승려들이 그런 식으로 후원을 받아 살림을 꾸리고 학업을 계속하는 것 같았다. 출팀 역시 여러 지원 덕분에 박사 학위까지 취득할 수 있었다. 그렇다면, 그의 과한 대접 역시 우리를 잠재적 후원자로 생각하기 때문이 아닐까. 마당에서 숙제를 하거나 개를 데리고 노는 어린 학생들도 더 이상 순수해 보이지 않았다. 우리를 흘끔흘끔 쳐다보는 그들의 눈빛이 '쟤들이 과연 얼마나 내놓고 갈까?'라고 묻는 것 같았다.

그러자 출팀이 베푼 지금까지의 환대가 검은 잇속으로 보이며 그가 미워지기 시작했다. 출팀은 우리와 이야기할 때는 다정하면서도 학생들에게는 티베트 말로 사정없이 호통을 쳤다. 그래, 돈 나올 구멍에게까지 호통을 칠 수는 없겠지. 저 이중인격자! 그의 방문에 붙은 '온 세계가 나의 친구다'라는 글귀가 유독 의미심장하게 보였다.

결단을 내려야 했다. 더 이상 가시방석 같은 호사를 누릴 수는 없었다. 나는 가난한 여행자다. 나는 여기 오느라 한 달 동안 아침마다 지하철 광고판에 컴퓨터학원 전단지를 꽂았다. 카드빚도 졌다. 앞으로 그걸 얼마 동안 갚아야 할지 모른다. 내년이면 졸업인데 앞날은 막막하기만 하다. 3분의 2가 지하에 묻혀 있는 내 자취방 벽에는 사계절 물이 졸졸 흐르는 폭포가 하나 있다. (그 폭포 때문에 벽에는 곰팡이가 생겼는데 그 모양이 점점 호랑이를 닮아가고 있다는 것이 내 룸메이트들의 증언이었다.) 아마 지금쯤 홍수로 물에 쓸려 갔을지도 모른다. (실제로 그해 여름 나는 수몰을 피하기 위해 방에서 대야로 물을 수도 없이 퍼내야 했다.) 이렇게 가난한 내게 후원금을 원하는 거라면 어떻게 하나. 이 집을 떠날 때 출팀이 후원금 모금함을 내민다면 나는 또 어떻게 해야 하나. 아, 출팀. 나는 타국에서 난민으로 사는 당신보다 더 가난한 존재다. 나는 이름만 화려한 여행자일 뿐이다.

심적 고통을 참지 못하고 나는 출팀에게 선언했다.

"출팀, 미안해요. 우리는 이제 떠나야 할 거 같아요. 내일 아침에 갑니다."

"아니, 왜요?"

출팀이 벼락이라도 맞은 사람처럼 물었다. 이럴 때 내가 잘 쓰는 핑계가 있다.

"수현의 귀국 일정 때문에 빨리 깐야꾸마리로 내려가야 합니다."

아무것도 모르는 수현은 대화에 자기 이름이 나오는 것이 께름칙한 눈치였다. 미안하다, 동생아. 나는 곤란한 상황이 생기면 언제나 너를 팔아먹는다. 그게 나다. 나를 원망하지 마라.

"아, 그래도 달라이 라마가 올 텐데요."

달라이 라마가 나 대신 후원금을 내주지는 않을 것이다. 달라이 라마가 나를 지하방에서 꺼내주지는 않을 것이다. 달라이 라마가 내 취직자리를 알아봐 주지도 않을 것이다. 달라이 라마가 나를 아무런 죄책감 없이 공짜 호사를 즐기는 뻔뻔한 인간으로 만들어주지는 못할 것이다.(이미 다 즐겼으면서!) 나는 단호하게 말했다.

"아니오. 우리는 갑니다."

"그렇군요. 안타깝습니다. 정말 안타까워요. 달라이 라마를 보고 가면 좋을 텐데. 정말 좋을 텐데……."

출팀은 잔뜩 풀이 죽었다. 왠지 미안했다. 방에 들어와 내일 아침에 떠날 때 그에게 얼마만큼의 성의 표시를 할 것인지, 어떻게 그걸 건넬 것인지를 수현과 논의했다. 그냥 주면 왠지 결례일 것 같기도 하고 안 받을 것 같기도 하니 침대 위에 두고 가자는 쪽으로 의견이 모아졌다. 잠시 후 출팀이 문을 두드렸다.

"오늘 저녁은 제 동료의 집에 가서 드십시다."

출팀은 다시 예전의 온화한 얼굴로 돌아가 있었다. 오늘 저녁만은 롭상을 괴롭히지 않게 되어서 다행이라는 마음으로 우리는 출팀을 따라 근처에 있는 다른 집으로 건너갔다. 그런데 그 집 식탁 위에는 세상에, 어린 시절 중국영화에서나 본 것 같은 잔칫상이 차려져 있었다. 접시마다 수북이 쌓아올린 산해진미에 산적 두목이 맨손으로 잡아 한입에 뜯으면 육즙과 기름이 입 언저리를 타고 질질 흐를 것 같은 짐승다리구이(무슨 짐승인지는 잘 모르겠다.)까지. 우리는 입을 쩍 벌렸다. 음식은 30인분은 족히 되어 보이는데 식당에 있는 사람 수는 다섯 명이었다.

"이걸 우리가 다 먹을 수 있나요?"

"아, 저희는 안 먹습니다. 여러분만 드세요."

'여러분'인 우리 두 사람은 쌓아놓은 음식의 기에 질리고 우리를 흐뭇하게 쳐다보는 승려 세 명의 눈빛에 심한 부담감을 느끼며 최선을 다해 먹기 시작했다. 이거야말로 진정한 푸드파이팅이었다. 2박 3일간 롭상이 차려낸 엄청난 양의 삼시 세끼로 진즉에 추가 적재 불가의 상황에 이른 우리의 위와 장이 아우성을 치고 있었다. 살면서 먹는 것이 이렇게 괴롭기는 또 처음이었다. 이건 호의가 아니라, 고문이었다.

다음 날 아침. 출팀은 굳이 떠나는 우리를 배웅하겠다고 나섰다. 그는 릭샤를 불러 버스정류장까지 함께 따라 나와서는 군이 릭샤비까지 내버렸다. 그의 도를 넘어선 친절에 지치고 질려 어서 빨리 여기를 떠나고 싶은 마음뿐이었다. 그런데 매표소 직원과 이야기를 나누던 출팀이 다급히 말했다.

"버스가 막 떠나려고 한답니다. 빨리 뛰세요!"

뭐라고? 이제야 출팀의 친절 퍼레이드에서 벗어날 수 있게 됐는데! 저 버스를 타지 않으면 앞으로 두어 시간을 더 출팀의 친절에 몸 둘 바를 몰라 해야 할 것이다. 내 몸은 둘 바를 모르기엔 너무 크다. 이제 정말 발 뻗고 자고 싶다. 아무도 터치하지 않는 곳에서, 누구의 도움도 받지 않고, 내 돈을 쓰며 떳떳하게 살고 싶다!

무거운 배낭을 메고 필사적으로 뛰었다. 저기 공터에서 떠나려는 버스가 보였다. 우리는 바다 한가운데서 배를 발견한 조난자들처럼 미친 듯이 손을 흔들었다. 다행히 버스가 멈춰섰다. 살았다! 열린 문으로 발을 들이밀려는 순간, 쫓아온 출팀이 "잠깐!" 하며 나를 멈춰 세웠다. 그러더니 장삼 소매에서 뭔가를 주섬주섬 꺼내려 했다. 아, 나는 당신이 무엇을 꺼내려는지 안다. 더 이상은 안 돼. 제발 나를 미안하게 만들지 마라. 나는 단호하게 말했다.

"안 돼요. 출팀. 우리도 돈이 있어요."

그러자 출팀이 다급한 표정으로 고개를 저었다. 못 말린다, 못 말려. 마지막까지 우리를 미안하게 만들려는 그가 미워지려 했다. 출팀은 장삼에서 무언가를 꺼냈다. 그런데 그것은 돈이 아니라 검은 비닐봉지였다. 그는 봉지를 풀더니 그 안에서 흰 천을 꺼내 나와 수현의 목에 하나씩 걸어주었다.

"잘 가요."

"출팀…… 오…… 출팀……!"

그 말 말고는 할 말이 없었다. 버스에 오르자 문이 닫히고 창 밖에서 출팀이 손을 흔들었다. 눈물이 나올 것 같았다. 그가 우리의 목에 걸어준 것은 티베트인들이 귀한 손님을 맞을 때 목에 걸어주는 스카프였다.

우리는 빌라쿠페에서 버스를 타고 마이소르로 가서 마이소르에서 다시 기차를 타고 대도시 벵갈루루로 가는 내내 출팀을 생각했다. 벵갈루루의 기차역 근처, 인도 아저씨들이 득시글대는 호텔에 겨우 방 한 칸을 얻고 하수구 냄새를 막기 위해 화장실 문을 닫아걸고 나가봤자 아저씨들 눈요깃거리나 될 것 같아 침대 위에 누워 말없이 인도 MTV를 보면서 우리는 출팀을 생각했다. 집을 나와 거리에서 잠을 자는 첫날 밤에 이런 기분이 들까.

우울함을 못 견뎌 코끝이 시큰거리려는 찰나, MTV에서 뮤직비디오 한 편이 나왔다. 콧수염을 기른 배 나온 아저씨가 해변에서 신나게 노래를 부르면, 핑크색 에어로빅복을 입은 젊은 여자가 인간의 성대로 더 이상은 높이 올라가기가 불가능할 것 같은 하이톤의 추임새를 넣으며 바위 사이에서 말미잘처럼 머리를 쏙쏙 내미는 뮤직비디오였다. 우리는 침대 위를 데굴데굴 구르며 웃었다. 즐거워서 웃는 게 아니라 웃으니까 즐거워지고 싶어서 웃었다. 우울한 마음, 미안한 마음, 그리운 마음, 두려운 마음을 떨쳐버리고 싶어서 웃었다.

벵갈루루에서 기차를 타고 다음 목적지인 포트코친에 도착한 나는 출팀에게 엽서를 한 장 써서 보냈다.

'출팀, 보고 싶습니다. 그곳에서 나오니 이 모든 것들이 다 무섭게만 느껴져요. 보고 싶습니다.'

빌라쿠페를 떠나던 날 아침, 나는 침대 위에 약간의 성의 표시를 하고 가려다 관뒀다. 마음은 반반이었다. 이런 쥐꼬리만 한 돈을 두고 가는 것도 마음에 걸렸고, '이 돈이면 나가서 며칠을 먹을 수 있는데!'의 유혹에도 넘어갔다. 그게 나였다.

≋≋≋≋≋

　출팀! 보고 싶습니다. 몇 년 전에 내게 전화했었지요. 내복 보내줘서 고맙다고요. 한국에 절을 세우러 올 일이 생겼다고 편지도 보냈었지요. 그런데 내가 몇 번 이사하고 전화번호까지 바꾸면서 당신이 내게 연락할 길이 끊겨버렸네요. 내가 먼저 연락할 수도 있는데 나는 대체 뭘 하고 있는 걸까요. 아무튼 출팀. 당신의 그 스카프와 당신이 그해 겨울 내게 보낸 첫 번째 크리스마스카드는 정말 감동이었습니다. 크리스마스카드를 보내는 승려라, 당신은 정말 멋진 사람이네요. 그때 나는 당신 집에서 먹기만 했지만, 또다시 당신을 만날 기회가 주어진다면 그때는 정말 많은 이야기를 하고 싶습니다. 아, 그간 당신은 영국에서 유학을 했으니 이제는 '칠리'에는 두 가지 뜻이 있다는 것도 알게 되었겠군요. 나는 실은 고추를 좋아하는 여자가 아니랍니다. 내 영어 실력은 그간 '칠리'조차 가물가물할 정도로 퇴보에 퇴보를 거듭하고 있습니다. 그때는 당신이 내 서툰 영어를 참아줘야 할 겁니다. 아마 당신을 만날 기회는 달라이 라마를 만날 기회보다는 더 잡기 쉽겠지요. 건강하십시오.

후기

출팀은 몇 년 전에 한국에 왔다. 그와 극적으로 연락이 닿아서 서울 창동역 앞에서 그를 만났다. 나는 나이를 먹어 남편도 있고 아이도 둘이었다. 그는 흰머리가 좀 늘고 주름이 더 생기기는 했지만 여전히 핸섬했다. 티베트식으로 핸섬했다. 우리는 샤브샤브집에 가서 샤브샤브를 먹었다. 당연히, 이번에는 내가 냈다.

참 이상한 일

여행은 참 이상한 일이고,
그 이상한 일을 하기 위해서 매번 짐을 꾸린다.

군인인 아빠는 많은 나라에 다녀왔다. 배를 타고 싱가포르나 하와이 같은 곳으로 '원양'이라는 것을 갈 때도 있었고 미국이나 독일 같은 나라에 1년씩 연수를 다녀오기도 했다. 돌아올 때면 아빠는 까맣고 네모난 비즈니스 가방을 들고 왔다. 번호로 잠그게 되어 있는 가방이었다. 아마 샘소나이트 가방이었을 것이다. 007가방이라 불리던 가방이었다. 많이 들어가지도 않는데 가방 무게만으로도 무겁고, 어깨끈도 없어서 늘 손으로 들어야 하는 가방이었다. 기업의 비밀서류나 돈다발이 차곡차곡 들어 있을 것 같은 가방이었고, 액체 폭탄이 들어있을 것 같은 가방이었다.

돌아온 아빠가 가방을 여는 순간을 나는 고대하고 또 고대했다. 아빠도 보고 싶었지만 아빠가 가방 속에 담아온 외국의 물건들을 어서 빨리 보고 싶었다. 1980년대와 1990년대에는 시장마다 수입품 가게라는 것이 있었는데 외국 물건들을 잔뜩 쌓아놓고 파는 곳이었다. 외국 물건들은 참으로 알록달록했고 듣도 보도 못한 신기한 것들로 가득했다. 동네 아주머니들은 수입품 가게에 모여 앉아 하루 종일 커피를 타마시고 수다를 떨다가 저녁밥 짓는 시간이 다가오면 국자나 보온병이나 영양제나 스타킹 같은 것을 하나씩 사서는 집으로 돌아가곤 했다.

아빠의 가방 속은 꼭 그 수입품 가게의 축소판 같았다. 가방 안에는 커다란 허쉬초콜릿이라든지 리바이스의 청바지, 안네 프랑크의 집에서 사 온 안네 프랑크의 일기, 런던의 2층 버스 모형, 네덜란드의 풍차 모형, 독일의 맥줏집에서 긁어온 종이로 만든 맥주받침, 그 외에도 아무짝에도 쓸모없는 장식품들이 잔뜩 들어 있었다. 꼭 요술 가방 같았다. 저 많은 것들을 하나씩 사들이고 모으면서, 귀국 전날 그것들을 저 가방 속에 꽉꽉 채워 넣으면서 아빠는 얼마나 들뜨고 뿌듯했을까.

비행기를 타고 외국에 간다는 건 가난한 집안에서 태어난 아빠로서는 상상조차 못했던 엄청난 행운이고 기회였을 것이다. 한국에서 쪼들리면서 살아가는, 해외여행 따위는 꿈도 못 꿀 가족에 대한 미안함도 없지 않았을 것이다. 그것을 아빠는 그 작은 물건들 하나하나를 사고 모으면서 조금씩 떨쳤을 것이다.

그런데 나는 그게 참 다행이라고 생각한다. 아빠가 하고 싶은 것을 마음껏 하고 산 사람이라서 좋았다. 내 기억에 아빠는 늘 즐거워보였다. 죽지 못해 사는 얼굴이 아니었다. 어떻게든 즐거운 일들을 찾아내려고 노력했다. 그리고 그것들을 다 하고 살았다. 혼자서만 한 것이 아니라 우리와 함께하려고 했다. 그건 아빠가 특별히 가정적인 사람이어서가 아니라, 남과 같이 하는 것을 좋아하는 사람이었기 때문이다.

외국에서 돌아오면 아빠는 동네 사람들을 비좁은 우리 집에 초대해서 찍어온 필름들을 슬라이드 영사기에 넣고 벽에 쏘아 작은 상영회를 열었다. 거기에는 그때의 우리가 상상도 못했던 풍경들이 있었다. 기차를 타고 지나가면서 찍은 들판 위의 풍차와 맥도날드 햄버거 가게와 런던의 새빨간 2층 버스와 깨끗한 지하철과 동화에나 나올 것 같은 예쁜 집들과 푸짐한 미국식 식사와 노란 머리에 키도 크고 코도 큰 외국 사람들이. 사진 속 도시와 사람들과 심지어 사진 속 아빠조차도 같은 지구상에 존재한다는 것이 믿어지지 않았다.

요즘도 아빠는 우리가 친정에 갈 때마다 여행지에서 찍어온 디지털 사진들을 TV에 연결해 보여준다. 이제 더 이상 나는 그 사진 속의 나라들이 신기하지 않다. 나도 다 가봤으니까. 심지어 디지털 사진의 시대가 오면서 아빠의 사진 찍는 실력은 점점 더 퇴보하고 있는 것 같다. 의미라고는 찾아볼 수가 없는 사진들이 태반이다. 대개 이런 식이다.

1. 도대체 누구를 찍은 건지 알아볼 수 없는 사진

2. 무언가를 하고 있는 엄마(대개 찍는 사람의 눈높이에서 성의 없는 구도로 카메라를 들이대 얼굴이 모아이 석상 부럽지 않게 크거나, 눈을 감고 있다.)

3. 정체를 알 수 없는 돌무더기 따위를 붙잡고 있는, 같은 표정의 사진 연작

4. 값싸고 푸짐한 음식의 향연(과 기뻐하고 있는 아빠의 얼굴)

5. 사람은 블루스크린 앞에서 찍은 뒤 마치 배경만 합성한 것 같은 사진

우리는 점점 지겨워지기 시작한다. 하품을 한다. 딴 얘기를 한다. 결국 내가 참지 못하고 말한다.

"이제 그만 보면 안 돼?"

누구라도 1, 2, 3, 4, 5의 사진을 한 시간째 보고 있다면 같은 소리를 할 것이다. 아빠는 어색하게 웃지만 기분이 상한 것이 전광판처럼 얼굴에 다 드러난다.(그리고 나는 아빠를 닮았다.) 아빠는 상영회를 조속히 마무리한 뒤 방으로 들어가 버리고, 엄마는 어색한 분위기를 무마하려 애쓴다. 엄마가 10여 년 전에 암에 걸린 것도 이해가 갈 만한 일이다.

대학생이 된 내가 고등학생인 남동생을 데리고 첫 해외여행을 간다고 했을 때 아빠는 본인이 더 흥분하고 들뜬 모양이었다. (사실 우리 아빠는 잠잘 때 빼고는 늘 흥분하고 들떠 있다. 엄마의 진단으로는 성인 ADHD.) 아빠는 우리를 끌고 백화점에 가서 배낭을 골랐다. 아빠는 50리터짜리 배낭을 권했다. 내가 보기에는 지나치게 커 보였다. 에베레스트 등반에나 필요할 배낭이었다. 아빠는 버너와 코펠과 라면과 쌀과 김치와 생수병을 넣어 가려면 이 정도는 있어야 한다고 조언했다. 나는 버너와 코펠과 라면과 쌀과 김치와 생수병은 필요 없다고 했다. 밥은 사 먹을 거라고 덧붙였다. 여행의 묘미는 뭐니 뭐니 해도 현지 음식 체험이 아니던가.

아빠는 충격을 받은 표정이었다. 아빠의 경험상 호텔방에서 몰래 버너에 불을 붙여 코펠에 지은 밥에 통조림 깻잎이나 김치, 고추장으로 끼니를 때우지 않는 것은 여행이라 할 수 없었기 때문이다. 심지어 엄마와 파리에 갔을 때도 코펠에 밥을 지어 먹거나 슈퍼마켓에서 산 빵과 맥도날드 햄버거로 연명했다고 했다. 나는 그럴 생각이 추호도 없었다.

하지만 아빠의 설득에 못 이겨 나는 50리터짜리 배낭을 샀다. 아빠가 권해서 복대도 샀다. 아빠는 늘 그러듯 지나칠 정도로 자세히 복대의 사용법을 설명해주었다. 바지 밖이 아니라 꼭 바지 안에 넣어야 한다. 여권과 항공권과 복사본과 귀중품은 꼭 여기에 넣어두어야 한다. 한시도 몸에서 떼어놓아서는 안 된다. 심지어 샤워할 때도 가지고 들어가야 한다.

해외여행이 처음인 나는 아빠의 말씀을 받들어 그 복대를 허리춤에, 그러니까 속옷과 바지 사이에 꼭 차고 다녔다. 원래도 아랫배가 나왔는데 이제는 거의 임신 5개월 수준으로 배가 나와 보였다. 복대에서 뭔가를 꺼낼 때마다 어린 시절 자주 보던 할머니들 중 한 명이 된 것 같은 기분도 들었다. 거스름돈을 거슬러주거나 용돈을 줄 때 바지 속으로 손을 넣어 안에 달아둔 주머니를 더듬거리며 찾던 그런 할머니들 말이다. (가끔은 손이 허리춤과 가랑이를 지나 거의 무릎 안쪽까지 들어가기도 했다.)

게다가 열대의 기후에 복대까지 하고 다니려니 나중에는 허리춤에 땀이 차서 견딜 수가 없었다. 아빠의 경고대로 태국 국민의 절반 이상이 소매치기인 것도 아니었다. 사람들은 내게 아무런 관심도 없었고, (당연한 얘기지만) 내게 큰돈이 있을 거라 생각하지도 않는 것 같았다. 그래서 나중에는 복대를 풀어 배낭 안쪽에 고이 넣고 다녔다. 그 여행 이후로 수없이 여행을 다녔지만 소매치기를 당하거나 여권이나 지갑을 잃어버린 적은 단 한 번도 없다. 운이 좋았다. 그 복대는 첫 여행 이후로 서랍 속에 고이 모셔 두었다.

떠나기 전날 밤, 방에서 짐을 꾸리고 있는데 아빠가 문을 열고 들어왔다. 한 손에는 버너를, 한 손에는 부탄가스를 든 아빠는 안타까운 표정으로 물었다.

"진짜 안 들고 갈 거냐?"

떠나는 날 아침, 김포 공항에서(그때는 인천 공항이 생기기 전이었습니다.) 아빠에게 전화를 걸었다. 아빠는 이런저런 상투적인 당부의 말을 지나치게 자세히 한 후 마지막으로 덧붙였다. "그런데 생수는 챙겼냐?"

그로부터 5년 후, 엄마와 둘이서 태국 여행을 갈 때 아빠는 500밀리리터 생수병을 체류일의 수만큼 배낭 가득 채워갔다. 물은 역시 삼다수라면서. 다행히 버너와 부탄가스는 가지고 가지 않았다. 그것까지 챙겼더라면 아빠는 테러범으로 검거되어 지금껏 귀국하지 못했을지도 모른다.

태국에 가기 전에 나는 태국 여행에 관련된 웹사이트들을 섭렵한 후 그중 한 사이트의 운영자가 직접 만든 가이드북을 구입했다. 가보지도 않고 쓴 티가 역력한 다른 안내서들처럼, 들고 다니다가 국제미아가 될 일이 없을 정도로 훌륭한 책이었다.

그 책을 우리보다 더 꼼꼼히 읽어본 아빠는 이 페이지를 꼭 읽어보라고 했다. 낯선 모양과 냄새의 거리 음식을 보고 '저런 걸 어떻게 먹어?'라고 생각할 수도 있겠지만 한번 도전해보면 다 먹을 만하다는, 특히 족발덮밥 같은 음식은 한국인의 입맛에도 잘 맞는다는 내용이었다. 음식을 가리느라 맥도날드에 가고 서양 음식만 먹다 보면 배낭여행의 한정된 예산을 초과하는 것은 물론, 진정한 태국 문화를 경험하지 못할 수 있다는 거였다. 나는 족발덮밥이라는 이름을 기억해두기로 했다. 아빠는 다시 한 번 물었다.

"정말 코펠이랑 버너 안 가지고 가나?"

그런데 우리는 정말로 중요한 페이지는 대충 보고 넘겨버리고 말았다. 사실 말이 안 된다고 생각했다. '어떤 바보가 이런 걸 당해?'라고도 생각했다. 그것은 방콕의 '보석 사기'에 관한 페이지였다. 지도를 들고 얼빠진 표정으로 방콕의 거리(구체적으로 왕궁 부근)에 서 있는 당신에게 선량한 얼굴의 태국인이 다가온다. "좀 도와줄까?"라면서. 친절한 태국인은 당신이 찾고 있는 장소까지 가는 길을 알려준 후 이런저런 이야기를 건넨다. 어디에서 왔느냐, 태국은 처음이냐, 나는 유명한 T대학교에 다니고 있다. 당신은 그의 친절에 감복하고 태국의 유명 대학에 다닌다는 그의 말을 곧이곧대로 믿는다. 그는 관광객들은 잘 모르지만 현지인들에게는 유명한, 정말 아름다운 사원이 여기에서 멀지 않다는 고급 정보까지 준다.

그러더니 그는 뚝뚝을 잡아주겠다고 한다. 방콕의 관광지들을 돌아보려면 이쪽이 훨씬 저렴하다면서. 직접 뚝뚝 기사와 적절한 가격을 흥정까지 해주겠다고도 한다. 그가 도로 쪽으로 나가서 두리번거리자 때마침 뚝뚝 한 대가 다가온다. 친절한 태국인은 말한 대로 저렴한 가격의 뚝뚝 투어를 흥정해준 후 고마워하는 당신에게 한마디 덧붙인다.

"그런데 방콕에서 보석 박람회가 열리는 것 알고 있니? 보석이 엄청나게 싸대. 요즘 외국 애들이 거기서 보석을 잔뜩 사서 자기 나라에서 비싸게 판다더라. 기회가 있으면 한번 들러봐!"

가벼운 말투. '안 가면 네 손해지 나는 아무 상관도 없어'의 태도. 즐거운 여행을 빌며 그가 선량한 얼굴로 손을 흔든다. 역시 태국은 미소의 나라. 뚝뚝 기사는 태국인들의 친절에 홀딱 넘어간 당신을 그 아름답다는 사원으로 데려다준다.

사원 안을 돌아다니다 보면 번들거리는 양복을 쫙 빼입고 콧수염까지 기른 번들거리는 얼굴의 남자가 나타난다. 전체적으로 번들거린다. 미소도 번들거리고 말투도 번들거린다. 그는 번들거리는 인사를 건넨다. 가벼운 신상조사가 끝난 후 그는 당신이 들고 있는 가이드북을 잠깐 보여줄 수 있겠냐고 묻는다. 방콕을 여행할 때 놓쳐서는 안 될 장소들을 찾아내 짚어준다. 번들거리기는 하지만 친절한 남자다. 그때 한 서양인 남자애가 다가온다. 공부만 하다가 태국으로 여행을 온 것 같은 순진한 인상의 남자애다. 번들거리는 남자는 그 애가 자기 친구고, 프랑스인이라고 알려준다. 프랑스인은 수줍게 인사를 건넨다.

번들거리는 남자가 말한다.

"오늘 방콕에서 아시아 최고의 보석 박람회가 열린다더라. 보석을 엄청나게 싸게 판대. 부모님 선물로 좋을 거야."

가든 안 가든 상관없지만 너도 참 딱하다는 느낌이다. 수줍은 프랑스인이 한마디 보탠다.

"나도 작년에 보석을 잔뜩 사서 프랑스에 가서 5배의 이윤을 붙여 팔았어. 올해도 그래 보려고."

당신은 갑자기 흥분한다. 만나는 사람들마다 추천할 정도면 분명히 뭔가 있다. 지금껏 당신의 인생에는 금전운이란 없었다. 큰돈을 벌 수 있을 거라는 희망도, 기대도, 확신도 없었다. 하지만 이것으로 당신의 인생은 획기적인 전환을 맞이할 것이다. 남들이 돈방석에 올라앉는 꼴을 보고만 있을 수는 없지 않은가. 보석 박람회가 당신을 부른다.

당신은 사원을 뛰쳐나가 문 앞에서 기다리던 뚝뚝 기사에게 다급하게 소리친다.

"보석 박람회장으로!"

박람회장은 모르는 사람은 찾아가기도 힘들 방콕 시내 어딘가의 커다란 건물에서 열리고 있다. 그렇게 유명한 박람회라더니 주차장이 텅텅 비어 있다. 하지만 오히려 안도감이 든다. 좋은 물건을 남들보다 빨리 낚아챌 수 있게 되었다.

초조함과 기쁨이 뒤섞인 표정으로 박람회장 안으로 들어간다. 커다란 홀 같은 곳에 보석이 잔뜩 진열된 쇼케이스를 늘어놓고 대부분 중국계 태국인으로 보이는 보석상들이 무표정한 얼굴을 한 채 서 있다. 갑자기 당신은 태어나서 한 번도 보석을 사본 적이 없다는 사실을 깨닫는다. 뭐가 보석이고 뭐가 아닌

지도 모르겠다. 게다가 보석에 대해 아는 게 하나도 없는 당신의 눈에도 이 보석들은 제3세계를 제외하고서는 팔릴 가능성이 희박한 디자인 같아 보인다. 심지어 가격표에 찍힌 금액은 심장마비가 올 지경이다. 그래도 일단 사 가지고 가면 비싼 가격에 팔 수 있을 것이다.

이런저런 행복한 고민에 빠져 있는 당신의 맞은편으로 한 무리의 서양인들이 나타난다. 얼빠진 미소를 띤 채로 보석과는 거리가 먼 인생을 살아왔을 너절한 차림을 하고서 쇼케이스 사이를 걸어 다니는 노란 머리의 덩치 큰 남자와 눈이 마주친 순간, 그의 얼굴이 어쩐지 낯익다는 사실을 깨닫는다. 당연하다. 그건 당신의 얼굴이기 때문이다. 사기를 당한 사람의 얼굴.

사기의 기본은 '우연을 필연으로 믿게 만드는 것'이다. 바로 그것을 위해 친절한 태국인은 당신에게 다가와 길을 알려주었고, 근처에서 대기하던 뚝뚝은 신호를 받고 달려왔으며, 사원에서는 번들거리는 남자와 프랑스인 남자애(알바생으로 추정)가 시간에 맞춰 나타나 주었던 것이다. 그리하여 당신은 이것이 신이 내린 대박의 기회라는 착각의 늪에 빠지게 된다. 이 놀라운 우연의 고리가 조금이라도 느슨했더라면, 또는 그 느슨함을 눈치챌 만한 약간의 지능이 있었더라면, 당신은 보석 박람회장을 멍청한 얼굴로 돌아다니지 않아도 좋았을 것이다.

어떻게 이렇게 잘 아느냐 하면 바로 내가 그 사기를 당한 사람이기 때문이다. 심지어 나는 가이드북의 '보석 사기' 페이지를 보며 비웃기까지 했던 바로 그 사람인 것이다. '세상에, 어떤 바보가 이런 사기를 당하나.' 그 바보가 바로 나였다.

다행히 최후의 순간에 이것이 사기임을 눈치챌 정도의 지능은 있었던(침팬지 정도의 지능이면 가능) 나와 동생은 황급히 보석 박람회장을 빠져나왔다. (불쌍한 미국인 동지는 구해내지 못했다.) 우리는 수수료를 못 챙기게 되어 기분을 잡친 뚝뚝 기사와 칼부림을 한판 벌인 후 무사히 여행을 계속할 수 있었다.

여행의 막바지에 우리는 태국 남부의 끄라비라는 도시로 향했다. 마치 내 고향 진해 같은 곳이었다. 이름만 들어도 따뜻하고 잔잔한 바다가 떠오르는 장소. 바다 곁에 누운 고요하고 소박한 시가지.

이 도시에서 1층은 미용실이고 2층부터 3층까지를 게스트하우스로 쓰는 숙소에 묵었다. 미용실 원장님이기도 한 주인

아주머니의 청소 실력이 결벽증 수준이었다. 짬만 나면 아주머니는 타일로 된 계단을 쓸고 닦고 있었다. 해변에 다녀와서 모래가 잔뜩 묻은 발로 계단을 오르다가 청소 중인 아주머니와 마주칠 때면 죄를 지은 기분이 들 정도였다. 화장실에는 물기 한 점 없었다. 흰 페인트로 칠한 방에는 침대 두 개만 놓여 있었고 그나마 창문이 있는 방은 조금 더 비싸서 창문 없는 방에 묵어야 했지만, 싸고 깨끗하다는 데 후한 점수를 주었다.

낮에 아주머니는 미용실에서 손님들의 머리를 말거나 마사지를 해주었다. 한국의 동네 미용실처럼 머리를 하러 온 손님 반, 그냥 놀러 와 수다를 떠는 동네 아줌마들 반이었다. 그러니까 게스트하우스는 아주머니의 부업 같은 거였다. 아주머니는 누구의 도움도 받지 않고 홀로 미용실을 운영하는 틈틈이 게스트하우스를 꾸려가고 있었다. 그러면서도 힘든 기색 하나 보이지 않았다. 부지런하고 당찬 여자였다. 호락호락한 성격 같아 보이지 않았는데 그렇다고 숙박객들을 들들 볶지도 않았다.

그러고 보면 태국에서 외국인 여행자들을 상대로 장사를 하는 사람들도 거의 여자들이다. 태국의 여자들은 열심히 일한다. 거리의 노점에서 이른 아침부터 바나나를 구워 팔거나 튀긴 닭과 찰밥을 파는 사람들은 대개 여자들이다. 게스트하우스를 운영하고 청소를 하는 사람들도 여자들이다. 노천식당에서 국수를 마는 사람들도 여자들이다. 매연으로 가득한 거리에서 마스크를 쓴 채로 빗자루질을 하는 청소부들도 여자들이다. 남자들은 가게를 차려놓고 맥없이 앉아 시간을 흘려보내거나 운전을 한다. 호객행위를 하는 남자들도 있고, 사기를 치는 남자들도 있고, 사무실로 출근하는 남자들도 있다. 같은 세상인데도 남자들의 세상은 어쩐지 가혹하게 느껴지고, 여자들의 세상은 풍요롭게 느껴진다. 어쩌면 여자들은 세상을 풍요롭게 만드는 법을 알고 있는 건지도 모르겠다.

끄라비 시내 한가운데에는 최신식의, 하지만 시골다운 소박함을 풍기는 백화점이 있다. 그 주위로 하루 종일 붐비는 재래시장도 있다. 시내에서 썽태우─픽업트럭을 개조한 일종의 버스를 타면 시 외곽의 아름다운 해변으로 놀러 갈 수도 있다. 타는 듯 내리꽂는 햇살의 위세도 한 풀 꺾이고 바다에서부터 선선한 바람이 불어오기 시작하는 늦은 오후쯤에야 문을 여는 노천식당에는, 교복을 입은 소녀들과 퇴근하는 아저씨들과 시장에 다녀오는 아주머니들과 꼭 끼는 셔츠와 스커트 차림의 아가씨들이 앉아서 조용히 국수나 덮밥을 먹는다. 밤에는 바다 근처에서 온갖 먹거리가 즐비한 야시장이 열린다. 물가는 저렴하고 사람들은 방콕보다 훨씬 느긋하다.

나는 끄라비의 마트에서 전기포트를 하나 샀다. 전기를 꽂으면 뜨겁게 달궈지는 철제 봉 같은 것이 있어 물만 끓이는 것이 아니라 간단한 조리도 할 수 있는 기구였다. 그걸로 우리는 신라면과 너구리를 끓여 먹었다. 태국에서 파는 신라면과 너구리는 무언가 상당히 빠진 맛이 났지만 그래도 좋았다. 결국 아빠의 경고를 들어야 했던 걸까.

끄라비의 노천식당에서는 족발덮밥도 발견했다. 족발덮밥은 가이드북에서 극찬했던 대로 정말 맛있었다. 양념에 오래 끓여 살이 거의 흩어질 정도의 족발을 살만 발라서 밥 위에 얹은 후 국물을 조금 뿌려준다. 백미는 살짝 데쳐 함께 올려주는 청경채. 청경채의 흐물흐물한 풀 맛과 짭조름한 국물 맛, 부드러운 족발 맛이 잘 어울린다. 태국의 요리는 늘 이렇게 가볍고 양이 적고 채소를 곁들여줘서 좋았다.

끄라비에서 우리는 마치 고향에 돌아온 것처럼 지냈다. 아침으로 쌀국수나 족발덮밥을 먹고 썽태우를 타고 해변으로 놀러 갔다. 해변에서 종일 뒹굴다가 오후가 되면 돌아와서 샤워를 하고 백화점으로 갔다. 에어컨 바람을 쐬며 물건들을 구경한 뒤 햄버거나 피자, 아니면 수끼_{태국식 샤브샤브}를 사 먹었다. 마트에 들러 간식거리도 조금 샀다. 해변까지 산책을 했다. 선착장 근처에 가면 호객꾼들이 말을 걸었다.

"라일레이 해변에 안 갈래요?"

관심이 없다며 고개를 저으면 그들은 환하게 웃었다. 제의를 거절해도 그들은 나를 미워하지 않는다. 해가 지면 야시장을 기웃거렸다. 연인들, 친구들, 가족들 사이에 끼어서 맥주 한 잔을 사 마시거나 수박 주스를 마시거나 했다. 그렇게 빈둥대며 시간을 흘려보냈다. 마치 고향 같은 곳에서. 나는 이 도시가 좋았다. 매일 이렇게 살다가 이곳에 뼈를 묻어도 좋을 것 같았다.

코펠과 버너와 부탄가스를 챙기지 않고 결국 전기포트를 사서 한국 라면을 끓여 먹다니, 참 이상한 일이다. 가이드북에서 한 페이지를 할애한 보석 사기를 가이드북에 나온 그대로 당하다니, 참 이상한 일이다. 고향이 아닌 곳에서 고향의 느낌을 받으러 그 먼 길을 가다니, 참 이상한 일이다.

여행은 참 이상한 일이고, 그 이상한 일을 하기 위해서 매번 짐을 꾸린다.

전기장판을 켜고 온 것이 분명하다

나는 지금껏 단 한 번도 전기장판을 켜놓고 외출한 적이 없다.
그런데 하필 2주 동안 집을 비우는 오늘, 외국으로 떠나는 오늘,
전기장판이 나를 괴롭힌다.

→ 2013년에 무슨 일이 있었던가. 북한에서 장성택이 처형당했다. 호주에 산불이 났고, 필리핀에 태풍이 불었고, 샌프란시스코 공항에 착륙하려던 아시아나항공의 여객기가 사고를 냈으며, 보스턴마라톤대회에서는 폭탄이 터졌다. 그리고 그해에 남편은 두 번째로 실직을 했다.

한 번도 실직을 당해본 적이 없는 나는, 30년 군 생활 후 만기 전역한 아버지를 둔 나는, 사람이 실직을 할 수 있다는 것을 믿을 수가 없었다. 그것도 두 번이나. 어떻게 하면 두 번이나 실직을 당할 수가 있는 것일까. 어떤 사람이기에 두 번이나 실직을 당할 수가 있는 것일까. 나는 어쩌다 저런 사람과 결혼을 한 것일까. 두 번째에는 눈물조차 나오지 않았다. 별수 없지. 이게 다 내 팔자다. 약 25분 동안 공황 상태에서 입에서 나오는 대로 아무 말이나 지껄이던 나는 결국 이렇게 말했다.

"오케이. 이왕 이렇게 된 거 여행이나 갑시다."

이렇게 이야기하면 내가 무척 대범한 여자인 줄 착각하실 텐데, 나는 그런 여자가 아니다. 낙천적인 여자냐고? 그것도 아니다. 집에 쌓아놓은 재산이 많아서 걱정할 게 없을 여자처럼 보이는가? 천만의 말씀이올시다. 나는 주로 지나치게 비관적이다가 가끔 이해할 수 없을 정도로 낙천적이 되어 이상한 짓을 하곤 하는 여자인데, 그런 현상을 일컫는 말이 있다. 바로 현실 도피.

결혼 이후 우리는 한동안 한국 사회가 요구하는 기준에 맞춰 살아왔다. 그건 마치 플랫폼에 멍청하게 서 있다가 갑자기 나타난 인파에 떠밀려 어느 방향으로 가는지도 모를 전철에 올라타 버린 것이나 마찬가지였다. 우리는 취직을 했고, 웨딩문화원이라는 데서 결혼식을 했고, 혼인신고를 했으며, 주택자금 대출을 받았고, 아파트로 이사를 했고, 취직을 했고, 아이를 연달아 둘 낳았고, 학부형이 되었다.

남편은 매일 넥타이를 매고 구두를 신은 불편한 차림으로 한 시간이 넘게 지하철을 타고 출근을 하고 퇴근을 했다. 눈치를 보고 욕을 먹고 욕을 하고 갈굼을 당하고 누군가를 갈구고 술을 퍼마시면서 돈을 벌었다. 남편의 양복바지는 여기저기 헤지고 찢어진 데 투성이였다. 비싼 데다 실용적이지도 않은 그 바지가 나는 싫었다.

남편이 그러고 사는 동안 나는 유모차를 밀며 하루 종일 집과 놀이터와 마트 사이를 전전했다. 난장판이 된 집에서 미친 듯이 매 끼니를 차려냈다. 적금을 붓고 대출 이자를 내고 공과금을 내고 보험에 들고 세금을 납부했다. 그러는 사이에 터널 시야증후군에라도 걸린 듯 우리의 시야는 점점 좁아졌고 세상사를 바라보는 각도는 고정된 채 그 자리를 벗어나지 못했다.

이것이 우리가 진정으로 원하는 삶인지에 대해서는 자신이 없었다. 그냥 그렇게 된 거였다. 다 그렇게 사니까, 그렇게 살아야 하는 줄로만 알았다. 이미 전철의 문은 닫혀버렸다.

이제 전철 안의 상황에 좀 적응해보려 했더니 떠밀려 내려야 했다. 우리를 텅 빈 플랫폼에 버려둔 채 전철은 떠나버렸다. 여기가 어딘지, 어디로 가야 하는지, 무엇을 해야 하는지 알 수가 없었다.

이왕 망한 인생, 잠시라도 다르게 살아보고 싶었다. 일도 하지 않고 공과금도, 대출이자도, 보험료도, 세금도 내고 싶지 않았다. (실제로는 내고 있지만.) 일어나고 싶을 때 일어나고 자고 싶을 때 자고 싶었다. 빈둥대고 싶었다. 하고 싶은 것만 하고 싶었다. 하기 싫은 것은 하기 싫었다. 하기 싫은 것을 주로 하면서 살아왔으니, 2주 동안 하기 싫은 것을 하지 않는다고 천벌을 받을 일도 아니었다.

우리는 달아나는 게 아니었다. 새로운 공기를 마시고 새로운 빛을 쬐고 새로운 바람을 맞고 새로운 시야와 새로운 각도를 얻는 것. 그것들을 안주머니 깊이 품은 채로 집으로 돌아가는 것, 그것이 우리가 원하는 전부였다.

$$\approx\approx\approx$$

어디로 가야 할지를 고민하던 우리는 목적지를 태국으로 정했다. 태국. 나의 첫 여행지. 내가 처음으로 밟아본 외국 땅. 처음 방콕 돈므앙 공항에 내렸을 때 열대의 새콤달콤한 향기가 입국장 안까지 흘러 들어왔었지.

20대 초반에 처음으로 태국을 여행한 후, 나는 여름만 되면 태국으로 가는 짐을 꾸려왔다. 나는 태국을 좋아했다. 나뿐만 아니라 함께 간 모든 이들이 태국을 좋아했다. 물가는 싸고 먹을 것은 지천이고 자연환경은 풍요롭고 즐길 거리가 널려 있으며 사람들은 친절한 곳. 그곳에서는 3천 원짜리 게스트하우스에 묵으며 천 원짜리 국수로 끼니를 때우고 6천 원짜리 마사지를 받으며 유유자적 지낼 수 있었다. 반대로 10만 원대의 호텔에 묵으면서 3만 원짜리 스테이크를 썰고 에어컨이 시베리아 북동풍처럼 불어오는 화려한 쇼핑몰들을 순회할 수도 있었다. 물론 그 중간쯤의 여행을 할 수도 있었다. 오늘은 가난한 여행자가 되었다가 내일은 부유한 관광객이 되는 것도 가능했다. 태국에서는 무엇이든 될 수 있었다. 무엇이든 할 수 있었다. 소비로 자존감을 획득하는 데 익숙한 우리에게 태국이란 그런 곳이었다. 3분의 1만 가져도 실컷 즐기다 올 수 있는 곳.

그러나 이번 여행은 좀 다르다. 이제 막 여덟 살과 여섯 살이 된 아이 둘을 데리고 가는 여행이다. 아이 둘을 데리고 태국을 여행하다니. 택시비를 흥정하고 낯선 골목에서 하룻밤 묵을 방을 찾아 헤매고 노천식당에서 이름 모를 음식들을 먹고 트럭을 타고 뚝뚝을 타고 배를 타는, 그런 여행을 어떻게 한단 말인가. 그것도 대문 앞만 나섰다 하면 다리가 아프다고 주저앉는 저 화상들을 데리고! 정신을 차려보니 나는 파타야의 워터파크가 딸린 리조트를 검색하고 있었다. 외국인보다 한국인이 더 많아서 비행기를 타고 가평쯤에 놀러 온 것 같은 그런 리조트라고 했다. 파타야라니, 아아 안 돼. 파타야에 갈 수는 없어.

파타야가 나쁜 곳이라는 이야기는 아니다. 심지어 나는 파타야에 가본 적도 없다. 하지만 기껏 자유로워지고 싶다고 해놓고는 고른 것이 파타야의 리조트라니, 어쩐지 어색하지 않은가. 전형적인 바보짓이다. 하지만 나는 평소 이런 바보짓을 많이 한다. 생각난 김에 나의 바보짓 퍼레이드를 반추해보자면,

1. 나는 트럭을 모는 것이 부끄럽다는 이유로 1종이 아닌 2
   종 수동 운전면허를 땄다. 내 평생 수동 자동차를 몰 일이
   있을까. 아마 없을 것이다. 하지만 자동 운전면허는 자존
   심이 허락하지 않았다. 수동 기어가 달린 자동차로 운전
   연습을 하느라 고생만 죽도록 했는데, 면허를 따자마자
   클러치 밟는 법을 다 까먹어버렸다. 결국 나는 수동 운전
   면허를 갖고 있지만 생계를 위해 트럭을 운전할 수도,(사
   람 일은 어떻게 될지 모른다.) 그렇다고 수동 기어가 달린 자
   가용을 운전할 수도 없는 사람이 되어 버렸다. 이게 뭔가.

2. 한때 자연주의 출산법에 경도되었던 나는 첫째를 조산원
   에서 낳았다. 지하에 나이트클럽이 있는 허름한 건물의
   여관방 같은 조산원에서 DJ가 틀어대는 비트에 맞춰 밤
   새 소리를 지르다가 도합 38시간의 진통 끝에 자연주의
   출산에 성공한 것이다. (환경 빼고는 모든 것이 자연주의적이
   었다.) 그때 나는 둘째는 무조건 온갖 약물과 기구의 도움
   을 받아 소독약 냄새 진동하는 병원에서 낳겠다고 다짐하
   고 다짐했다. 그리고 그렇게 했다. 세상에 첫째를 병원에
   서 낳고 둘째를 조산원에서 낳는 사람은 많아도 나처럼
   반대로 하는 사람은 거의 없을 것이다. 별수 없다. 바보짓

은 내 특기니까. 혹시 조산원과 병원 중 어느 쪽이 더 나은지 묻는다면 애 낳는 건 뭘 어떻게 하건 죽도록 아프다고 말하련다.

3. 한때 내 꿈은 영화 〈카모메 식당〉의 여주인공처럼 동네의 한적한 골목에 예쁜 카페를 차리고 그곳을 찾아온 손님들을 정성껏 대접하는 것이었다. 그래서 그렇게 했다. 1년 반 만에 나는 단골손님과 싸우고 드나드는 낯선 손님들을 경계하고 미워하면서 카페의 문을 닫았다. 장사가 안 된다거나 몸이 고되다는 이유로 카페를 그만둔 것이 아니라,(물론 그 두 가지도 문을 닫은 이유에 포함이 되겠지만) 사실은 손님이 싫어서 그만둔 것이다. 손님이야말로 장사의 복병이라는 사실을 누가 꿈에라도 상상이나 했겠는가.(남들은 했겠지만 나는 바보라서 못한다.) 지금은 카페에 커튼을 내리고 작업실로 쓰고 있는데, 누가 들어와서 커피 한 잔을 달라고 하면 단호하게 안 판다고 말한 후 매몰차게 쫓아내버린다.

물론 이 세 가지 외에도 셀 수 없이 많은 바보짓들을 하며 살아왔다.(바로 오늘 한 바보짓도 생각난다. 참담하다.) 내 인생은 바보짓을 하고 그것을 수습하며 사는 일의 연속이다. 아니, 그게 내 인생 자체다.

아무튼 밤새 파타야 리조트를 검색하고 있는 내게 남편이 말했다.

"이러려면 굳이 태국까지 갈 필요가 있을까?"

그의 말이 맞았다. 이런 코스라면 굳이 비싼 돈을 들여 아이들까지 끌고 태국에 갈 필요가 없었다. 나는 바보다. 하지만 더 이상은 안 된다. 나의 바보짓 퍼레이드를 멈춰야 한다. 그러지 않으면 나는 평생 바보로 살다 바보로 죽게 될 것이다.

인터넷을 뒤져보니 우리 아이들보다 더 어린아이를 데리고 더 험한 코스로 여행한 여자들도 있었다. 좋다. 나라고 못할 것이 뭔가. 배낭을 메고, 기차를 타고, 트럭을 타고, 배를 타고, 예전에 그랬던 대로 길을 잃고, 헤매고, 당황하고, 화를 내고, 싸우고, 악다구니를 쓰고, 울고, 그러다 바보처럼 웃는, 여행 같은 여행을 해보자. 가보자.

모든 것이 준비되었다. 큰아이의 초등학교 입학식까지 정확히 2주일이 남았다. 우리는 태국으로 가는 항공권을 끊었다.

도착지인 방콕에서 묵을 숙소와 다음 목적지인 피피 섬의 숙소만 미리 예약해두었다. 둘 다 수영장이 딸린, 저렴하지만 괜찮은 숙소다. (물론 내 기준에서다.) 이번 여행에서 우리가 해야 할 일은 단 두 가지뿐이었다. 하루 종일 함께 있기. 할 수 있다면 매일 수영하기. 아이들의 물놀이용품만으로도 여행가방이 터질 것 같았다.

아침 비행기를 타야 했기에 해도 뜨기 전에 일어나서 공항으로 출발했다. 그런데 집을 나서면서부터 알 수 없는 불안감이 느껴지기 시작했다. 여권을 두고 왔나? 가방을 뒤졌더니 네 개의 여권이 빠짐없이 들어 있다. 여권에 발이 달려 쥐도 새도 모르게 사라지지 않도록 가방 깊숙이 밀어 넣었다. 마스터카드도 지갑 속에 있다. 환전은 어차피 인터넷뱅킹으로 해두었으니 공항에서 찾기만 하면 된다. 그러나 불안감은 가시지 않는다.

"뭔가 빠진 것 같아."

"뭐가?"

남편이 물었다.

"불안한데……."

"휴대폰?"

"챙겼어."

"노트북?"

"챙겼지."

"그럼 됐네 뭐."

그러나 불안감은 여전하다.

"아니야. 뭔가 잊은 게 있어."

"카메라?"

"여기 있는데?"

"그럼 뭐야?"

"불을 켜고 왔나?"

"불은 내가 껐어."

"보일러는?"

"보일러도 외출로 돌려뒀지."

"확실해?"

"확실해."

"가스는?"

"잠갔어."

남편의 목소리에 짜증이 묻어났다. 하지만 마음이 안정되지 않았다. 분명히 무언가를 두고 왔다. 무언가를 잊었다. 분명하다. 무언가 해결되지 않은 문제가 남아 있다. 그리고 섬광 같은 깨달음.

"전기장판!"

"뭐?"

"전기장판 껐어?"

내 물음에 남편이 애매한 표정을 짓는다.

"당신이 *끄지* 않았나?"

"잘 모르겠는데."

"아냐. 당신이 껐어."

"아닐지도 몰라."

"아까 *끄는* 것 봤어."

"언제?"

"본 것 같은데……."

남편이 말끝을 흐린다. 나는 그를 믿지 못한다. 두 번이나 실직을 당한 남자를 믿지 못한다. 아니, 사실 나는 세상 어느 누구도 믿지 못한다.

"안 껐어. 안 끈 게 분명해."

"아니야. 껐어. 껐을 거야."

남편도 오기가 생기는 모양이다.

"증거 있어?"

"껐다니까!"

"증거를 대."

"그럼 다시 돌아가든가!"

남편이 화를 냈다. 나는 갑자기 수그러든다.

"아니야. 껐을 거야."

우리의 싸움은 늘 이런 패턴이다. 내가 히스테리를 부린다. 남편이 불안해하며 그런 나를 진정시키려 애쓴다. 하지만 아무 소용이 없다. 나는 지금 히스테리를 부리고 싶어서 부리는 것이기 때문이다. 그러니까 남편의 무마는 거의 추임새, 백댄스, 장구소리, 휘발유에 가깝다. 나의 히스테리는 점점 고조된다. 급기야 남편이 버럭 소리를 지르며 화를 낸다. 그제야 나는 물바가지라도 뒤집어쓴 것처럼 정신을 차린다.

나는 지금껏 단 한 번도 전기장판을 켜놓고 외출한 적이 없다. 그런데 하필 2주 동안 집을 비우는 오늘, 외국으로 떠나는 오늘, 전기장판이 나를 괴롭힌다. 껐는지 안 껐는지 아무리 더듬어 봐도 기억이 나지 않는다. 미칠 것 같다. 이미 고속도로를 탔는데 다시 돌아가자니 진짜로 미친 것 같아 보일까 걱정이 된다. 손톱만큼 남은 내 이성은 돌아갈 필요가 없다고 나를 붙잡는다. 하지만 나의 감성은 폭주기관차라도 탄 듯하다. 전기장판이 과열된다. 이불이 타다가 불이 붙는다. 불은 싸구려 장판과 벽지와 커튼을 태우고 집을 집어삼킨다. 우리는 이제 집도 절도 없는 신세가 될 것이다. 실직도 했는데.

두 아이를 데리고 태국으로 간다. 이건 3박 4일 정도의 홍콩 여행과는 급이 다른 것이다. 심지어 일정도, 숙소도, 제대로 정해두지 않았다. 불안하다. 불안하고 또 불안하다. 나는 태국이 어디보다 안전한 나라이면서 또 어떤 면에서는 불안한 나라라는 것도 잘 알고 있다. 어딜 가나 흥정은 기본이다. 나는 흥정이 싫다. 사기를 당한 적도 있다. (보석 사기!) 아들과 함께 여행하던 유럽 여자의 실종 전단이 카오산로드의 경찰서 앞에 붙어 있던 걸 봤던 기억이 난다. 그렇다. 나는 그저 이 여행에 대한 내 불안감을 해소할 창구가 필요한 것이다. 그걸 애꿎은 전기 장판에 투사한 것일 뿐이다.

공항에 가서 티켓을 발권하고 짐을 부치고 출입국 심사를 마치고 비행기에 올라서야 불안감이 조금은 가라앉았다. 전기 장판은 꺼져 있을 것이다. 아무 일도 없을 것이다. 낙관적인 전망을 갖자.

방콕의 수완나품 공항에 도착하자마자 우리는 변신이라도 하듯 화장실로 달려가 여름옷으로 갈아입었다. 한국을 떠날 때는 오리털 코트를 입어야 했는데 여기서는 소매가 없는 옷을 입고 슬리퍼를 신어도 된다. 겨울을 벗어버리고 여름을 입는 것이다. 누군가가 이렇게 말한 적이 있다.

"삼복더위에는 실연을 해도 그럭저럭 잊어버리고 살게 돼. 더위 죽겠는데 울고 불며 곱씹을 여력이 어딨어."

그렇다. 어쩌면 그렇기 때문에 더운 나라에서는 노벨 문학상 수상자가 잘 나오지 않는 것인지도 모른다. 울고불고 곱씹고 치를 떨고 저주하고 분석하고 평가하는 것도 날씨가 받쳐줘야 가능한 것이다. 춥고 스산하기로 유명한 나라 출신 작가들의, 세상 근심을 다 끌어안은 얼굴을 떠올려 보시라.

마찬가지로 추위에 두꺼운 옷을 잔뜩 껴입고 어깨를 움츠린 채로 종종걸음을 칠 때의 우리와, 더위에 늘어져서 세월아 네월아 슬리퍼를 질질 끌며 걷는 우리는 같지만 다른 사람들일 것이다. 그러니 울고불고 곱씹고 치 떨고 저주하고 분석하고 평가하는 일 같은 건 당분간 잊자. 아무 생각 없이 느긋하게 지내보자. 그것이 더운 나라에 어울리는 방식일 테니.

뜨거운 열기로 가득한 밖으로 나와 택시를 잡았다. 약간 긴장했지만 의외로 간단했다. 숙소가 있는 거리의 이름인 '프라 아팃'을 말하고 고속도로 톨게이트 비용을 포함한 적정 금액을 흥정하자, 택시는 문제없이 우리를 프라 아팃으로 데려다 주었다. 많은 것들이 눈에 익다. 나는 이 거리를 잘 안다. 익숙한 골목들, 익숙한 가게들, 익숙한 건물들, 익숙한 분위기와 냄새.

일단 숙소에 짐을 풀고 챙겨오지 않은 딸의 수영복을 사러 나섰다. 계단을 내려오며 남편이 즐거운 듯 소리친다.

"아, 외국에 도착한 첫날 맡는 이 낯선 냄새! 정말 좋아."

내 남편이지만 이해할 수 없는 남자다. 나는 이 낯선 냄새가 싫다. 낯선 공기와 낯선 소리와 낯선 냄새가 나를 불안하고 울적하게 만든다. 이 순간 나는 달아나고 싶다. 집으로 돌아가고 싶다. 내가 여길 왜 온 거지. 구역질이 날 것 같다. 나는 서른이 훌쩍 넘어 마흔이 가까운 나이고, 남편도 있고, 애도 둘이나 낳았고(말했다시피 둘 다 자연분만으로!), 2종 수동 운전면허도 있는데, 심지어 여기까지 이 모두를 끌고 온 건 나인데, 그런데도 구역질이 날 것 같다. 정말 바보 같다.

수영복을 사서 돌아와 가족들은 모두 수영장으로 풍덩 뛰어들었다. 그런데 나는 그럴 수가 없다. 대신 나는 수영장 옆 식당의 테이블에 앉아 맥주를 마시면서 수영하는 가족들을 지켜보았다. 그제야 마음이 조금 진정되었다. 이 후덥지근한 공기와 숯불과 생선젓국과 매연과 팍치와 파인애플이 뒤섞인 달짝지근한 냄새와 낯선 언어들과 새소리들이 '이질적인 것'에서 '이국적인 것'으로 변하기 시작했다. 전자는 두렵지만, 후자는 견딜만하다. 그리고 내게는 전자에서 후자까지 가는 거리가 인천에서 방콕까지의 거리만큼이나 멀다.

그나저나 내가 수영을 할 수 없었던 이유는 방콕에 도착하자마자 생리가 시작되었기 때문이다. 그러니까 오늘 나의 불안과 히스테리와 울적함은 어쩌면 호르몬 탓이었는지도 모른다.

≋≋≋

여행을 시작한 지 이틀 후에 볼일이 있어 엄마가 안양의 우리 집에 들렀다. 나는 태국 남부의 소도시, 끄라비의 바다 앞에 서서 엄마가 보낸 문자를 받았다.

'전기장판 꺼져 있음.'

그 소식을 듣고 나니 바다가 2퍼센트 더 아름다워 보였다.

이 여행과 여행 중인 우리가 마음에 들었다. 어쩌면 우리는 행운아이고, 지금의 시련은 앞으로 나아가기 위한 디딤대 같은 것인지도 모른다는 생각마저 들었다. 게다가 집도 불타지 않았다. 우리에겐 돌아갈 곳이 있다.

그리고 보면 돌아갈 곳이 있다는 건 얼마나 근사한 일인지. 어쩌면 그게 여행의 가장 멋진 점인지도 모른다.

이왕 망한 인생, 잠시라도 다르게 살아보고 싶었다.

일도 하지 않고 공과금도, 대출이자도, 보험료도,

세금도 내고 싶지 않았다.

일어나고 싶을 때 일어나고 자고 싶을 때 자고 싶었다.

빈둥대고 싶었다. 하고 싶은 것만 하고 싶었다.

하기 싫은 것은 하기 싫었다.

하기 싫은 것을 주로 하면서 살아왔으니,

2주 동안 하기 싫은 것을 하지 않는다고 천벌을 받을 일도 아니었다.

우리는 달아나는 게 아니었다.

새로운 공기를 마시고 새로운 빛을 쬐고 새로운 바람을 맞고

새로운 시야와 새로운 각도를 얻는 것.

그것들을 안주머니 깊이 품은 채로 집으로 돌아가는 것,

그것이 우리가 원하는 전부였다.

내가 어쩌다
여기에

회사에서 도미니카공화국으로 출장을 가라고 했는데, 이렇게 생각했다.
'아, 이 회사가 이제 나를 아프리카로 보내는구나.' 앞이 캄캄했다.
인터넷으로 검색해보니 아프리카가 아니라 중남미였다.

도미니카공화국이라는 나라가 어느 대륙에 붙어 있는지조차 나는 몰랐다. 회사에서 도미니카공화국으로 출장을 가라고 했는데, 이렇게 생각했다. '아, 이 회사가 이제 나를 아프리카로 보내는구나.' 앞이 캄캄했다.

인터넷으로 검색해보니 아프리카가 아니라 중남미였다. 도미니카공화국은 아이티와 같은 땅을 스테이크 자르듯 반으로 쓱 잘라 쓰고 있고, 쿠바와도 가깝다. 차라리 쿠바라면 좋을 텐데. 아이티라고 하면 부두교와 살아 있는 시체들과 진흙쿠키밖에는 떠오르지 않는다. 하물며 그 옆에 붙은 도미니카공화국은 대체 어떤 나라란 말인가. 물론 아이티와 도미니카공화국은 엄연히 다른 나라다. 하지만 같은 땅을 나눠 쓰고 있다면 그 나라가 그 나라 아닌가? 하긴 북한과 우리를 생각하면 그건 또 아닌 거겠지.

도미니카공화국으로 떠나기 전날, 대학 시절 즐겨 다니던 추억의 즉석떡볶이집에서 다음 달이면 결혼할 남자와 저녁을 먹었다. 가격은 싸고 양은 많고 맛은 좋고 주인아저씨와 아주머니가 매일같이 무를 깎고 썰어 초절임을 하며 서로를 지긋지긋해하는 그런 곳이었다.

비좁은 계단을 따라 내려가자 대학 시절의 익숙하던 그 풍경이 눈앞에 펼쳐졌다. 좁은 실내, 다닥다닥 붙은 테이블, 끓고 있는 즉석떡볶이와 즉석떡볶이를 초조하게 지켜보고 있는 대학생들. 주머니는 가볍고 야심은 넘치고 자신감은 없는 불안한 눈빛들. 주인아저씨와 아주머니 역시 여전히 무를 깎으며 서로를 지긋지긋해하고 있었는데, 그 모습을 보자 왠지 안심이 되었다.

나는 맞은편에 앉은 남자에게 오늘이 마지막 저녁이라고 말했다. 남자는 "어째서 마지막인 거야?"라고 물었고 나는 답했다. "죽으러 가는 심정이니까." 그리고서 우리는 즉석떡볶이를 맛있게 나누어 먹었다. 나는 결국 그 남자와 결혼해서 아직까지도 함께 살고 있는데, 그때는 우리가 그 즉석떡볶이집 주인아저씨와 아주머니처럼 늙게 될 줄은 까맣게 몰랐다.

그때 내가 죽으러 가는 심정이던 이유는, 도미니카공화국에 도착하기 위해서는 무려 이틀간의 여정을 거쳐야 했기 때문이다. 우선 인천에서 도쿄로 가야 했다. 도쿄의 나리타 공항에서 잠시 대기한 후에 뉴욕으로 날아간다. 총 15시간의 비행. 뉴욕에서는 일단 JFK 공항 밖으로 나가 하룻밤을 잔 후 다음 날 아침 일찍 공항으로 돌아와 도미니카공화국의 푸에르토플라타 공항으로 가는 비행기를 탄다. 인천과 나리타, JFK와 푸에르토

플라타. 네 개의 공항을 거치는 꽤 험난한 여정이다.

그 험난한 여정 끝에 도미니카공화국에 도착하면 내가 일하던 라이선스 잡지의 영국 본사가 개최한 일종의 미녀선발대회에 참가하게 되어 있었다. '미스 땡땡'이라는 이름으로 각국의 잡지사에서 뽑은 미녀들과 화보 촬영도 하고 파티도 하고 친목도 도모하는 그런 행사다. 물론 내가 그 미녀일 리는 없다. 나는 미녀의 수행원 자격으로 참석하는 것이다. 미녀를 비행기에 태워 도쿄와 뉴욕을 거쳐 도미니카공화국에 도착해 리조트까지 안전하게 모신 후, 미녀의 화보 촬영을 도와주고 각종 행사에 미녀를 끌고 다니다가 미녀가 불법 체류를 하지 않고 정해진 날짜에 안전히 귀국할 수 있도록 돕는 것이 나의 역할이었다.

그런데 무슨 일이 있어도 매달 정해진 날짜에 잡지를 만들어내야 하는 월간지의 특성상, '미스 땡땡 코리아'를 뽑는 일 또한 마냥 즐겁지만은 않았다. '미스 땡땡 코리아'를 뽑는다는 공고를 내자 신청이 쇄도했는데, 그들 중 대부분이 가망 없는 연예인 지망생이었다. 안타깝게도 세상에는 현실과 이상의 조화를 끝내 이뤄내지 못하는 사람들이 분명히 존재한다. 사람들은 간절히 원하면 이뤄진다는 말을 쉽게 하지만, 내가 만난 '미스 땡땡 코리아'의 지원자들 중 80퍼센트는 이보다 더 간절할 수 없을 정도로 간절히 원하는 사람들이었다.

　너무 간절히 원해서 그들은 자신이 원하는 자리에 스스로를 끼워 맞추고 싶어 한다. 살이 조금만 더 빠지면 나도 그 자리에 어울리는 사람이 될 수 있을 거야. 코를 조금만 더 세우면 될 수 있어. 눈을 키우고, 헤어스타일을 바꾸고, 높은 굽의 구두를 신고, 발끝을 들고, 거울을 보며 연습한 표정과 포즈를 취하고. 그러나 아무리 발버둥 친들 타고난 미모와 몸매와 매력의 소유자가 혜성처럼 등장해 그들이 간절히 원하던 그 자리를, 어떤 노력으로도 얻기 힘든 그 자리를 순식간에 낚아챈다. 자신에 대한 평가는 더 가혹해진다. 비교하고 자책하는 나날들의 연속.

　끝내 그들은 갈망과 매력의 자리를 바꿔버린다. 슬프게도 그 자리가 원하는 기준에 가까워지면 가까워질수록 그들의 매력은 쇼윈도에 너무 오래 걸어둔 옷처럼 색이 바래고 마는 것이다. 그런 식으로 언제나 자신이 가진 것이 아니라, 가지지 못한 것을 바라보며 산다는 건 어떤 느낌일까. 아, 내가 그 느낌을 모를 리가 없지.

　즉석떡볶이가 끓기를 기다리던 주머니 가벼운 대학생 시절. 떡볶이에 쫄면 사리로도 모자라서 기어이 밥까지 볶아 먹어야 그나마 좀 먹은 것 같던 시절. 그 시절에는 언제나 미안한 기분으로 살았다. 뭐가 미안한지는 모르겠는데 존재 자체로도 늘 미안한 기분이었다. 내가 나라서 어디에서도 환영받지 못하는 것만 같았다. 내가 내가 아니라면. 내가 아닌 다른 누군가라면.

대학에서 영화를 전공했지만 영화로 밥 벌어먹고 살기는 글렀구나 싶은 깨달음에 좋아하던 패션잡지의 기자가 되기로 마음먹었다. 그러나 돌고 돌아 내가 안착한 곳은 남들이 '야한 잡지' '싸구려 잡지' '삼류 잡지'라고 부르는 잡지였다. 그나마도 일할 수 있는 것이 어디냐며 감사해했는데, 미안한 기분은 여전했다. 왜냐하면 내가 동경하던 대단하신 기자들에 비해 나는 너무나 보잘것없었기 때문이다.

사람들이 기자에 대해 가진 선입견처럼 발이 넓지도 않았고 아무하고나 친해지는 성격도 아니었다. 낯선 이에게 전화를 걸고 낯선 이를 만나 이야기를 나누는 시간이 늘 거북했다. 그저 마감 때 펑크를 내지 않을 수 있기만을 바랄 뿐이었다. 나는 이 일을 진심으로 즐기지 못했다. 어느덧 이 일은 내가 한 달을 굶어죽지 않게 해줄 생계수단 그 이상도 그 이하도 아닌 것이 되어버렸다. 돌이켜보면 나 역시 미스 땡땡 코리아의 지원자들처럼 언제나 내가 가진 것 너머를 보고 있었을 것이다. 지금도 아니라고 말할 수 있을까.

어쨌든, '미스 땡땡 코리아' 선출에 난항을 겪자 편집장은 급기야 전지현에게 '미스 땡땡 코리아' 도전을 권유해보는 건 어떻겠느냐고 했다. 우리는 '드디어 저 사람이 미쳤구나'라고 생각했다. 아니, 전지현이 뭐가 아쉬워서요? 세상에 이렇게 아쉬운 여자들이 많은데 말입니다.

결국 현실과 타협한 우리는 한 여자 모델을 '미스 땡땡 코리아'로 뽑았다. 이제부터 그녀를 '미스코리아'로 부르기로 하자. 미스코리아가 뽑히고 행사 일정이 잡히자 40대의 중년 남성이던 편집장은 마음 같아서는 자신이 도미니카공화국까지 가고 싶지만 미스코리아와 한 방을 쓰기는 좀 그러하니,(그렇다고 방을 두 개 잡기는 돈이 너무 많이 드니) 여기자 중 가장 나이 많은 나에게 미스코리아를 모시고 출장을 다녀오라고 했다. 나는 당장 다음 달에 결혼을 할 예정이었지만 공짜로 외국에 다녀올 수 있다니 이게 웬 떡이냐며 흔쾌히 예스를 외쳤다.

그런데 나와 함께 도미니카공화국으로 가는 미스코리아로 말할 것 같으면(잊으셨을까 덧붙이는데 진짜 미스코리아가 아니라 가명) 나와는 절대로 친해질 수 없을 유형의 아가씨였다. 일단 그녀는 예쁘고 날씬했다. 내 주변에는 예쁘고 날씬한 여자가 단한 명도 없다.

물론 미스코리아는 경력이 꽤 있는 모델이라 함께 일하기 불편하지는 않았다. 그러나 딱 거기까지였다. 우리에게는 그 어떤 공통의 관심사도 없었다. 그녀는 성형에 관심이 많았고 나는 성형에 관심이 많아야 할 텐데 전혀 관심이 없었다. 그렇다고 내가 그녀에게 우월감을 느꼈다는 이야기는 아니다. 동시에 패배감을 느끼지도 않았다. 그저 우리의 운명은 미모에 의해 태어날 때부터 갈린 것이다. 나는 그녀가 되고 싶지 않았고, 그녀 역시 내가 되고 싶지는 않았을 것이다.

　　예쁜 아기로 태어나서 예쁜 여자아이로 자라며 결국 예쁜 여자가 되는, 그런 여자의 운명을 나는 잘 모른다. 상상할 수조차 없다. 그녀도 내 인생을 상상할 수 없을 것이다. 나는 예쁘지는 않지만 그럭저럭 공부를 못하지 않는 아이로 자랐다. 가끔은 내가 공부를 못하지 않기 위해 노력했던 이유가 기술의 힘을 빌려서도 메꿀 수 없을 외적인 부족함을 지성으로 채우기 위해서가 아니었을까 하는 슬픈 깨달음이 들기도 한다. 만약 내가 미스코리아처럼 예쁜 여자아이로 태어났더라면 나도 내 학창 시절의 대부분을 거울을 쳐다보거나 남자애들과 시시덕거리면서 보냈을 것이다. 사실 공부보다 그게 훨씬 더 재미있으니까. 그러니까 내가 지금처럼 살고 있는 것도 다 내가 예쁘지 않기 때문이다. 그 사실에 대해 불만도 없고 다행이라는 생각도 없다. 그냥 그런 것이다.

≋≋≋

이런저런 준비를 거쳐 드디어 출발일. 출국 전에 신기한 일이 있었다. 출국장 의자에 앉아 티켓 발권 시간을 기다리고 있는데 옆에 앉아 있던 남자가 대학 선배 W였던 것이다. 내가 1학년일 때 2학년이던 W선배와는 다른 선배의 영화 촬영 현장에서 함께 일한 적이 있는데, 날카롭고 냉정하기 이를 데 없던 그는 눈치 없는 조수이던 나에게 독설을 날려 급기야 울게 만들고 말았다. 나는 분한 마음을 삭이지 못하고 '저 인간에게 반드시 복수를 하고야 말 테다!' 하며 이를 갈았지만 세월이 흘러 그도, 나도 나이를 먹어버렸고, 우리는 전보다 좀 덜 날카로운 인간들이 되었으며, 복수의 결심도 여름맞이 다이어트 계획처럼 흐지부지 사라져버렸다. 복수도 아무나 하는 게 아닌 것이다.

가족들과 함께 있던 W선배는 미국 샌프란시스코인지 샌디에이고인지로 유학을 가는 참이었다. 도쿄까지는 나와 같은 비행기를 타고 도쿄에서 샌프란시스코인지 샌디에이고인지로 가는 비행기로 갈아타는 여정이라고 했다. W선배는 미스코리아가 잠깐 면세점 구경을 하느라 사라졌을 때 씨익 웃으며 나에게 말했다.

"저 아가씨, 만만치 않겠네."

미스코리아를 가리켜 하는 말이었다. 하지만 선배, 선배도 알잖아요. 사돈 남 말할 때가 아니라는 걸요. 선배도, 저도 만만치 않은 사람들이잖아요.

도쿄로 날아가 나리타 공항에서 잠깐 대기하다가 W선배와 헤어졌다. 나는 W선배의 성공적인 유학생활을 기원했고 W선배는 나의 무사한 출장을 기원했다. 마지막으로 그는 씨익 웃으며 이 한마디와 함께 샌프란시스코인지 샌디에이고로 가는 비행기의 탑승구 쪽으로 사라졌다.

"돌아올 때면 내가 삼촌이 되어 있겠구나."

아아, 그는 그런 사람인 것이다. 그때 나는 임신 5개월이었다. 임신 5개월의 내 배는, 보통 눈치가 아니고서야 '아, 똥배가 좀 심하게 나온 처자로구나' 싶을 배였다. 특히나 대부분의 남자들은 내가 임신했다는 사실을 전혀 알아차리지 못했다. (심지어 나에게 배라는 것이 있다는 사실에조차 관심이 없었다.) 그런데 그는 어떤 힌트도 없이 그것을 알아차린 것이다.

W선배는 인천에서 도쿄까지 내 배를 관찰했을 것이다. 그의 머리에는 온갖 가설과 추론과 증거들이 난무했을 것이며(똥배인가? 변비인가? 임신인가?) 결국 도쿄에 도착했을 때 그는 조심스럽지만 확신에 찬 결론을 도출하고야 말았던 것이다. 그러나 그는 결코 그 사실에 놀라지도, 또는 나를 놀리지도 않고 마치 산부인과 의사가 초음파 사진 속 아기의 성별을 확인한 후 "씩씩하게 생겼네요" "분홍색 옷이 잘 어울리겠어요"라고 던지는 한마디처럼 나에게 야릇한, 어찌 보면 시적인 한마디를 남긴 것이다. 그는 그런 사람인 것이다.

그가 사라지자 미스코리아가 나에게 말했다.

"언니, 저 사람이랑 친해요?"

"아니, 별로요. 왜요?"

"저 사람, 쳐다보는 게 기분 나빠요."

네, 저도 그 마음은 이해합니다. 하지만 뭐, 나쁜 사람은 아니에요.

곧 뉴욕으로 향하는 유나이티드항공으로 갈아탔다. 유나이티드항공 여승무원들은 대개 체구가 큰 아주머니들이었다. 칙칙한 남색 유니폼을 입고 기내를 휘젓고 다니며 짐을 번쩍번쩍 들어 올리고, 엄한 표정으로 승객들에게 이런저런 지시를 내리는 그녀들은 마치 그 옛날 버스 차장이나 학생주임 선생님 같아 보였다. 사실 나는 언제나 이런 여자들을 동경해왔다.

내게 일하는 여자를 떠올릴 때의 이미지란 잘 빠진 슈트에 하이힐을 신고 당당하게 도심을 활보하는 소위 '커리어 우먼'들이 아니라, 구식 유니폼에 투박한 구두를 신고 전차의 차장으로 일하는(꼭 전차의 차장일 필요는 없지만) 여성 노동자들이다. 규칙을 위반하는 행위는 호락호락 넘기지 않겠다는 단호한 눈빛과 튼튼한 턱, 듬직한 체구, 절도 있는 동작, 위엄 있는 말투. 어떤 일을 하건 자기 일에 대한 자부심으로 가득 찬 여자들이 좋다. 특히 남자들이 할 것 같은 일이나 고된 노동을 하는 나이든 여자들을 흠모한다. 그래서 여자 버스 운전기사를 만날 때마다 넋을 놓고 바라보게 된다.

그나저나 도쿄에서 뉴욕까지 13시간의 비행은 아무리 좋게 표현해도 괴로운 것이었다. 기내식을 먹다가 책을 좀 읽다가 영화를 좀 보다가 꾸벅꾸벅 졸다가 북적거리는 분위기에 눈을 떠서 다시 기내식을 먹는 일의 반복. 다들 그렇겠지만 나도 기내식을 좋아한다. 모두 항공권 가격에 포함된 것이 분명한데도 공짜 식사를 제공받는 느낌이다. 나는 공짜를 좋아한다. 흥분이 된다. 하지만 유나이티드항공의 기내식은 정말이지 맛이 없었다. 인간미라고는 찾으려야 찾을 수가 없는 맛이었다. 서빙하는 승무원들도 '맛 따위는 기대하지 마'라는 표정으로 쟁반을 건넨다. 게다가 이렇게 긴 비행에서 좁은 좌석에 몸을 구기고 앉아 딱히 배도 고프지 않은데 때마다 배급받은 기내식을 플라스틱 포크로 떠서 꾸역꾸역 삼킬 때면 사육장의 돼지라도 된 것처럼 비참한 기분마저 든다.

날이 어둑어둑해져서야 뉴욕에 도착해 겨우 공항 근처의 호텔을 찾아갔다. 호텔 1층의 뷔페식 식당에서 맛없는 식사를 꾸역꾸역 해치웠다. 방으로 돌아오자마자 샤워를 하고 쓰러져 잠들었다. 다음 날 새벽에 일어나 다시 공항으로 가서 도미니카공화국행 비행기를 탔다.

똑같은 유나이티드항공이었지만 소형 비행기에 승객은 거의 도미니카 사람들. 고향에 잠깐 놀러 가거나 미국에 있는 친지를 만나러 왔다가 돌아가는 길인 듯했다. 비행기 안은 저개발국가 특유의 느긋하고 친근한 분위기가 감돌았다.

도쿄-뉴욕 구간의 승무원들이 대도시의 버스 안내양 같다면, 짧은 노선이라 그런지 뉴욕-도미니카공화국 구간의 승무원들은 시골 극장의 매표원들 같았다. 그들은 시큰둥한 표정에 승객을 짐짝 보듯 쳐다보았다. 서로 씩 웃으면서 시선을 교환할 때는 '이놈의 지긋지긋한 하루가 또 시작됐네'라는 속마음이 노골적으로 드러날 정도였다. 심지어 노란 머리에 창백한 얼굴을 한 젊은 여자 승무원은 세상에서 가장 지긋지긋한 표정으로 질경질경 껌까지 씹고 있어서 깜짝 놀랐다.

그럼에도 우리의 도미니카공화국 사람들은 개의치 않고 쾌활했다. 비행기가 무사히 착륙할 때는 박수도 쳤다. 인도행 비행기에서 본 이후로 처음이었다. 실은 나도 매번 비행기가 무사히 착륙할 때마다 박수를 치고 싶다. 겉으로는 당연히 착륙할 줄 알았다는 얼굴을 하고 있지만 속으로는 죽을 것 같이 무섭다. 실컷 자다가 비행기가 착륙하자마자 아무렇지 않은 표정으로 벨트를 풀고 벌떡 일어나 짐을 끌어내리는 사람들이 부럽다. 그 사람들은 내가 탄 비행기가 추락할 리가 없다고 확신하는 전형적 낙관주의자들일 것이다. 나는 비관주의자다. 비행

시간 내내 '내가 이렇게 죽을 리가 없어' '내가 이렇게 죽을 리가 없어'라고 주문처럼 속으로 중얼거리지만, 비행기 추락 사고로 죽은 대부분의 사람들도 막상 추락하기 직전까지 그랬을 것이라는 생각이 퍼뜩 머릿속을 스친다.

'내가 이렇게 죽을 리가 없어…… 아앗, 내가 이렇게 죽다니!!!'

이런 생각을 땅 위에서 하고 있을 때는 한심하다는 생각이 든다. 어차피 죽으면 끝인데 뭘 이렇게 벌벌 떠는 거야, 이 겁쟁이! 심지어 나는 지금까지 수많은 비행에서 살아남은 행운아가 아닌가. 항공기 추락 사고로 죽을 확률이 1100만 분의 1이라면 나는 지금껏 용케도 그 확률을 피한 것이다. 그러나 2만 피트 상공의 비좁고 덜컹거리는 비행기 안에 앉아 있을 때는 내가 그 1100만 명 중의 한 명이 아닐 거라는 확신이 들지 않는다. 게다가 나는 이런 종류의 상상력이 지나치게 발달해 있어서 비행기가 추락할 경우 내가 어떻게 죽을지 필요 이상으로 세세하고 잔혹하게 상상하게 되는 것이다. 머리가 날아가고, 등짝에 무언가가 박히고, 팔이 떨어져 나가고…… 이 정도만 해두자.

≋

공항에 내리니 행사가 열리는 리조트에서 보낸 미니밴이 마중을 나와 있었다. 공항에서 리조트까지의 도로는 잘 닦여 있었지만 주변의 풍경은 야생 그 자체. 심지어 도로변에는 푹푹 찌는 더위에 냉장시설도 없이 껍질을 벗긴 양고기를 손수레에 걸어놓고 파는 사람들도 있었다.

리조트에 도착해 체크인을 하고 있으려니 잡지의 영국 본사에서 나온 사람들이 반겨주었다. 지금은 그들의 이름이 기억나지 않는다. 그러니 일단 로버트와 클라라와 엠마라고 해두자. (어쩌면 정말로 로버트와 클라라와 엠마인지도 모른다.) 로버트는 쾌활하고 소탈한 남자였다. 영국 사람인데도 어쩐지 대학 선배 같은 느낌(=후줄근한 느낌)의 그는 우리를 클라라와 엠마가 즐거운 시간을 보내고 있는 라운지로 안내해주었다.

로비에 있을 때는 몰랐는데 이 리조트는 입구가 산 위에 있고 아래로 내려가면서 숙소와 수영장, 식당 같은 부대시설이 계단식으로 펼쳐지다가 리조트 소유의 해변까지 이어지는 구조였다. 라운지에 앉자 아래로 펼쳐진 리조트와 바다의 풍경이 한눈에 들어왔다. 근사했다. 각기 다른 모양의 수영장들과 예뻔 집들, 그리고 바다. 정작 바다는 그저 그랬는데 리조트 곳곳의 수영장들이 압권이었다. 내 평생 가장 호화롭고 사치스러운 풍경이 있다면 바로 그것이리라.

이 리조트에 머무는 일주일 동안 나와 미스코리아는 이런저런 행사에 참여하고 수영을 하고 뷔페에 가서 꾸역꾸역 무언가를 먹고 사진 촬영을 하고 비디오 촬영을 하고 인터뷰를 했다. 짬짬이 클라라나 엠마를 만나 다른 미녀들과 함께 식사를 하거나 술을 마셨다. 클라라는 친절해 보이지만 실제로는 친절하지 않을 것 같은 인상의 소유자다. 엠마는 간혹 본사에서 보내는 메일 속의 사진과는 완전히 다른 얼굴이다. 사진 속의 그녀는 눈 위에 두께가 족히 5센티미터는 될 것 같은 아이라인을 그려서 파티의 여왕 같았는데, 아이라인이 없으니 후덕한 동네 여대생처럼 보였다. (내가 찍은 그녀의 민낯 사진을 편집장에게 보여줘야겠다고 생각했다. 그는 분명 대단히 실망할 것이다.)

세계 각국의 미녀들을 구경하는 재미도 쏠쏠했다. 리투아니아 미녀는 인형처럼 예쁘고 말랐지만 어쩐지 음울하고 정이 가지 않는다. 아르헨티나 미녀는 귀엽지만 좀 푼수 같았는데 스페인어가 아닌 언어는 단 한마디도 못했다. 그녀는 어느 자리에 참석하건 그 자리에 있는 모든 사람과 볼 키스를 해야 했기에 그녀가 나타나면 자연스럽게 긴장이 되었다. 네덜란드 미녀는 같이 밥을 먹다가 대뜸 테이블 위의 냅킨을 접어 남자 성기 모양 만드는 걸 보여주겠다고 했다. 풍차가 돌아가는 네덜란드의 초원에서 머리에 하얀 보자기를 쓰고 나막신을 신은 채 건초를 벨 것 같은, 볼이 발그레하고 건강한 아가씨가 그런 농담을 서슴없이 던지는 것이 어쩐지 멋졌다.

사람을 이런저런 유형으로 분류한다는 건 참 멍청한 일이라고 생각하는데, 그런 멍청한 일을 굳이 해보자면 리조트형 인간과 여행형 인간으로 나눌 수 있을 것이다. 나는 명백한 여행형 인간이다. 리조트로 여행을 가기에는 돈이 너무 아깝다. 언제나 내게 여행은 '경험'이지 '휴식'은 아니기 때문이다. 심지어 동생이 리조트의 직원이라 할인을 받을 수 있었는데도 가지 않았다. 그래서 나는 다리가 부어터지도록 돌아다니다가 아무짝에도 쓸모없는 싸구려 물건들을 잔뜩 사 들고서 파김치가 되어 집으로 돌아온다. 도대체 뭘 경험한 건가.

아무튼 리조트에서의 휴가 아닌 휴가는 생각보다 즐겁지 않았다. 그것은 내가 리조트형 인간이 아니기 때문일 것이다. 뭐든 처음에는 좋다. 근사하고 반짝거린다. 뷔페에 처음 들어갈 때처럼. 하지만 한두 접시를 먹고 배가 적당히 불러오면 "에이, 별로 먹을 것도 없네"라는 소리가 절로 나온다. 언제 가도 공짜로 온갖 국적의 요리를 마음껏 골라 먹을 수 있는 커다란 식당도 두 번 만에 질렸다. 그나마 먹을 만한 음식은 일본 음식인지 중국 음식인지 정체를 알 수 없는 볶음밥 같은 것뿐이었다. 모든 음식들에는 묘하게 '정성'이라는 것이 빠져 있었고 낯익은 이름이 붙어 있어도 이질적인 맛이 났다. 일주일 내내 기내식으로 배를 채우는 느낌과 비슷했다. 아름다운 수영장에서 노는 것도 반나절이면 지쳤다. 결국 나는 그런 사람인 것이다. 쉽게 지치고 쉽게 질리는 사람. 현재에 집중할 줄 아는 사람들이 부럽다. 일할 때는 열심히 일하고 놀 때는 아무 생각 없이 노는 사람들이 부럽다. 안타깝지만 나는 그런 사람이 아니다. 나는 노는 것처럼 일하고 일하는 것처럼 논다.

떠나는 날 아침 나는 클라라의 방으로 전화를 걸었다. 클라라는 왜 전화를 걸었느냐고 물었고 나는 "오늘 떠나는데 인사를 하려고"라고 말했다. 클라라는 "응, 그래, 잘가"라고 말하고는 바로 전화를 끊었다. 중요하지 않은 사람에게 하는 건성의 인사였다.

다시 뉴욕으로 간다는 사실에 나와 미스코리아는 흥분했다. 우리는 푸에르토플라타 공항에서부터 뉴욕에 도착해 효율적인 쇼핑 시간을 보낼 계획을 세우기 시작했다. 우리가 뉴욕에서 보낼 수 있는 시간은 고작해야 24시간 정도였다. 그나마 잠자는 시간을 빼면 14시간 정도. 내 생애 다시 뉴욕에 올 일이 있을까? 아마 없을 것이다.

JFK 공항에 내려 짐을 찾는 곳으로 갔더니 우리와 함께 도미니카공화국을 떠나온 사람들이 옹기종기 모여 있었다. 그런데 짐이 나오지 않았다. 아무리 기다려도 나오지 않았다. 무려 2시간 동안이나. 그 2시간 동안 도미니카 사람들은 쪼그리고 앉아 배출구를 뚫어져라 쳐다보다가 짐이 하나 나오면 환호하며 박수를 쳤다. 그러나 아무리 기다려도 다음 짐이 나오지 않는다. 그러면 사람들은 멋쩍은 웃음을 터뜨렸다. 20분 정도 지나면 선심이라도 쓰듯 짐이 하나 더 떨어졌다. 사람들이 박수를 치고, 또 짐이 나오지 않고, 사람들이 웃는다. 그런 사이클의 반복. 사람을 조련하는 듯한 느낌의 배출구였다. 그러는 동안 미스코리아는 짜증을 내고 신경질을 부리며 나를 찔러댔다.

"뭐라고 좀 해야 하는 거 아니에요?" 어디 막대기라도 있으면 등짝을 마구 때려줄 텐데.

짐이 나오지 않는 것이 안타깝기는 나도 마찬가지였지만 미스코리아처럼 화가 나지는 않았다. 나는 그저 자포자기한 심정으로 기다렸다. 우리의 위대한 도미니카공화국 사람들은 2시간 동안 짐이 나오지 않아도 누구 하나 언성을 높이거나 짜증을 부리거나 초조해하거나 화를 내거나 공항 측에 항의를 하는 사람이 없었다. 어쩌면 이들은 이런 상황에 익숙한 건지도 모르겠다. 시스템이 제대로 굴러간다는 것이 이들에게는 오히려 유별난 일이기에, 부당한 상황 앞에서도 화를 내봤자 나만 손해라는 사실을 아는 건지도 모른다. 나오면 고맙고 안 나오면 할 수 없다는 식이다. 세상에 대해 별 기대가 없는 건지도 모른다.

그런 걸 딱히 좋게 볼 이유는 없겠지만, 그래도 그들이 초조해하지 않는다는 것이 나는 좋았다. 기다리면 나올 텐데 뭐가 그리 급하냐는 식으로 느긋해서 좋았다. 좋은 일이 일어나면 박수를 치고, 안 좋은 일이 일어나면 그 시간이 지나가기만을 기다리는 태도가 마음에 들었다. 사실 그 장소의 분위기는 상황에 비할 때 놀랍도록 차분하고 또 평화로웠다. 약간의 흥겨움도 있었다. 내 옆에 서 있는 미스코리아와 그녀가 점유하고 있는 반경 2미터 정도의 공간을 제외하고는 말이다.

사실 나는 이런 사람이 아니다. 이렇게 느긋한 사람이 아니다. 하지만 사람은 원래 상대적이라서, 상대가 너무 느긋하면 내가 조급해지고 상대가 너무 날카로우면 내가 부드러워지기 마련이다. 남편과 있을 때는 대개 내가 미스코리아의 역할을 한다. 나와 남편과 아이들이 함께 있을 때는 남편이 미스코리아의 역할을 한다. 관계의 구도에 따라 역할도 달라지는 것이다.

우리의 짐은 쪼그려 앉아 있던 도미니카 사람들이 다 돌아간 후에도 나오지 않았다. 어느 순간 미스코리아도 만사를 포기한 듯 보였다. 텅 빈 공항에 둘이서 맥없이 앉아 있다가 뭔가 이상해서 직원에게 물어보니 우리 짐은 이미 나와서 그들이 맡아두고 있었다. 언제 나왔는지도 몰랐다.

뉴욕에서 우리는 타임스스퀘어 근처의 에디슨 호텔에 묵었다. 1층에는 고풍스러운 카페가 있었는데 들어가 보지 못했다. 아침에 슬쩍 보니 노신사들이 두툼한 돋보기를 쓰고 신문을 읽는 그런 장소였던 것 같다. 이 나이에 가게 된다면 꼭 그 카페에 들어가서 커피 한잔 마시고 싶다.

쇼핑을 포기한 우리는 가벼운 마음으로 짐을 내려놓고 곧장 밖으로 나왔다. 이게 믿어져? 우리가 뉴욕에, 타임스스퀘어에 있다니!(역시 포기하면 인생이 즐겁다.) 전광판들, 노란 택시들, 경찰차와 경찰들, 사람들. 타임스스퀘어는 거대한 세트장 같았다. 불빛은 따뜻했고 빌딩들 사이에 둘러싸여 어쩐지 보호받는 것 같은 느낌도 들었다. 도미니카공화국의 시골에서 온 우리는 흥분했다. 제대로 된 아시아 음식을 먹고 싶어 뒷골목의 작은 스시집에 갔다. 비싸지만 맛있었다. 따뜻하고 개운한 미소 된장국을 마시고 있으려니 고향 생각이 났다. 회사일이 끝나고 한잔하러 온 것 같은 멋진 남녀들이 사시미를 안주 삼아 화이트 와인을 홀짝거리며 이야기를 나누고 있었다.

아침은 숙소 근처의 델리에서 먹기로 했다. 어젯밤 들른 상점의 점원들도 그랬지만, 델리의 점원들도 하나같이 유쾌하고 친절했다. 여기 사람들은 시간마다 기분을 좋아지게 하는 약이라도 단체로 먹는 것 같았다.

우리는 슈트케이스를 끌고 공사용 지지대가 늘어선 거리를 걸었다. 지난 밤 흥청망청 번쩍거리던 거리는 물청소라도 한 듯 깨끗하고 활기차게 변해 있었다. 지하철을 타고 공항까지

가보려다 실패하고 별수 없이 택시를 잡았다. 인도계 운전기사에게 JFK 공항으로 데려가 달라고 했다. 택시는 다리를 건너 영화에서나 보던 허드슨 강 위를 지났다. 다리 위를 달리는 순간이 근사했다.

공항에 도착해서는 면세점에서 빈둥대며 시간을 보냈다. 유나이티드항공의 티켓부스에 서 있던 남자 직원은 '권태'를 인간으로 형상화하면 저런 모습이지 않을까 싶었다. 유나이티드 항공사의 사내 문화에 뭔가 심각한 문제가 있지 않나 하는 생각이 들 정도였다.

≋≋≋≋≋

다시 15시간의 비행을 거쳐 한국으로 돌아왔다. 미스코리아와 나는 헤어지는 것이 조금도 아쉽지 않았다. 이렇게 오랜 시간을 붙어 다니고서 이렇게 가까워지지 않았다는 것도 참 신기한 일이다. 아니, 어떻게 생각해보면 이렇게 오랜 시간을 붙어 다니고서 머리채 한번 잡지 않았다는 것이 진정 신기한 일인지도 모른다.

공항에는 곧 남편이 될 남자가 나와 있었다. 그를 다시 만나 행복했다. 우리는 공항 근처의 한식집에서 김치찌개를 먹었다. 별로 맛있지는 않았지만 그래도 행복했다. 나는 신혼여행 때는 절대로 비행기를 타지 않겠다고 선언했다. 비행기라면 지긋지긋했다. 먼 나라도 싫고, 서양식 식사도 싫고, 리조트가 제일 싫었다. 대신 부산에서 배를 타고 규슈에 가자고 했다. 가서 매일 기차를 타고 새로운 도시에 도착해 매일 밤 다른 숙소에서 잠을 자고, 맛있는 것을 잔뜩 먹고, 쇼핑도 하고, 신나게 놀자고 했다. 누구와도 이야기하거나 어울리지 않고 둘이서만 놀자고 했다. 그래서 그렇게 했다.

지금은 그 선택을 후회한다. 결혼 말고, 신혼여행을 규슈로 간 것을 말이다.

배 타고 신혼여행

지금 와서 가장 후회되는 일이 있다면,
신혼여행으로 유럽에 가지 않은 것이다.
그때는 몰랐다. 더 이상 이 남자를 낭만적인 눈길로
바라볼 일이 없을 것이라는 것을.

　　　　　　　　　　　　　　→ 신혼여행으로는 부산에서 배를 타고 일본의 규슈로 가기로 결정했다.

　내 생애 첫 번째 결혼이었다. 남편에게도 마찬가지였다. 그리고 아마 이번 생에서는 마지막 결혼일 것이다. 그랬으면 좋겠다. 아니려나.

　배 타고 신혼여행이라니. 다행히 제주도도 울릉도도 흑산도도 아니다. 규슈다. 그러나 정상적인 사람이라면 배를 타고 규슈로 신혼여행을 가지는 않을 것이다. 최소한 푸켓이나 발리 정도는 갈 것이다. 이것도 아닌가. 역시 나는 아무것도 모른다.

　나는 한 달 전의 도미니카공화국 출장으로 파김치가 된 상태였다. 심지어 결혼 당시 임신 6개월이었고, 당분간은 절대 비행기를 타지 않으리라 이까지 갈고 있었다. 그래서 배를 타고 규슈에 가기로 결정한 것이다.

　우리가 구입한 티켓은 부산에서 후쿠오카까지의 비틀 왕복권에 4박 5일 동안 규슈 전역의 기차를 무제한으로, 자유롭게 타고 내릴 수 있는 규슈 레일패스가 포함된 것이었다. 두 장에 50만 원이 조금 넘었다. 일본의 교통비, 특히 기차표가 살인적으로 비싼 것을 생각하면, 그리고 후쿠오카나 그 근교만이 아닌 규슈 전 지역을 돌아보고 싶다면 이 패스는 정말 파격적으로 싼 데다 유용하기까지 하다. 규슈에서는 이 패스 하나만 있으면 달리 교통비가 들지 않는다.

비틀은 부산과 후쿠오카를 약 3시간 만에 주파하는 고속선이다. 코비라는 배도 있는데 이름만 회사에 따라 다를 뿐, 큰 차이는 없다. 비틀과 코비는 물 위를 떠서 달린다. 어린 시절 읽었던 미래도감에 나오는 호버크래프트라는 배와 비슷하다. 그때는 '물 위를 떠서 달리다니 말도 안 돼!'라고 생각했는데, 어른이 된 나는 아무렇지 않은 얼굴로 그 배 위에 앉아 있다. 생각해보면 그렇게 아무렇지 않아진 신기한 일들이 얼마나 많은지. 스마트폰을 들고 다니는 것이나 맥도날드의 자동주문기계나 디지털카메라 같은 것들.

아무튼 이 배는 고속선이기에 크기가 작은 데다 선실 밖으로 나가지도, 창문을 열지도 못한다. 바로 그런 이유로 이 배에는 크나큰 단점이 하나 있다. 파도가 거센 날에는 배가 사정없이 흔들려 뱃멀미를 심하게 할 수 있다는 것이다. 실제로 부산에서 후쿠오카로 가는 날은 배를 탄 건지 기차를 탄 건지 알 수 없을 정도로 편안하게 갔는데, 후쿠오카에서 부산으로 돌아오는 날은 그야말로 지옥이었다. 출발한 지 30분 정도 지나자 거센 파도에 배가 마구 흔들리기 시작했고 파도가 창문 위까지

치고 올라왔다. 여기저기서 "우웩" 하는 소리가 들렸고, 2시간 후에는 남자 승객을 비롯한 배 안의 거의 모든 사람이 "우웩"거렸고, 창문도 열 수 없으니 그 냄새는 거의 상상 초월이었다.

결국 배는 바다 한가운데에 멈춰서 파도가 잠잠해지기를 기다려야만 했다. 나는 어린 시절부터 배에 단련된 터라,(바닷가 도시에 살아 배를 타고 놀러 다닌 일이 많았다.) 게다가 원래부터 토하는 걸 싫어하는 터라 초인적인 의지로 참았지만 다시는 생각하고 싶지 않을 정도로 끔찍한 시간이었다. 옆에 앉아 있던 남편은 화장실에 가겠다며 조용히 나가더니 한참을 돌아오지 않았다. 큰 일을 보나 했는데 돌아와서는 "다 토했어"라고 했다. 그 배 안에서 토하지 않은 사람은 임신한 나 하나였을지도 모른다.

나는 토하지 않는다. 웬만해선 토하지 않는다. 토하는 것이 싫다. 세상에서 가장 싫다. 속에서 뭔가 넘어오려 해도 토하지 않고 끝까지 버틴다. 나는 독한 여자인지도 모른다. 하지만 내가 독한 것은 지극히 개인적인 영역에서다. 그러니까 나는 '극기'형의 인간인 것이다. '극기'형 인간의 맹점은, 이 인간들이 걸려 넘어지는 것이 필연적으로 자기 자신이라는 데 있다. 세상에는 자기 자신 말고도 넘어야 할 산들이 많다. 그런데 자기 자신을 넘느라 다른 것들을 넘지 못한다. 죽어라 발버둥을 쳐봤자 결국 제자리다. 기껏해야 자신을 둘러싼 지름 1미터 정도의 원을 넘어서지 못한다. 한심하다.

신혼여행은 즐거웠다. 신혼여행은 원래 즐거운 것이다. 신혼여행이 즐겁지 않다면 그 결혼은 처음부터 잘못된 것이다. 빨리 물러야 한다.

신혼여행은 마음 놓고 멍청해지기에 딱 좋은 시간이다. 아무것도 생각하지 않는다. 주택융자대출도, 회사의 업무 마감도, 불안한 직업 전망도, 부모님의 노화와 지병도, 장차 태어날 자식의 미래도, 국가의 발전과 안보도, 세계 평화에 대해서도 생각하지 않는다. 정말로 아무것도 생각하지 않는다. 우리는 결혼식이라는 큰일을 치러냈다. 그것만으로도 충분하다. 지금 이 순간 우리는 성공한 사람들이다.

세상에는 웨딩드레스를 입고 남들 앞에서 행진하는 것을 좋아하는 여자들도 많은 모양이지만, 나는 대체 왜 그런 짓을 해야 하는지 알 수 없는 여자라서 괴로웠다. 너무 괴로워서 아예 정신 줄을 놓아버렸다. 결혼식장에서건 피로연장에서건 내내 미친 여자처럼 웃고 다녔다. 생전 처음 보는 할아버지가 주례사를 읊는데 어이없는 구절이 있어서 나도 모르게 "쿡" 하고 웃어버리기까지 했다. 다홍색 치마저고리를 입고 피로연장을 돌아다니며 알지도 못하는 사람들에게 인사를 할 때도 웃고 다녔다. 우아한 미소가 아니라 "하하하하하" 하면서 웃었다. 다들 제정신이 아니라고 생각했을 것이다. 실제로도 제정신이 아니었다. 아무리 좋게 생각해도 그건 부모님을 위한 쇼였지, 우리 자신과는 아무런 관계도 없었다. 그래서인지 긴장은커녕 남의 일 보듯 했다. 누가 봤으면 결혼식을 두어 번 해본 여자처럼 노련해 보였을 것이다.

그때 나는 '이것만 끝내면 신혼여행'이라고 되뇌며 그 상황을 극복해냈다. 그렇게 도착한 규슈였으니 즐겁지 않으면 이상한 것이다. 우리는 이 기차 저 기차를 타고 이 숙소 저 숙소를 옮겨 다녔다. 엄청나게 많은 것들을 먹고 먹고 또 먹었다. 돈 걱정 같은 건 하지 않고 신나게 카드를 긁었다. 뭐가 걱정인가. 이제부터 우리 앞에는 밝은 미래가 펼쳐질 텐데.

한 번은 기차 안에서 남편이 콧바람으로 촛불을 끄는 연예인의 흉내를 내며 콧구멍을 벌름거렸는데, 이런 저급한 유머를 좋아하는 나는 나중에는 남편의 얼굴만 봐도 숨이 넘어가게 웃었다. 거리에서 남편의 얼굴을 닮은 그림을 발견해서 남편을 그 앞에 세워놓고 사진도 찍었다. 유후인의 료칸에서는 유카타를 입은 남편이 사무라이 포즈를 취해서 또 나를 웃겨주었다. 너무 더워서 가끔 짜증을 부리기도 했지만 대체로 즐거웠다. 남편은 나와는 달리 극기하는 인간이 아니기 때문이다. 그게 정말 마음에 들었다.

당시 내 주위에는 극기형의 인간들이 많았다. 대학 시절 나와 함께 살던 언니는 나보다 더 심한 극기였다. 우리는 한때 함께 아차산을 등반하며 극기에 힘쓰던 사이였다. 우리는 연애지침서를 돌려보며 극기에 힘쓰기도 했다. 그런데 나는 어느 순간 극기로는 안 되겠다는 것을 깨달았다.

마음이 너무 괴로웠다. 나는 늘 나와 싸워왔다. 자신과 싸우는 인생은 고통의 연속이다. 매일 스스로를 비난하고 두들겨 패고, 동시에 자신에게서 비난받고 두들겨 맞는 일의 연속이다. 그런데 얼마나 더 싸울 수 있을까. 이 싸움에서 이긴다고 해도 대체 뭐가 달라지는 걸까. 정신적으로 만신창이 상태였던 내게 한 친구가 명상센터를 추천했다. 친구 역시 극기형의 인간이었다. 남자친구와 헤어지면 밤새 줄넘기를 하면서 자신을 고문하는 타입의 인간. 심지어 이 친구는 명상을 하러 네팔에도, 미얀마에도 다녀왔다.

그녀의 더 심한 극기 친구는 서울대학교를 다니다가 승려가 되겠다며 학교를 자퇴하고 미얀마로 가버렸다. 대단한 사람이다. 극기를 하려면 그 정도는 해야 한다. 나에게는 그런 용기도 배짱도 없었다. 그녀의 어머니는 딸이 미얀마로 가자 서울에 미얀마식 명상센터를 차렸다. 이 어머니도 극기인 것이다. 은행에 다니며 스트레스에 시달리던 친구는 종종 이곳에 가서 명상을 한다고 했다. 그리고 내게도 한번 가보라고 했다. 그래서 갔다.

정작 이 명상센터에는 극기하는 인간보다는 한 대학 교양수업의 일환으로 명상을 체험하러 온 순진한 얼굴의 대학생들로 그득했다. 명상 수업이 시작되자 스님이 가부좌를 틀고 앉으라고 했다. 그 상태로 40여 분을 꼼짝도 하지 않고 자신을 바라보라고 했다. 무슨 생각이 들거든 거기에 사로잡히지 말고 흘려보내라고 했다. 그런데 40분 동안 가부좌를 틀고 앉아 있으려니 자신을 바라보기는커녕 기절할 것 같았다. 다리가 너무 저렸기 때문이다. 피가 안 통하고 온몸이 화끈거리더니 결국 어느 시점부터는 몸 전체가 마비된 듯 감각이 없어졌다.

그때 나는 이상한 체험을 했다. 내 몸이 부풀어 오르기 시작한 것이다. 바람을 불어넣은 튜브처럼 부풀었다. 부풀고 부풀고 또 부풀더니 끝내 머리가 천장에 달라붙을 정도로 높이 떠올랐다. 높은 곳에서 나는 아래를 내려다보았다. 그러다 깨달았다. 나는 내 몸을 떠났구나.

명상 시간이 끝났다. 스님이 느낌을 이야기하라고 해서 그대로 이야기했더니 놀라워하며 명상에 소질이 보인다고 했다. 명상에 소질이라는 것도 있는지 모르겠지만 나는 점심식사로 나온 짜장밥을 맛있게 먹고 설거지를 돕고 친구의 친구의 어머니인 명상센터의 원장님에게 정중히 인사를 드린 후 그곳을 빠져나왔다. 그리고 다시는 그곳에 가지 않았다. 그 이후로는 두 번 다시 명상 프로그램 같은 데도 참여하지도 않았다. 그때부터였을 것이다. 나는 극기에 그다지 관심을 두지 않게 되었다. 의식적인 것은 아니었다. 그냥 관심이 없어졌다.

나중에 무라카미 하루키가 쓴 『언더그라운드』의 2권을 읽다가 그때 내가 느낀 것과 비슷한 이야기를 발견했다. 이 책은 옴진리교 신자들이 도쿄 지하철 내에 독가스를 살포한 테러 사건의 피해자들과 목숨을 잃은 이들의 가족을 취재한 책이다. 1권에서는 그날에 관한 한 사람 한 사람의 이야기를 통해 이 사건이 수많은 평범한 사람들의 삶에 낸 크고 작은 생채기를 들여다본다. 그리고 2권에서는 실제 옴진리교 신자들을 취재한 후 어떻게 이런 일이 일어날 수 있었는지에 대한 작가와 심리학자의 대담이 이어진다.

이 대담 중에 나온 이야기에 따르면 보통 사람들은, 그러니까 정신이 건강한 사람들은 '번뇌는 있지만 그래도'라는 마인드를 갖고 있다. '사는 게 아무리 괴롭고 힘들어도 별수 없잖아' 같은 마음으로 살아간다는 것이다. 이런 사람들은 살아가면서 소위 '신비 체험'이라는 것을 해도 '아, 신기하네' 정도로 넘어가버린다. 한 번의 체험으로 인생이 달라지는 일은 흔치 않다. 그런 일들을 겪어도 변함없이 현실의 문제를 하나씩 해결해나가면서 살아간다. 그러나 번뇌를 한방에 해결해줄 처방약이 있을 거라 믿는 사람들, 신비한 체험 한 번에 사로잡히는 사람들, 지나치게 진지하고 지나치게 순진한 사람들, 그러니까 극기의 인간들은 모든 것을 너무 빨리 깨달아버린다는 것이다. 아니, 깨달았다고 믿는 것일 테다.

불행인지 다행인지 나는 명상이나 신비한 체험에 큰 의미가 있다고 생각하지 않았다. 그저 다리가 너무 저려 헛것이 보였나 보다 싶을 뿐이었다. 결국 내게 명상이란 다리 저림과 비슷한 일일 뿐이었다. 나는 정신이 육체보다 더 중요하다고 생각하지 않는다. 나는 뭐든 몸으로 느껴야 하는 사람이다. 머리가 나빠서 그렇다. 머리가 나빠서 다행이다. 머리가 좋았더라면 내 몸을 무시했을 것이다. 그런데 나는 머리가 나빠서 몸으로 꼭 함께 느껴봐야 한다. '실연은 아프다'는 말을 실제로 가슴이 갈기갈기 찢어지는 고통을 겪지 않고는 잘 이해하지 못한다. 달리기를 꾸준히 하고 있는 이유도 같다. 세상을 내 몸으로 느껴보고 싶어서다. 머리로만 아는 것이 아니라 발로 밟아보고 싶어서다. 그 위에서 달려보고 싶어서다. 지면을 박차고 앞을 향해 나가보고 싶어서다.

아무리 자신을 넘어선다고 해도, 육체 밖으로는 나가지 못한다. 나는 그렇게 생각한다. 그 명상센터에서 나는 그것을 깨달았다. 그때는 그렇게 표현하지 못했지만 그랬던 것 같다. 그러니 내가 배워야 할 것은 극기보다는 조화가 아닐까 싶었다. 나 자신을 넘어서는 것보다는, 나와 세상을 조화하는 것이 더 중요한 일이 아닐까 싶었다. 그래서 나는 나와 다른 남자도 받아들이기로 했다. 극기형이 아닌 남자를 사랑해보기로 했다.

나의 오만함에서 벗어나 보기로 했다.

내가 결혼을 하고 아이를 낳고 기르는 동안 극기 언니는 직장을 바꾸는 것만큼이나 자주 종교를 바꾸었다. 인도의 명상원에 다녀오기도 했고, 성당에서 세례를 받기도 했고, 끝내 힌두교 사원에 다닌다고도 했다. 언니의 선택을 존중한다. 사람들은 각기 자신만의 방식으로 살아가는 법이니까. 하지만 나는 언니가 극기에 몰두할 시간에 나와 좀 더 만나줬으면 좋겠다. 시시껄렁한 이야기들을 하면서 이 세상을 잘 헤쳐나갔으면 좋겠다. 시시껄렁한 일들과 시시껄렁한 이야기들이 그나마 이 비정한 세상에서 우리를 지탱해준다고 믿기 때문이다.

신혼여행을 다녀온 지 12년이 지났다. 토하지 않는 스물여덟 살의 여자는 토하지 않는 마흔 살의 여자가 되었다. 극기형의 여자를 사랑했던 극기형이 아닌 스물여섯 살의 남자는 이제 세월에 찌든 서른여덟 살의 남자가 되었다. 여자와 남자는 다행히 헤어지지 않았다.

얼마 전에 미카엘 하네케의 영화 〈아무르〉를 보았다. 나는 영화에 집중하고 남편은 스마트폰으로 게임을 하면서 화면을 흘깃거린다. 나는 남편과 함께 무언가를 보는 것이 좋다. 같은 곳을 바라보는 느낌이 좋다. 누가 사랑은 서로를 바라보는 것이 아니라, 같은 곳을 바라보는 것이라고 했는데 어쩌면 그것 때문일까. 우리가 바라보는 것이 지평선이나 수평선이라도 좋고, 불난 집이라도 좋고, 거리에서 육탄전을 벌이는 연인들이라도 좋고, VJ 특공대의 김이 모락모락 오르는 먹방이라도 좋다. 하지만 점점 같은 곳을 바라볼 일이 줄어든다. 남편은 게임을 좋아하고 나는 게임을 싫어하니까. 남편은 내가 보는 영화들이 다 우울하고 기분 나쁜 영화들이라고 평한다.

영화는 어느 날 갑자기 아내의 병으로 인해 무너져가는 다정한 노부부의 이야기다. 영화를 보다가 나는 남편에게 말한다.

"내가 저렇게 되면 그냥 죽게 내버려 둬."

남편은 흘깃 나를 쳐다본다. 저 여자가 또 왜 저러나 싶은 표정이다.

"그게 말이 돼?"

남편의 상상력은 거기까지다. 남편은 이해력이 빠른 반면 상상력이 부족하다.

"더 이상 가망이 없는데도 굳어가는 몸에 갇혀 몸부림치고 싶지 않아. 내가 먹고 싶지 않을 때 억지로 먹어야 하고, 내가 씻고 싶지 않을 때 억지로 씻고 싶지 않다고. 그게 무슨 의미가 있어?"

내 성질을 아는 남편은 더 이상 말하지 않는다.

영화 속의 남편은 결국 아내의 얼굴을 베개로 덮어 누른다. 왜 이 영화의 제목이 '사랑'인지 알 것 같다. 사랑으로도 견딜 수 없는 것, 사랑이기에 할 수 밖에 없는 것, 그런 것이 있다. 그 것이 나이 듦과 병과 죽음이라는 것일 테다. 우리 역시 그것을 피할 수 없을 것이다.

지금 와서 가장 후회되는 일이 있다면, 신혼여행으로 유럽에 가지 않은 것이다. 그때는 몰랐다. 내가 최소 15년은 딸린 자식들 때문에 길고 호사스러운 여행을 하지 못하리라는 것을. 언젠가는 내 무릎도 더는 버티지 못할 날이 오리라는 것을. 더이상 이 남자가 콧구멍을 벌름거리기만 해도 숨이 넘어가게 웃지 않으리라는 것을. 더 이상 이 남자를 낭만적인 눈길로 바라볼 일이 없을 것이라는 것을. 우리 앞에는 이제 내리막길만이 이어지리라는 것을.

대체 우리가 무엇을 알겠는가.

엄마와 나와
호랑이기름

그 택시가 아니길 간절히 바랐지만 언제나 간절히 바라면
반대로 이루어진다는 것이 우리 모녀의 특징이었다.

엄마와 태국에 갔다. 2주에서 3주 정도, 우리는 방콕에서 시작해서 북부를 여행한 후 다시 남부로 내려갔다. 여행의 막바지쯤에 결국 엄마는 울었다. 요지는, 너는 항상 나한테 못되게 군다는 거였다. 나도 인정한다. 하지만 나도 화가 났다. 엄마, 엄마가 20년간 나에게 한 것에 비하면 이건 새 발의 피야.

나는 못된 딸이었다. 내 마음속은 언제나 복수심으로 이글거렸다. 어떻게든 되갚아줄 기회만을 노렸다. 그렇다고 엄마가 나를 학대하거나 그랬던 건 아니다. 그냥 우리는 너무 안 맞는 모녀관계였다. 왜, 모든 엄마들은 딸에 대한 기대와 희망을 품는가. 딸에게 예쁜 옷을 입히고, 딸이 누구나 칭찬하는 고운 여자로 자라고, 그 딸과 쇼핑을 다니고 맛있는 디저트를 먹고 둘만의 비밀을 공유하면서 엄마와 딸이 아니라 여자친구들 같은 관계를 맺는 것. 그런데 나는 엄마가 원하는 그런 딸이 되어줄 생각이 추호도 없었다. 나는 남자애 같았고, 엄마가 아무리 예쁘게 입혀놓아도 집을 나서기가 무섭게 넘어져서 흙투성이가 되었다. 나는 천방지축이었고, 엄마의 상처를 건드렸고, 엄마에게 비밀 이야기도 하지 않았고, 엄마와 함께 옷 사러 다니는 게 제일 싫었다. 생각해보면 당연한 일이다. 나는 엄마를 위해 태어난 것이 아니니까.

알랭 드 보통이 쓴 글 중에는 이런 문장이 있다.

상처 입지 않는 어른스러운 상태 밑에는 오래전 받은 상처의 망이 깔려 있다. 이것은 멀리서 보면 웃음이 나올 정도로 하찮은 것이지만, 가까이 다가가서 보면 죽고 싶을 정도로 심각한 것이다. 코끼리 가죽을 가진 어른이 아니라 피부가 얇은 아이가 입은 상처이기 때문에. *

지금은 안다. 나도 엄마가 되었으니까. 나에게도 딸이 있으니까. 어느 날 정신을 차려보니 나 역시 내 아이에게 오래전 엄마가 주었던 상처를 똑같이 주고 있었다. 아, 별수 없구나. 내가 같은 실수를 저지르고 있는 것을 깨닫고 나자 그제야 엄마를 이해할 수 있었다. 엄마도 엄마로 태어나지 않았다는 걸 이제는 안다. 나보다 더 어렸던 엄마가 실수했다는 걸 받아들이면서, 사람들은 누구나 실수한다는 사실도 함께 받아들이게 되었다.

*알랭 드 보통, 「너를 사랑한다는 건」 정영목 역(은행나무, 2011)

전에는 그렇지 않았다. 사람들의 사소한 실수를 극렬하게 미워했다. 나 자신의 실수는 거의 원죄 수준으로 취급했다. 실수에 그토록 가혹했던 것은 두려웠기 때문이다. 누구도 나처럼 모자라지 않을 것, 이라 믿었다. 타인은 다들 나보다 대단한 사람들, 완벽한 사람들이어야 한다고 믿었기에 그들이 실수하는 것을 참을 수가 없었다. 그들이 그럴 때마다 충격을 받았다. 그럴 리가 없다고, 그래서는 안 된다고 생각했다.

그러나 나는 둘만의 여행을 계획할 정도로 엄마를 사랑하고 아꼈다. 당연하다. 내 엄마니까. 엄마에게 그만큼 사랑도 받고 싶었다. 단, 엄마의 방식이 아니라 내 방식으로. 그러나 우리는 서로를 얼마나 이해하고 있었을까.

콧대 높던 그때의 나에게는 늘 눈치를 보고 조바심을 내고 겁을 먹는 엄마가 못마땅했다. 사람들 앞에서 좋은 모습을 보이려 노력하는, 그러느라 늘 긴장한 엄마가 싫었다. 그러면서 남의 험담을 하는 엄마가 별로라고 생각했다.

방콕의 카오산로드에 있는 작은 여행사에서 엄마와 나는 수상시장 일일 투어를 예약했다. 담넌사두억이라는 방콕 근교의 마을로 가서 태국의 전통 수상시장 구경을 하고 돌아오는 프로그램이었다.

아침에 여행사 앞으로 갔더니 두 대의 차가 있었다. 한 대는 미니밴, 또 한 대는 하늘색의 택시 비슷한 차였다. 택시도 아니고, 택시 비슷한 차라고 쓴 이유는 택시는 아니었기 때문이다. 한때 영업을 하다가 폐업한 택시 같다고나 할까. 그런데 택시의 유리창이 가관이었다. 사방의 창이 태국 국왕의 사진으로 도배가 되어 있었던 것이다.

태국 국민들의 푸미폰 국왕에 대한 사랑과 존경은 모르는 사람은 상상하기도 힘들 정도다. 하지만 이 택시의 사랑은 거의 막장드라마에 나오는 집착 심한 악녀 수준이었다. 심지어 앞 유리는 간신히 시야를 확보할 정도의 공간(대충 가로 30센티미터, 세로 15센티미터 정도)만 남겨두고 문방구 앞 뽑기 기계에서 뽑은 것 같은 조악한 품질의 증명사진 크기만 한 국왕 사진으로 뒤덮여 있었다. 웬만한 아이돌 극성팬도 명함조차 내밀지 못할 애정과 열정이었다.

우리가 타야 할 차가 그 택시가 아니길 간절히 바랐지만 언제나 간절히 바라면 반대로 이루어진다는 것이 우리 모녀의 특징이었다. 심지어 우리는 대놓고 차를 바꿔달라고 항의를 할 만큼 대차지도 못했다. 우리가 아니면 다른 사람이 이 택시에 타야 하는 거 아닌가. 울며 겨자 먹기로 택시에 올랐는데, 택시의 소유주는 택시보다 더한 양반이었다. 중견 탤런트 심양홍과 이계인을 섞어놓은 것 같은 외모의 아저씨는 쾌활하면서도 어색하게 인사를 건네고는 주머니에서 무언가를 꺼내 손에도 바르고 목에도 발랐다. 코를 찌르는 냄새의 정체는 바로 호랑이 기름이었다. 아저씨는 그 매운 기름을 코 밑에도 바르고 눈 밑에도 발랐다. 엄마와 나는 아연실색해서 서로를 쳐다보았다. 지금이라도 내린다고 할까, 라는 말이 목구멍까지 치밀어 올랐지만 앞서 말했듯이 우리는 생각보다 대찬 여자들이 아니었다. 조수석에는 국적을 알 수 없는 새까만 피부의 동양 아가씨 하나가 탔다. 중국이나 몽골 쪽 사람 같았다.

택시가 달리기 시작했다. 처음에는 괜찮았다. 아저씨는 국왕을 향한 팬심으로 부족한 시야를 극복한 것 같았다. 그 좁은 틈으로도 잘도 앞을 봐가며 속도를 내고 추월을 하고 클랙슨을 울려 주위 운전자들에게 주의를 주기도 했다. 조수석에 앉은 국적불명의 아가씨는 호랑이기름 냄새의 구덩이 속에서 졸기 시작했다. 엄마는 그 아가씨를 보며 혀를 내둘렀다.

문제는 택시가 고속도로에 접어들었을 때부터였다. 이 아저씨가 졸음운전을 하기 시작한 것이다. 차가 자꾸만 대각선으로 달린다는 생각이 들어 운전석을 쳐다보면 아저씨는 이미 꿈나라에 입성해 있었다. 급기야 옆 차선의 차 뒷자리에 탄 사람의 새파랗게 질린 얼굴과 30센티미터 정도 간격을 두고 마주볼 때쯤이 되면 아저씨는 퍼뜩 정신이 든 듯 핸들을 급하게 꺾었다. 그러고서는 "흠흠, 이래서는 안 되지"의 느낌으로 중얼대면서 호랑이기름을 꺼내어 목에 바르고 코에 바르고 뺨에 바르고 눈 밑에도 발랐다.

엄마의 얼굴이 점점 굳어지고 있었다. 무섭기는 나도 마찬가지였다. 아저씨는 그러다가도 고속도로 변에서 열대과일을 파는 행상이 보이면 잠에서 깨어나 속도를 줄인 후 그 옆으로 다가가 싱글싱글 웃으면서 인사를 건넸다. 다시 운전을 시작하면 또 졸았다. 나중에는 아예 호랑이기름을 손가락으로 퍽퍽 떠서는 눈에 대고 아이크림이라도 바르듯 문질러대기 시작했다.

아저씨가 다섯 번째쯤 옆 차선을 침범했을 때 엄마는 참지 못하고 화를 내며 소리를 질렀다. 아저씨는 잠에서 깨더니 미안하다는 듯 웃었는데 이미 엄마의 화는 가라앉을 수준이 아니었다. 그래봤자 별수 없었다. 여기서 내릴 수도 없고 화를 내봤자 말도 안 통할 테니까. 우리가 생사를 넘나드는 동안에도 조수석의 아가씨는 거의 아저씨에 버금가는 기세로 맹렬하게 잠을 자고 있었다. 호랑이기름 냄새가 진동을 해도 개의치 않고 머리를 이쪽저쪽으로 쿵쿵 처박으며 잤다. 아저씨와 아가씨는 20년 전에 헤어진 모녀가 아닐까 싶었다.

수상시장에 도착했을 때는 엄마나 나나 기진맥진해 있었다. 그제야 잠에서 깬 아저씨는 사거리에서 교통 지도를 하고 있던 경찰에게도 반갑게 인사를 건넸다. 타고난 오지랖이 분명했다. 아저씨는 우리를 수상시장 앞에 내려주고 몇 시까지 오라고 한 후 가버렸다. 제발 저 아저씨가 남의 가게에서 수다를 떨면서 시간을 보내는 대신 잠을 좀 자두길. 하지만 세상에는 수면의 욕구보다 사교의 욕구가 더 큰 사람이 존재하는 모양이었다.

기대보다 수상시장은 볼 것이 없었다. 그리 넓지 않은 폭의 강을 따라 긴 보트에 채소니 생선이니 과일이니 공산품 따위를 실은 상인들이 노를 저어 천천히 움직이면서 수상가옥에 사는 사람들에게 물건을 파는 진짜 수상시장은 관광객들이 찾아들기 훨씬 전, 새벽에 열린다고 한다. 지금은 이미 늦은 오전이라 선착장에는 관광객들을 위한 보트만 몇 대 떠 있었다. 그 보트를 타고 강을 따라 올라가다가 지나가는 배를 세워 과일이나 간식거리를 살 수 있었다.

선착장으로 올라오자 배를 탄 엄마와 나를 찍은 사진이 프린트된, 조그맣고 조잡한 접시를 든 사람들이 기다리고 있었다. 언제 저걸 찍어서 접시에 프린트까지 한 걸까. 나는 무시하고 지나갔지만 마음 약한 엄마는 "우리가 사지 않으면 그냥 깨버릴 텐데……"라며 그 접시를 샀다. 접시를 들고서 수상시장에 있는 식당에서 간단히 밥을 먹었다. 택시 안에서 내내 졸던 국적불명의 아가씨도 체력을 회복해 열심히 사진을 찍고 다니는 모습이 보였다. 돌아갈 시간이 되어 시장 밖으로 나가자 쌩쌩해 보이는 아저씨가 우리를 반겼다. 다행히 아저씨는 그동안 잠을 자면서 체력을 보충한 모양이었다. 돌아오는 길에는 라텍스와 관광 기념품을 파는 상점에 우리를 슬쩍 내려다 주었다. 우리는 아무것도 사지 않았다.

나는 원래부터 차를 타도 사고가 날까 여간해서는 잠이 들지 못한다. 내가 깨어 있다고 사고가 나지 않을 리가 없는데도 그렇다. 나는 무척 겁이 많지만 겁나는 것을 들키고 싶어 하지 않는 사람이다. 그때의 엄마도 겁이 많은 사람이었다. 엄마에게 가장 잘 어울리는 단어가 있다면 그건 '노심초사'와 '원리원칙'이었다. 엄마는 누군가가 규칙과 원칙을 지키지 않는 것을, 실수하고 잘못을 저지르는 것을 참지 못했다. 나는 그런 엄마를 싫어했다. 엄마처럼 끝없이 초조해하고 분개하는 사람이 되고 싶지 않았다. 그 택시 안에서 엄마가 느긋하게 '사람이 죽고 사는 건 하늘에 달려 있단다'라고 말하며 쿨쿨 잠이나 잤더라면 내 마음도 편했을 것 같다.

그 택시 아닌 택시의 운전기사 아저씨와 조수석에 앉았던 국적불명의 아가씨는 아마도, 남의 실수에 관대하고 나의 실수에 느긋하고 이러나저러나 한 인생, 국왕만큼 소중한 분은 또 없지, 사람은 죽을 수도 있고 또 죽지 않을 수도 있고, 뭐 그런 마음으로 사는 사람들이었을 것이다. 나도, 엄마도 그런 사람들은 아니었다.

이제 나는 그때의 엄마의 나이에 가까워지고 있다. 나에게도 딸이 있다. 내가 만약 지금 내 딸을 데리고 그 위험천만한 택시에 오른다면 나는 어떻게 할까? 아마 나도 그 운전기사에

게 소리를 꽥 하고 지를 것이다. 내 딸을 지켜야 하기 때문이
다. 그저 본능적으로 말이다.

행복이나 만족감이라는 건 별것도 아닌 데서만
찾을 수 있는 게 아닐까.
이 순간 이대로 죽어버려도 좋겠다는 느낌은 나 자신이
나를 둘러싼 것들에서 분리되어 있지 않다고 느낄 때,
그러니까 나 자신과 세계가 완전히 일치될 때,
어떤 괴리감도 느껴지지 않을 때,
내가 누구인지조차 알 수 없을 때 찾아오는 것이 아닐까.

별것 아닌 일들을 위한 여행

졸리 프로그의
특별한 매력

졸리 프로그는 예쁜, 귀여운, 멋진 개구리라는 뜻이다.
누가 이런 이름을 붙여주었는지는 모르겠지만 센스가 좋은 것 같다.

→ 태국 중부 지방의 작은 도시 깐짜나부리에는 졸리 프로그Jolly Frog라는 귀여운 이름의 식당이 있다. 실은 식당 겸 게스트하우스다. 나는 동물 이름이 들어간 가게를 좋아한다. 코끼리 식당이나 두꺼비집, 거북당, 개미집 같은 간판을 단 가게가 보이면 언제나 한번 들어가 보고 싶다.

프랑스가 배경인 책들을 읽다 보면 동물 이름을 붙인 가게들이 종종 등장하는데, 특별히 기억에 남는 이름은 개미fourmi다. 파리의 몽마르트르 언덕 근처를 돌아다닐 때 La Fourmi인지 Les Fourmis인지 하는 이름의 술집 간판을 발견하고는 남몰래 반가워했다. 퇴근 후 한잔 걸치기 위해 들른 듯한 동네 사람들로 가득한 술집이었다. 클럽을 찾으러 다니던 중이라 들어가 보지는 못했다. 후회가 된다. 프랑스 사람들은 달팽이도 먹고 토끼도 먹고 비둘기도 먹고 개구리도 먹고 사슴도 먹고 아무튼 웬만한 것은 다 먹는 사람들이라 그런지, 식재료에 대한 원초적인 상상력이 풍부한 느낌이다. 야성적이라고 해야 하나, 관대하다고 해야 하나, 게걸스럽다고 해야 하나. 먹을 것을 파는 가게에 동물의 이름을 붙이는 것은 그런 느낌이다. 소박하고 유머러스하면서도 야성적인 느낌.

한국의 오래된 식당 이름 중에는 희망을 담은 것들이 많은 것 같다. 대성이라든지, 부흥이라든지, 만복이라든지. 그런 이름도 나쁘지 않지만 나는 고향의 이름을 간판에 새긴 집들이 더 마음에 든다. 타지에 와서 고생하며 살고 있구나, 하는 생각이 들어 뭉클해진다. 나도 타지에 와서 고생하며 살고 있기 때문이다.

하지만 꼭 그런 것도 아닌 것이 내 친구 부모님이 운영하는 식당의 이름은 통영식당인데, 친구의 가족은 전라남도 진도에서 왔다. 통영과는 아무 연고가 없다. 심지어 통영에 한 번이라도 가본 적은 있으신지 의심스럽다. 단지 통영산 굴로 굴밥과 굴보쌈을 만들어내기 때문에 붙인 이름이다. 하지만 음식은 정말 맛있다. 전라도의 손맛은 역시 놀랍다. 가격도 싸다. 동인천에 갈 일이 있으신 분들은 방문해보시길.

졸리 프로그의 이름은 왜 졸리 프로그인지 모르겠는데, 당시(1999년)만 해도 깐짜나부리의 꽤 '핫'한 장소였다. 그 이유는 첫째로, 콰이 강 바로 옆에 있었기 때문이다. 콰이 강은 〈콰이 강의 다리〉라는 옛날 영화 속의 그 강을 말한다. 본 적은 없지만 꽤 유명한 영화라서 제목은 나도 알고 있다. 제2차 세계대

전 당시 이 지역을 점령한 일본군은 군수물자 운반을 위한 철도 건설 작업에 태국인들은 물론이고 포로로 잡힌 연합군 병사들까지 노역으로 동원했다. 주로 영국과 호주, 네덜란드 병사들이었다고 한다. 곡괭이와 삽만 들고 맨손으로 밀림을 헤치고 절벽을 깎아내 건설한 철도라 그 과정에서 10만 명이 넘는 사람들이 죽어 나갔다. 나중에 자료를 찾아보니 415킬로미터 길이의 철로를 14개월 만에 만들어냈다고 한다. 곡괭이질과 삽질이라고는 5평짜리 텃밭에서밖에는 해본 적이 없는 나는 그게 어느 정도의 속도인지는 잘 가늠이 되지 않지만, 아무튼 엄청난 속도였다. 고된 노동뿐만 아니라 열악한 수용소 생활과 구타, 고문 등으로 죽은 사람도 부지기수였다. 영화는 연합군이 이 철도와 콰이 강 위의 다리를 폭파한다는 내용이다.

깐짜나부리의 인기 투어 코스는 열차를 타고 이때 건설된 '죽음의 철도' 위를 달리는 것이다. 기차를 타고 시골길을 한참 달리다 보면 고작해야 기차 한 대가 겨우 들어갈 정도로 폭이 좁은 철로가 나타나는데, 양 옆으로 벽처럼 높이 늘어선 절벽은 모두 당시의 포로들이 맨손으로 깎아낸 것이다. 이곳은 '헬파이어 패스Hell fire pass'라고 불린다. 밤낮 없이 철로를 건설하느라 켜놓은 횃불이 멀리서 보면 지옥불처럼 보였기 때문이란

다. 무시무시하다. 반세기 전에 이 철도 위에서 수많은 사람들이 죽어 나갔다고 생각하면 더 무시무시하고, 그럼에도 소풍이라도 나온 듯한 표정으로 감탄사를 내뱉으며 사진을 찍고 있는 관광객들을 보면 더더욱 무시무시하다.

깐짜나부리에는 이때 죽은 연합군의 묘지가 있다. 기차를 타고 지나치면서 보았는데 나무 십자가가 무덤마다 꽂힌 작고 아름다운 묘지였다. 이 사람들은 죽어서 이런 데 묻힐 줄 알았을까. 고향에서는 이름조차 들어본 일 없었을 뜨거운 나라의 시골 마을 묘지에.

역사란 결국 그런 것인지도 모르겠다. 아마 그 포로들 중에는 정말로 훌륭한 사람들도 있었을 것이다. 착한 사람도, 좋은 사람도, 낯선 나라에서 포로로 잡혀 벌레만도 못한 취급을 받다가 죽지 않아도 좋았을, 살아 있었더라면 인류의 번영과 세계의 평화에 이바지했을 사람도 있었을 것이다. 훌륭하지 않은 사람이라고 해서 그런 데서 고생하다 죽어도 싸다는 이야기는 아니지만, 하늘이 이런 사람을 버릴 리 없을 것이라 남들도 믿고 그 자신도 내심 믿었을 사람도 죽었을 것이다. 사악한 목적을 위해서 별 의미도 없는 일을 하다가 어이없이 죽어버린 것이다. 그럼에도 그런 일들이 끊지지 않고 이어지고 있다는 사실이 무섭다. 죽어 마땅한 사람들은 버젓이 살아 있고, 죽지 말았어야 할 사람들이 죽는다는 것. 정말 무서운 일이다.

다시 귀여운 졸리 프로그 이야기로 돌아가자. 졸리 프로그의 첫 번째 매력은 바로 콰이 강이다. 강물은 한국의 강물처럼 맑지 않고 거의 흙탕물에 가깝다. 바닥이 보이지 않을 정도다. 강 주변으로는 열대의 숲이 무성하다. 그러나 한국의 강이 차갑고 날카롭고 단호한 느낌을 풍긴다면, 콰이 강은 따뜻하고 부드럽고 풍만한 느낌이다. 태국의 산이 한국의 산과 다른 것과 마찬가지다. 한국의 산은 경외감이 들 정도로 웅장한 데 반해, 태국의 산은 둥글둥글하고 아기자기하다. 동그란 얼굴에 늘 웃음이 걸려 있는 이빨 빠진 할아버지 같다.

졸리 프로그의 두 번째 매력은 첫 번째 매력과 연관이 있는데, 숙소 건물을 둘러싸고 잘 가꿔진 잔디 정원이 있다는 것이다. 정원 한가운데는 커다란 코코넛 나무가 있어 한낮의 뜨거운 햇살을 가려준다. 그리고 바로 앞의 콰이 강에서 바람이 불어온다. 말도 못하게 시원한 강바람이다. 잔디밭에는 데크체

어가 놓여 있어 하루 종일 누워 있어도 좋다. 실제로 하루 종일 누워 있는 여행객들을 많이 보았다.

처음에는 그 모습을 보고는 당황했다. 우리는 언제나 유명 관광지를 찍고 순회하는 식의 여행을 여행이라고 알고 있었기 때문이다. '내가 여길 어떻게 왔는데!' '본전을 뽑아야 하는데!'라는 한국인의 본능이 채찍질하기 때문이다. 그래서 어딜 가나 긴장해 있고 어깨에 힘이 들어가 있다. 본전을 뽑아야 하니까. 3천 원짜리 콩나물국밥집에서도, 7천 원짜리 목욕탕에서도, 백화점에서도, 술집에서도, 비행기를 타도, 산에 가도, 바다에 가도 본전부터 뽑아야 한다. 본전을 뽑고 나면 뜨끈한 국밥 한 그릇으로 배를 채운 것처럼 만족감이 밀려온다. 그래야 발 뻗고 잘 수가 있다.

그런데 다른 여행객들은, 특히 서양인들은 그렇지 않았다. 그들은 늘 누워 있었다. 전생에 나무늘보였나 싶을 정도로 누워만 있었다. 해변에서도 누워 있고 잔디밭에서도 누워 있고 배 위에서도, 기차 위에서도 누워 있었다. 나도 서양인들의 흉내를 내어 누워 보았다. 10분 정도는 좋았는데 10분이 지나자 좀이 쑤시기 시작했다.

한국에서는 누워 있는 이들을 게으름뱅이라 부른다. 게으름뱅이는 경제 발전의 적이다. 일어나서 뭐라도 해야 한다. 나도 잘 눕지 않는 성격이다. 잘 때를 빼고는 하루 중 누워 있을 때가 거의 없다. 결혼 전에는 그래도 종종 누워 있었다. 할 일이 없는 시간이 많았기 때문이다. 내 몸이 지상에 붙어 있다는 안정감을 느끼고 싶을 때, 직립하고 있다는 것이, 겨우 발바닥 두 개만 땅에 붙어 있다는 것이 불안할 때 나는 누웠다. 그런데 결혼을 하고 아이를 둘 낳고 나니 하루 종일 시간이 어떻게 가는지 모를 정도로 바쁘다. 할 일이 끝이 없다. 해도 해도 티가 안 나는 생활의 일들. 잠잘 때야 겨우 몸을 뉘일 수 있다. 이제 겨우 누울 수 있다는 것이 행복하다.

하지만 여행을 할 때 나는 거의 누워 있다. 어딜 잘 가지도 않고 뭘 잘 하지도 않는다. 그저 적당한 장소를 찾아 눕거나 널브러져 있다. 누워서 맥주를 홀짝거리면서 음악을 듣거나 책을 읽거나 한다. 한번 누우면 잘 일어나지 않는다. 어쩌면 그게 내가 여행에서 배운 전부인지도 모른다. 누울 줄 아는 것. 누워 있는 데 죄책감을 느끼지 않는 것.

자, 이제부터 본론이다. 졸리 프로그의 세 번째이자 최고의 매력은 식당이다. 꼭 숙박을 하지 않아도 깐짜나부리를 여행하는 많은 여행객들이 졸리 프로그의 식당에 식사를 하러 온다. 이유는, 싸기 때문이다. 말도 못하게 싸다. 스테이크가 고작해야 3천 원에서 4천 원 정도였다. 1999년도의 일이다. 지금은 얼마일지 모르겠지만 그때는 그랬다.

게다가 메뉴가 거의 김밥천국 수준으로 다양하다. 볶음밥이나 볶음국수를 비롯한 태국 요리에서부터 스파게티나 피자, 팬케이크 같은 서양 요리도 웬만하면 다 된다. 온갖 과일 주스도 다 된다. 심지어 모든 요리가 웬만하면 다 맛이 있다. 최고라고까지는 할 수 없지만 이 정도면 가격 대비 훌륭하다. 불가사의한 식당이다.

하지만 종업원들은 불친절하다. 손님을 거의 파리 취급한다. 무표정한 얼굴에 귀찮은 태도로 요리를 테이블 위에 던지다시피 한다. 태국 사람들은 대개 친절하고 순한 사람들이다. 하지만 외국인을 대상으로 하는 업소의 종업원들은 불친절하다. 친절하기 힘들 것이다. 이 사람들도 세계 각국에서 온 외국인들에게 세계 각국의 방식으로 당할 만큼 당했을 것이다. 어느 날 밤 식당에 갔더니 어린 이스라엘 남녀들이 술에 잔뜩 취해 소란을 피우고 있었다. 보기만 해도 고개를 절레절레 흔들게 되는 천방지축들이었다. 직원들의 태도도 이해가 되었다.

친절하건 불친절하건, 나야 음식에 파리만 들어 있지 않으면 된다. 나는 유명한 졸리 프로그의 스테이크를 주문했다. 3천 원짜리 스테이크는 도대체 어떤 맛일까. 음, 그건…… 엄청나게 질긴 맛이었다. 운동화 밑창의 고무를 구운 맛이나 비슷했다. (물론 먹어본 적은 없다.) 운동화 밑창의 고무에 소고기 다시다를 뿌리면 이런 맛일 것이다. 아무리 씹어도 삼킬 수가 없는 맛이었다. 그럼에도 소고기가 귀한 나라에서 온 나는 감사히 먹었다. 어릴 때부터 비싸다고 소고기를 안 사주는 가정에서 자란 나는 이게 어디냐고 생각하면서 먹었다. 속으로는 계속 '이건 소고기야. 이건 소고기'라고 자기최면을 걸었다.

나중에 알고 보니 이 스테이크의 정체는 물소 고기였다. 기차를 타고 지나가다가 논에 서 있는 물소를 보았는데 회색 갑옷 같은 피부에 멋진 뿔을 가진 소였다. 그냥 보아도 맛있어 보이지는 않았다. 정확하게 운동화 밑창의 고무 맛이 날 것 같아 보였다.

졸리 프로그의 게스트하우스는 저렴하고 낡고 지저분하다.

한마디로 표현하자면 'humble' 하다. 겸손하게 표현하는 것이
아니라(나는 그곳의 주인이 아니니까 겸손할 필요도 없다.) 실제로 그
렇다. 물론 분위기는 좋다. 2층짜리 목조 가옥이다. 방은 꽤 넓
다. 화장실도 딸려 있다. 문을 열면 바로 그 예쁜 잔디 정원이
보인다. 정원사 아저씨가 매일 같이 잔디에 물을 주고 나무를
관리한다. 1층은 포치를 쓸 수 있고, 2층에도 발코니가 있다.
포치에는 빨래도 널 수 있고 나무로 만든 테이블도 놓여 있다.
포치에 앉아 있으면 콰이 강의 시원하고 따뜻한 바람이 불어온
다. 대나무 대 위에 빨래를 널어 말린다. 한 시간이면 기분 좋
게 말라 있다. 밤에는 테이블에 앉아서 불을 켠 채로 책을 읽기
도 했다.

　하지만 방 안은 빛이 거의 들지 않아 어두컴컴하다. 한낮에
도 어둡다. 눅눅하기도 하다. 더운 나라라 일부러 집 안에는 해
가 들지 않도록 지었을 것이다. 침대는 한가운데가 푹 꺼져 있
어서 자다가 가운데로 몰리면 헤어 나올 수 없는 구덩이나 수
렁에 빠진 기분이다. 조금 과장하자면 기어 나와야 할 정도다.
아마도 몇 십 개국에서 온 수백 명의 사람들이 이 침대 위에 누
웠을 것이다. 잠만 자지는 않았을 것이다. 그중에는 살아서 상
종도 하기 싫은 사람도 있었을 것이다. (이스라엘 젊은이들도 있었

을 것이다.) 나쁜 사람들, 어쩌면 살인범이 있었을지도 모른다. 숙소의 침대라는 것은 언제나 수많은 사람들이 그 위에 누웠겠지만, 바로 전날 밤만 해도 어떤 커플이 뜨거운 밤을 보낸 흔적이 남아 있겠지만, 그 흔적을 완벽히 감춰야 한다. 그것이 숙소의 침대의 의무이다. 언제나 새로 도착한 여행자가 제일 먼저누워 보는 침대인 척해야 한다. 졸리 프로그의 침대는 바로 그점에서 낙제다. 밤새 가운데 구덩이에 빠지지 않도록 기를 쓰고 양쪽 가장자리에 달라붙어야 했으니까.

화장실은 방보다 더 끔찍했다. 앞이 제대로 보이지도 않는어둡고 긴 공간에 변기 하나와 샤워기 하나가 달랑 달려 있던기억이 난다. 방충망도 없이 창문이 그대로 뚫려 있는 데다 강가라 그런지 벌레가 엄청나게 많았다. 도마뱀이야 귀여운 수준이고, 커다란 메뚜기 비슷한 벌레들도 자주 출몰했다. 최대한빨리 샤워를 마쳐야만 했다.

그러나 가장 무서운 것은 소음이었다. 밤에 자다가 누가 우리 방문을 열고 성큼성큼 걸어 들어오는 소리에 기절할 것처럼놀라서 벌떡 일어났는데, 알고 보니 2층을 쓰는 사람들이 자기방으로 들어가는 소리였다. 그 사람들의 발소리는 물론이고 목소리까지 바로 옆에 있는 것처럼 생생하게 들렸다. 층간소음이 한국의 아파트는 비교할 수준조차 못됐다. 숙소에 묵는 내내 잠을 설쳤다.

졸리 프로그는 예쁜, 귀여운, 멋진 개구리라는 뜻이다. 누가 이런 이름을 붙여주었는지는 모르겠지만 센스가 좋은 것 같다. 나중에 나도 혹시라도 식당 같은 것을 열게 된다면 꼭 동물 이름을 넣고 싶다. 나는 고래를 좋아하니까 고래 식당일지도 모른다. (대왕오징어에 꾸준히 사로잡혀 있는 아들은 몇 년째 짬이 날 때마다 인터넷으로 대왕오징어 사진을 검색하는데, 아마 그 아이가 식당을 차린다면 당연히 대왕오징어 식당일 것이다.)

때로 인생의 구덩이나 수렁에 빠진 기분이 들 때가 있다. 그럴 때면 누군가 우리 방에 침입한 것 같은 소리에 겁에 질린 채로 침대 가운데에 빠지지 않도록 기를 쓰고 가장자리로 달라붙어야 했던 악몽 같던 졸리 프로그의 밤들로 돌아간 것 같은 기분이다. 그러나 졸리 플로그에는 누구에게나 공짜이던 콰이 강의 따뜻하고 시원한 바람을 맞으며 예쁜 잔디 정원 위에서 뒹굴던 낮들도 있었다. 식당에는 운동화의 고무 밑창을 씹는 것처럼 질겼던 물소 고기 스테이크와 불친절한 직원도 있었다.

근처에는 죄 없는 사람들이 수도 없이 죽어 나갔던 철도도 있었고 그들이 잠든 소박하고 아름다운 묘지도 있었다. 그 철도 위를 달리던 기차에는 목에 카메라를 건 채로 감탄사를 내뱉던 순진한 사람들도 있었다. 그리고 가끔은, 모든 것들이 거기에 있는 것처럼 느껴진다.

∨
∨
∨

여행을 할 때 나는 거의 누워 있다.

어딜 잘 가지도 않고 뭘 잘 하지도 않는다.

그저 적당한 장소를 찾아 눕거나 널브러져 있다.

누워서 맥주를 홀짝거리면서

음악을 듣거나 책을 읽거나 한다.

한번 누우면 잘 일어나지 않는다.

어쩌면 그게 내가 여행에서 배운 전부인지도 모른다.

누울 줄 아는 것.

누워 있는 데 죄책감을 느끼지 않는 것.

정글의 부처가
웃는 방식

사람들은 제각기 자기만의 시간을 산다.
그런데 이 시간이 나만의 시간이 아님을 깨닫게 되는 순간이 있다.
어쩌면 앙코르와트에 처음 도착해서 부처의 웃는 얼굴을 발견한 순간이
바로 그 순간이었을 것이다.

→ 요즘은 앙코르와트가 꽤 많이 알려진 데다 가는 길도 좋아졌지만, 1999년도에는 그렇지 않았다. 1999년도의 여름에 나는 방콕에 있었다. 방콕에는 카오산로드라는 유명한 여행자 거리가 있고, 그때 그 거리는 적어도 지금보다는 훨씬 소박했다.

카오산로드에는 여행자들을 위한 모든 것이 있었다. 5만 원 정도면 묵을 수 있는 호텔도, 3천 원 정도면 몸을 뉘일 수 있는 게스트하우스도, 만 원이 채 안 되는 가격에 푸짐하게 먹을 수 있는 레스토랑도, 천 원이 채 안 되는 가격에 배를 채울 수 있는 국숫집도, 여행사도, 옷과 가방과 신발과 기념품을 파는 상점도, 위조 신분증을 만들어주는 사무실도, 몇 명이 달라붙어 머리를 땋아주는 길거리 미용실도, 골목에 세탁기 몇 대를 놓고 빨래를 빨아주는 가게도, 여행자들로부터 사들인 물건을 되파는 노점도, 겁먹은 얼굴에 제 몸집보다 더 큰 배낭을 짊어진 어리고 얼뜬 초보 여행자도, 이 거리와 한 몸이 된 듯 움푹 팬 너저분한 행색의 장기 여행자도 있었다. 성실한 장사꾼도, 비열한 사기꾼도, 뻔뻔한 트랜스젠더도, 비틀거리는 마약중독자도 있었다.

몇 년 전에 다시 카오산로드에 가본 적이 있는데 그 거리는 다시 걷고 싶지 않을 정도로 어수선해져 있었다. 으리으리한 식당과 바, 상점, 노점상 같은 것들이 잔뜩 들어서 있었고, 시내의 고급 호텔에 묵으면서 이 거리를 구경하러 온 중국인 관광객 행렬로 걷기조차 힘들 정도였다. 예전에도 이 거리는 딱히 정이 넘치지는 않았지만, 낯선 열대의 나라에 떨어진 주머니 가벼운 배낭여행자들에게 안도감을 느끼게 하는 무언가가 있었다. 그러나 이미 이 거리는 자신이 수용할 수 있는 한계를 넘어서 버린 느낌이었다. 아마 1989년도의 그 거리를 기억하는 사람들도 1999년도의 모습에 진저리를 쳤겠지.

1999년도에는 전 세계에서 모여든 배낭여행자들이 카오산로드를 기점으로 태국의 이곳저곳을 향해 떠났다. 한밤중이나 새벽에 거리로 나가보면 미니버스에 무거운 배낭과 몸을 싣고 치앙마이로, 치앙라이로, 코사무이로, 코피피로 떠나는 피곤한 얼굴의 여행자들이 그득했다. 그들 중 어떤 이들은 다른 나라로 떠나기도 했다. 국경을 맞댄 캄보디아로, 라오스로, 말레이시아로, 미얀마로.

비행기나 배가 아니면 국경을 넘을 수 없는 처지는 상상력을 빈곤하게 만든다. 모험심의 싹을 잘라버린다. 상상을 한다고 해봤자 휴전선도, 바다도 넘어갈 수가 없다. 우리가 이 나라를 벗어나기란 쉽지 않다. 그러기 위해서는 거창한 각오가 필요하다. 그런데 인도차이나반도에서는 그렇지 않았다. 땅 위에 그어둔 선 하나만 넘어가면 다른 나라였으니까. 소풍이라도 가듯 가볍게 다른 세계로 떠날 수가 있었다.

방콕에서 심야버스를 타고 캄보디아와의 국경 도시 아라냐프라텟으로 간다. 태국의 고속도로는 시원하게 뚫려 있고, 에어컨 버스는(에어컨이 없는 버스도 있기 때문에 에어컨 버스라 불린다.) 승객을 얼려버릴 작정이라도 했는지 냉방을 최고로 틀어댄다. 저체온증으로 사망하기 직전에서야 겨우 뻣뻣하게 굳어버린 몸으로 튕기듯이 버스에서 내려 국경으로 가면 캄보디아의 포이펫이라는 도시가 나타난다.

그곳은 완전히 다른 세상이다. 방금 전까지의 문명 세계는 잊어야 한다. 아스팔트 깔린 고속도로도, 얼려죽일 각오로 틀어대는 에어컨도, 세븐일레븐도, 시원한 콜라도 잊어야 한다. 국경 너머는 흙먼지 휘날리는 비포장길이다. 다 쓰러져 가는 움막 같은 곳이 식당이다. 나무로 짠 소쿠리를 산처럼 실은 리어카가 다닌다. 때 묻은 얼굴에 어린 동생을 옆구리에 낀 남루한 차림의 어린 소년과 소녀들이 국경을 넘어오는 관광객들에게 달려든다. 흙먼지가 잔뜩 묻은 미지근한 콜라나 만들어진 지 10년은 됐을 관광엽서 같은 것들을 사겠느냐고 묻는다. 당황한 우리는 그들을 뿌리치고 일단 포이펫에서 앙코르와트가 있는 시엠리엡까지 데려다줄 트럭을 수배하기 시작한다.

지금은 방콕에서 시엠리엡까지 여행사 버스로 편하게 이동할 수 있다고 들었지만, 그 당시 캄보디아에서의 공식적인 이동수단은 트럭이었다. 지붕도 없는 픽업트럭의 짐칸에 그야말로 짐짝처럼 실려 가는 것이다. 심지어 가는 길은 내내 비포장도로. 그냥 비포장도로가 아니라 도중에 폭탄이라도 떨어진 듯 움푹 팬 데가 한두 군데가 아니다. (실제로 이 구간은 내전 당시 치열한 전투가 벌어졌던 곳이라고 한다. 그러니까 정말로 폭탄이 떨어진 흔적일 수도 있다.) 간혹 게릴라들이 산에서 뛰어나와 강도 행각을 벌이거나 사람을 죽이기도 했다. 때로는 지뢰가 묻혀 있기도 했다. 겨우 얼어 죽지 않고 캄보디아까지 왔는데 게릴라에게 잡혀 죽거나 지뢰가 터져 폭사할지도 모른다니, 대체 무얼 위해 여기까지 왔단 말인가. 까짓 유적지 하나 보겠다고 말이다. 나는 유적지에는 별 관심도 없는데 말이다. 하지만 이미 국경을 넘었으니 돌아갈 수도 없었다.

우리 일행 중에는 콴이라는 말레이시아 남자가 있었다. 일행은 나와 당시 고등학생이던 내 남동생, 정숙과 복자 자매, 그리고 콴이었다. 우리는 카오산로드의 한 한국 식당에서 만났다. 우리가 캄보디아에 간다고 하자 주인이 이들을 소개해주었다. 둘보다는 셋이 낫고, 셋보다는 넷, 넷보다는 다섯이 낫지 않겠느냐면서.

까맣고 둥근 얼굴에 키가 큰 콴은 코알라처럼 느릿하고 느긋했다. 그러면서도 부드러운 목소리에는 어쩐지 지적인 느낌도 있었다. 말레이시아에서 나고 자랐지만 미국에서 대학을 다니고 있는 그는 자전거로 말레이시아를 일주한 적도 있다고 했다. 그는 유쾌하면서도 어디서나 잘 동화되는 타입이었다. 목소리를 높이지도 으스대지도 않았다. 어떤 일이 생기든 낙천적이었다. 나중에 들으니 정숙과 복자 자매가 남부의 해변에서 지낼 때 콴이 바로 옆 숙소에 묵고 있었다고 한다. 정숙에게 홀딱 반한 콴은 정숙을 쫓아 캄보디아까지 왔다. 알고 보니 정숙은 중학교 체육 선생님이었다. 직업과 잘 어울리는 날렵하고 거침없는 인상이었다.

국경에서도 제각기 다른 가격을 부르는 트럭 운전사들과의 협상에 우리는 잔뜩 날이 서 있었지만 콴은 웃었다. 그는 운전사와 싸울 뻔한 정숙에게 말했다.

"릴랙스, 릴랙스. 스마일, 스마일. 여긴 이 사람들의 나라야."

결국 여러 번의 협상 끝에 적절한 가격에 트럭 한 대를 통째로 빌릴 수 있었다. 다른 승객은 태우지 않는다는 조건이었고,(태우기 힘들 정도로 작은 트럭이었다.) 포이펫에서 시엠리엡까지 가는 도중 트럭을 갈아타게 한다는 이야기를 미리 들었기 때문에 기사에게는 시엠리엡까지 직행하는 것을 몇 번이고 확인도 했다.

시엠리엡까지는 6시간의 강행군이다. 일단 근처에 즐비한 노천식당에 들어가 밥부터 먹기로 했다. 흙먼지로 뒤덮인 식당에서 몇 개의 반찬과 밥을 골랐다. 소고기와 채소를 굴 소스로 볶은 반찬은 먹을 만했는데 밥에는 쌀벌레가 깨라도 뿌린 듯섞여 있었다. 곱게 자란 내 동생은 기겁을 했다. 나는 동생에게 눈을 부라렸다.

"그냥 먹어."

살아야겠다는 일념으로 우리는 쌀벌레를 오독오독 씹어 먹었다.

화장실에도 가야 했다. 널빤지로 대충 만든 화장실은 바람이라도 불면 날아갈 모양으로 황무지 한가운데에 위태롭게 서 있었는데, 문을 여니 1980년대 이후로 오랜만에 만나는 심플하고 직설적인 구조였다. 구덩이 위에 판자 두 개가 올려져 있었다. 평소 나는 화장실을 가리는 여자지만, 그래서 학창 시절에도 절대 학교 화장실에서 큰 일을 본 적이 없지만, 도중에 지뢰밭에서 바지를 내리지 않으려면 가릴 처지가 아니었다. 이럴 때는 마인드컨트롤이 필요하다. 이건 현실이 아니고 나는 지금 여기에 있는 것이 아니다.

밥도 먹고 장도 비운 우리는 트럭에 올랐다. 트럭의 짐칸에는 타이어들이 몇 개 실려 있었는데 그 위에 앉으면 되었다. 트럭은 포이펫 시내를 천천히 달렸다. 누군가의 집 마당에서 결혼식 피로연이 열리고 있었다. 본래의 얼굴을 알아볼 수 없게 하는 것이 목적인 듯 엄청난 두께의 화장을 한 분홍색 드레스를 입은 여자가 신부였다. 얼마 지나지 않아 집들이 사라지더니 아무것도 없는 벌판과 비포장길이 시작되었다.

달리다 보면 움푹 팬 구덩이들이 수시로 나타났다. 처음에는 구덩이 위를 지날 때마다 몸이 저절로 펄쩍 튀어 오르는 것이 재밌어서 다들 소리를 지르며 웃었지만 같은 상황이 거의 5분 간격으로 한 시간 이상 지속되자 누구도 웃지 않게 되었다.

그럼에도 캄보디아의 풍경은 아름다웠다. 사진으로도 담기 힘든 아름다움이었다. 기린 한 마리라도 느릿느릿 걸어올 것 같은 드넓은 초원이 끝도 없이 펼쳐졌다. 한참을 달리다 보면 어느 순간 양 옆으로 키 큰 나무가 빽빽한 숲이 시작되었고, 곧 땅에서 한참을 띄워 나무로 얼기설기 지은 집들이 나타났다. 차가 지나가면 어른들은 그 자리에 멈춰 신기한 표정으로 쳐다보았다. 아이들은 달려 나와 손을 흔들었다.

　한 번은 휴식시간이라며 트럭이 읍내 비슷한 곳에 멈췄다. 아이들이 콜라 같은 것을 쥐고 나와 팔았지만 우리는 아무것도 사지 않았다. 미지근한 콜라도 마시고 싶지 않았고 엉덩이에 쥐가 나고 있는 이 상황에 관광엽서를 사고 싶지도 않았다. 아이들은 집요하게 따라붙었고 우리는 집요하게 모른 체했다. 하지만 콴은 그렇지 않았다. 콴은 웃으면서 콜라를 한 캔 사서는 우리에게도 한 모금씩 마셔보라며 권했다. 아이들은 트럭이 떠날 때까지도 희망의 끈을 놓지 않은 채 필사적으로 따라붙었고 심지어 떠나는 트럭을 쫓아오다가 넘어지기까지 했다. 처음에는 마음이 아파 어찌할 바를 몰랐지만 나중에는 그런 것에도 무감각해졌다.

　그렇게 달리다가 중간에 있는 시소폰이라는 도시에 도착했을 때, 운전기사는 트럭을 갈아타야 한다고 했다. 이 트럭은 시엠리엡까지 가지 않는다는 거였다. 우리는 왜 처음과 말이 다르냐고 따졌지만 이런 경우에 싸움은 반드시 현지인 쪽이 이긴다. 별수 없이 우리는 트럭을 갈아탔다. 이번의 트럭은 현지인들을 잔뜩 태운 트럭이었다. 우리는 비좁은 틈에 끼어 앉았다.

사람들은 도중에 내리기도 하고 도중에 타기도 했다. 여자들은 챙이 커다란 모자를 쓰고 긴팔 셔츠와 긴 바지를 입고 있었다. 더워 보였지만 그런 차림이 아니고서는 이 뜨거운 태양을 피할 길이 없으리라. 어린아이를 데리고 탄 엄마도 있었다. 다들 이 여행이 힘겨워 보였지만 그럼에도 체념한 것 같았다. 체념할 수밖에. 이들은 우리로서는 상상조차 할 수 없는 시대를 지나온 사람들이다. 고작 20년 전에 이 나라의 독재자는 수십만 명의 평범한 사람들을 몰살시켰다. 단지 손바닥에 못이 박혀 있지 않다는 이유로도 죽였다. 그에게 지식인은 나라를 좀먹는, 쓸모없는 존재였기 때문이다. 그 후로는 지독한 가난과 내전의 시대였다. 비옥한 국토에도 농사 기술을 아는 사람들이 다 죽어버려 제대로 농사를 짓지도 못한다. 그러니 캄보디아 사람들에게 이 정도의 가난과 불편은 일상적이리라. 이 사람들은 외국의 부자 나라에서 온 우리를 보지 않는다. 아예 없는 사람 취급을 한다. 나쁜 것이 옮기라도 할 것처럼 외면한다. 그런 그들은 수줍고 또 슬퍼 보인다.

구덩이들은 끝이 없이 계속되었고 엉덩이에는 아예 감각이 없었다. 흙먼지를 몇 시간째 맞으며 달렸더니 머리칼이 뻣뻣해졌다. 얼굴을 쓸어보면 흙이 떨어졌다. 온몸이 두들겨 맞은 것처럼 쑤셨다. 나무판자를 대충 얹어놓은 개울물 위의 다리가 부서져 차를 멈춰야 할 때도 있었다. 그러면 운전기사는 차에서 내려 다른 나무판자를 구해다가 다시 길을 이었다. 그 참에 우리도 트럭에서 내려 굳은 몸을 풀며 다시 길이 이어지기를 기다렸다.

그런 식으로 시엠리엡에 도착했을 때는 저녁 무렵이었다. 우리의 목적지인 글로벌 게스트하우스는 한국인 남자가 운영하는 숙소로, 식민지 양식의 2층 저택에 너른 마당과 커다란 나무가 있었다. 우리가 도착하자 주인과 그의 캄보디아인 아내가 시원한 물을 담은 컵을 쟁반에 받쳐 들고 대문 앞까지 마중을 나왔다. 그는 여기까지 오기 위해 거쳐야 했던 힘든 여정을 익히 안다는 듯 우리를 따뜻이 반겨주었고, 우리는 비틀거리며 차에서 내려 그들이 건넨 물을 벌컥벌컥 들이켰다. 전쟁터에서 살아 돌아온 것 같은 기분이었다.

여행지에서 나는 웬만해선 한국인 업소에 가지 않는다. 한국 식당에도, 한국인이 운영하는 숙소에도 가지 않는다. 한국 사람들과 의기투합하는 일도 웬만해선 없다. 내가 여기까지 온 이유는 한국을 떠나고 싶어서다. 영원히는 불가능하겠지만 적어도 여행을 하는 동안만큼은 한국과 연을 끊고 싶다. 한국이 싫어서가 아니다. 내게 한국은 싫을 때도 많지만 미워할 수 없는 나라다. 부모 같기도 하고 가족 같기도 하다. 실은 무척 사랑하는지도 모른다. 사랑할 수밖에 없어서 더 싫은 것인지도 모른다.

하지만 첫 배낭여행 때는 모든 것이 두렵고 낯설어 한국인 업소를 찾을 수밖에 없었다. 다른 나라의 사정은 잘 모르겠지만 당시 동남아시아의 한국인 업소라는 곳은 한국 사람들에게 질릴 만큼 질린 한국인 사장들이 별수 없이 한국인들을 상대하는 곳이었다. 사람들은 한국인 업소의 불친절을 욕했지만, 가만 보면 이해도 되었다. 한국인으로서는 낯섦과 두려움을 뚫고 겨우 이곳에 도착했다. 그러니 같은 한국인으로서 자신을 환대해주기를 바란다. 마치 가족처럼. 우리는 한 민족이잖아.

하지만 상대는 한국인을 영접하기 위해 이곳에서 장사를 하는 것이 아니다. 그들은 가족도 아니고 외교관도 아니다. 그냥 여기서 먹고 살기 위해 장사를 하는 것뿐이다. 한국에서 우리는 순댓국집 사장님이 버선발로 뛰어나오기를 바라지 않는다. 친절하면 감사하지만, 딱히 친절하지 않다고 해도 음식 맛이 좋고 해야 할 일을 해준다면 큰 불만이 없다. 하지만 외국에서는 그보다 더한 것을 바란다. 마치 오래전에 잃어버린 아들이나 딸을 맞이하듯 반겨주기를 바라는 것이다. 별의별 사람들이 다 있을 것이다. 여행지라서 사람들은 더 풀어질지도 모른다. 한국에서는 감춰두었던 모습을 쉽게 끄집어낼지도 모른다. 그래서 한국인 사장들은 여행자들을 어린아이처럼 대하거나 아니면 철저하게 벽을 쌓는다. 이쪽과 저쪽의 입장이 다른 것이다. 이 꼴도 저 꼴도 보기 싫어 나는 한국인 업소에 가지 않는다.

그러나 이 게스트하우스는 꽤 괜찮은 곳이었다. 건물 안에는 싱글룸과 더블룸이, 지붕만 있고 벽은 없는 옥상에는 도미토리가 있었다. 우리는 이 도미토리에 묵었다. 옥상 전체에 2층 침대가 빽빽이 들어차 있다. 공동 화장실도 샤워실도 깨끗한 편, 침대마다 모기장도 쳐 있다. 나쁘지 않았다. 벽이 없으니 실내보다 차라리 시원해서 좋았다. 마당의 식당에서는 숙박비에 포함된 간단한 조식도 먹을 수 있었다. 식당에서는 비빔밥과 된장찌개 같은 한국 음식들도 팔았다. 맛이 좋고 양이 푸짐했다.

조식은 바게트와 차였다. 캄보디아는 한때 프랑스령이었기에 바게트가 흔했다. 거리의 노점상에서 바게트에 햄과 채소를 끼워 넣어 샌드위치로 팔기도 했다. 하지만 열대의 아침에 바게트와 뜨거운 차란 정말이지 어울리지 않는다. 일단 더위와 피로에 지쳐 바싹 마른 입안에 뻑뻑한 바게트를 집어넣어 보시라. 입천장이 까질 지경이다. 괴로워서 뜨거운 차를 마시면 바게트로 손상된 입천장이 완전히 까져버린다. 결국 그렇게 며칠을 입천장이 다 까진 채로 지내야 했다. 나중에 노점에서 바게트 샌드위치를 사 먹어본 적도 있었는데 썩 맛있지는 않았다. 빵은 박스처럼 딱딱하고 질겼고 햄에서는 어묵 맛이 났다. 생선젓국 같은 소스도 묘했다.

다음 날부터 본격적인 앙코르와트 관광이 시작되었다. 앙코르와트는 하나의 사원이 아니라 시엠리엡 전체에 퍼져 있는 거대한 앙코르 유적지를 칭한다. 유적지는 도심이 아닌 정글 속에 있다. 아무리 한강의 기적을 이뤄낸 배달의 민족이라도 이

유적지를 하루 만에 둘러보는 건 불가능하다. 최소 3일, 최대 5일은 걸린다. 게다가 시내에서 유적지로 가는 것도, 유적지 사이를 돌아다니는 것도 개인적으로는 할 수 없다. 반드시 캄보디아인 운전기사를 고용해야 한다. 이동수단은 승용차나 오토바이 중 선택할 수 있었는데 우리는 인원이 다섯 명이어서 승용차를 한 대 빌렸다.

유적지에 도착해 가장 먼저 본 것은 거대한 부처의 얼굴이었다. 태어나서 그 정도로 놀라본 적은 처음이었다. 아니, 정정하자. 놀라기보다는 압도되었다. 돌로 된 다리 건너편 입구 위에 거대한 부처의 얼굴 석상이 세워져 있었는데, 눈을 지그시 감은 채 미소를 짓고 있었다. 그것도 동서남북 사면으로 총 네 개의 얼굴. 그 거대한 얼굴들은 분명 수백 년 전에 만들어진 것이지만 미소만큼은 너무나 생생해서 마치 주위의 시간이 멈춘 것 같은 느낌이었다. 처음 정글 속 버려진 유적지를 발견했던 유럽인 탐험가들은 이 얼굴 앞에서 얼마나 전율했을까.

그때 나는 스물두 살이었고 그곳에서 무언가를 느꼈다고 해도 대수롭게 생각하지 않았을 것이다. 내가 느낀 것을 정확히 표현할 수도 없었을 것이다. 나에게는 내가 경험한 것 이상의 세계는 없었으니까. 나는 스노우볼 속의 작은 집에 사는 사람처럼 내가 볼 수 있는 것과 만질 수 있는 것이 전부인 줄 알았다. 밖에서 누가 무슨 말을 해도 투명한 반구 바깥의 목소리일 뿐이었다. 그래서 아마 그때의 나는 수백 년 전 정글 한가운데에 이런 얼굴을 조각해놓고 사라져버린 사람들처럼 이 세상에는 풀 수 없는 미스터리가 존재한다는 것 정도의, <서프라이즈>나 <세상에 이런 일이>를 본 후의 느낌 비슷한 것을 느꼈을 것이다.

사람들은 제각기 자기만의 시간을 산다. 그런데 이 시간이 나만의 시간이 아님을 깨닫게 되는 순간이 있다. 이 시간은 기나긴 시간 속의 한 점에 불과하다는 것, 이 시간은 수많은 사람들이 살아온 시간의 연장선 위에 있다는 것, 나 역시 그들처럼 어느 순간에는 사라져버릴 운명이라는 것, 그리하여 결국 나와 세계는 이어져 있다는 것, 그러므로 나는 아무것도 아닌 존재이고 또, 그래서 이상하게 편안한 마음이 드는 것, 그런 것을 말로도 글로도 정확히 설명은 못하지만(천재들은 할 수 있겠지. 하지만 난 타고난 둔재다.) 그냥 느끼게 되는 순간이 찾아오는 것이다. 어쩌면 앙코르와트에 처음 도착해서 부처의 웃는 얼굴을 발견한 순간이 바로 그 순간이었을 것이다.

그때 나는 내가 무슨 생각을 하고 있는지도 몰랐지만 돌이켜보면 나의 영혼은 그 미소에 떨렸던 것이 틀림없다. 20여 년이 지난 지금까지도 생생할 정도로 말이다. 그건 열여덟 살에 수학여행을 갔던 제주도에서 친구들과 밤거리를 걷다가 다 함께 밤하늘을 올려다볼 때의 느낌과 비슷했다. 그때 누군가가 탄식이라도 하듯 말했었지. "제주도의 밤은 정말 푸르구나." 우리는 모두 고개를 끄덕였다. 그 푸르던 밤하늘 역시 잊히지 않는다.

앙코르와트의 유적지 전체는 박물관처럼 통제되고 관리되는 것이 아니라 만져보고 앉아보고 밟아볼 수 있게 오픈되어 있었다. 사람들은 사원 안의 계단을 밟고 올라가거나 회랑에 앉아서 이야기를 나누거나 난간에 걸터앉아 쉬곤 했다. 그건 정말 멋진 일이었지만 이런 식으로는 이 유적지가 닳아 없어지는 것도 멀지 않았다는 생각이 들었다. 불상들은 거의 머리가 잘려 있는데, 밀매업자들이 머리를 잘라 비싼 값에 외국으로 팔기 때문이라고 했다. 밤마다 도굴꾼들이 극성이라고도 했다. 이 거대한 유적지 전체를 관리하는 일이 아마 쉽지는 않을 것이다. 여기가 선진국이었다면 주위에 거대한 담장을 세우고 최첨단 무인 경비 시스템을 설치했겠지. 벽에는 가까이 다가갈 수 없도록 펜스를 치고 모퉁이마다 경비원이 대기하고 있었을 것이다. 하지만 여긴 아니었다. 어느 쪽이 더 나은 건지는 잘 모르겠다.

사원의 모든 벽들에는 춤추는 무희압살라들의 부조가 새겨져 있었다. 무희들은 다들 부처처럼 웃고 있었는데 얼굴과 몸짓 하나하나가 다 달랐다. 코끼리들이 사열했다던 광장에 앉아 있 으려니 어디선가 코끼리의 울음소리가 들려오는 것 같기도 했 다. 앙코르와트에서 한참 떨어진 타프롬 사원에 가서는 거대한 나무뿌리가 불상의 떨어진 머리를 휘감고 있는 유명한 광경도 보았다.

그러나 3일째가 되니 이런 광경들에도 무덤덤해졌다. 끝까 지 호기심과 열정을 잃지 않는 기질이었더라면 지금보다 더 성 공했을 텐데, 아무래도 나에게는 매우 평균적인 정도의 끈기와 지구력밖에는 없는 모양이었다. 나와 동생과 복자는 나무그늘 아래 돌담 위에 드러누워 빈둥대며 시간을 보냈다. 우리가 드 러누워 있는 돌담은 수백 년 전의 그것이었고, 그늘 안으로 시 원한 바람이 불었다.

우리가 그러고 있는 동안에도 정숙과 콴은 숙소에서 빌려온 앙코르와트 자료를 꼼꼼히 넘겨가며 끈질기게 관람을 했다. (뭘 해도 잘될 사람들이다.) 두 사람은 죽이 잘 맞는 것 같았다. 캄보디아에서 둘의 정은 더욱 깊어진 것처럼 보였다. 캄보디아에서 돌아와 방콕에서 그들과 헤어졌고 그 이후로는 연락해본 일이 없다. 두 사람은 결국 어떻게 되었을까. 정숙이 한국으로 돌아가고 콴이 미국으로 떠난 후에도 그들은 계속 연락하고 만났을까. 그들은 서로 사랑하게 되었을까.

시엠리엡의 야시장에서 파는 밥에도 쌀벌레가 반, 쌀이 반이었다. 우리는 이것이 고기라고 생각하며 먹었다. 캄보디아 요리는 태국 요리에 비해 종류가 다양하지 않았지만 대개 맛이 담백해서 괜찮았다. 나는 그린페퍼와 함께 굴 소스로 볶은 소고기 요리를 많이 먹었다. 시장의 노점에서는 빙수 비슷한 것도 팔았고 부화되기 전의 병아리가 든 달걀을 깨서 먹는 사람들도 많이 보았다. 병아리 머리를 오독오독 씹는 앳된 얼굴의 여학생들을 보면서 우리는 기겁을 했지만 그들의 표정은 카페에서 디저트를 먹는 여자아이들이나 똑같았다.

시장에서 물건을 파는 여자들 중에서 나는 종종 사원의 벽에 새겨진 무희를 닮은 얼굴들을 발견하곤 했다. 기분 좋은 소름이 돋을 정도로 닮은 얼굴들이었다. 내가 본 것들이 거짓이 아니었다. 수백 년 전의 얼굴들이 그대로 살아서 여기에 남아 있다. 그들은 비록 머리를 질끈 묶고 티셔츠를 입은 채로 물건을 팔고 있었지만, 자부심을 가져도 좋을 만큼 아름답고 오래된 얼굴이었다. 그러고 보면 가난한 나라의 사람들이 가장 아름답고 당당해 보일 때는 서양 사람들의 흉내를 낼 때보다는 오히려 전통의상을 입고 있을 때인 것 같다. 그들의 정체성과 자긍심과 자존감이 억지로 꾸며내지 않아도 자연스럽게 드러나기 때문이다.

시장에서 돌아오는 길에는 짓궂게 생긴 남자아이가 내 앞으로 걸어오더니 순식간에 내 가슴을 만지고 지나갔다. 나는 소리를 지르며 그 아이를 노려보았다. 아이는 키득거리며 유유히 사라졌다.

어느 날은 늦게까지 유적지에 있었는데 해질 무렵 어디에선가 음악 소리가 들려왔다. 유적지 뒤편에서 남자들 몇이 전통악기를 연주하고 있었다. 아름다운 연주였다. 해질녘의 사원에 잘 어울리는 황홀한 음악이었다.

≋≋≋

일정이 모두 끝난 후 우리는 다시 픽업트럭을 타고 포이펫으로 떠났다. 이번에는 무조건 운전석 뒷자리의 실내석으로 골랐다. 에어컨이 나오고 제대로 된 시트가 있는 자리. 하지만 불운하게도 이 자리는 너무 좁은 데다 에어컨의 성능도 썩 신통치 않았다. 다리도 제대로 펴지 못하고 끼어 앉아 더위와 갑갑함에 괴로워하며 우리는 짐칸에 앉은 사람들을 부러운 눈길로 쳐다보았다.

시엠리엡에서 시소폰을 지나 포이펫과 아라냐프라텟을 거쳐 방콕으로 다시 돌아올 때까지, 콴은 조금 피곤해 보이기는 했지만 늘 릴랙스되어 있었고 언제나 스마일을 잊지 않았다. 그래서 콴과 함께 많은 시간을 보낸 정숙 역시 많이 부드러워진 것 같았다. 나는 콴을 보면서 생각했다. 어깨에 힘이 들어가지 않은 상태로 사는 건 어떤 걸까. 매일 릴랙스되어 있는 것, 늘 미소를 잃지 않는 것, 부드러워지는 것은 어떤 걸까. 그런 것을 나는 잘 몰랐다.

한국에 돌아와 얼마 지나지 않아 〈화양연화〉라는 영화를 보았다. 바람을 피우는 남녀의 배우자들이 동병상련의 괴로움을 나누다 서로에게 끌리게 된다는 내용의 영화였다. 결국 두 사람의 사랑은 이루어지지 못하고, 오랜 후에 남자는 홀로 앙코르와트로 간다. 그곳에서 그는 세월에 풍화된 돌덩이에 손을 가져다댄다. 그 장면으로 영화는 끝이 난다.

왜 앙코르와트였을까. 왜 하필 남자는 앙코르와트에 가서 그 일을 해야 했을까. 나는 문득 1999년도의 시간들을 떠올린다. 왜 나는 짐짝처럼 트럭에 실려 시엠리엡까지 가야 했을까. 왜 나는 그 오래된, 무의미한 돌들을 보고 만지고 밟아야 했을까. 나 말고도 그 많은 사람들이 왜 같은 일들을 해야 했을까. 불상과 무희의 미소는 나에게 무엇을 말해준 것일까. 1999년도에 왜 나는 캄보디아의 정글 속 유적지로 떠나야만 했던 것일까.

이 모든 것이 아무것도 아닌 것이 될 수 있다. 우리의 마음속 깊은 곳의 정글에는, 언젠가 우리가 버리고 떠난 멸망한 도시의 유적지가 있다. 그 옛날의 부귀와 영화는 다시 돌아오지 않을 것이다. 그 정글 속에서는 알 수 없는 미소를 띤 커다란 부처의 네 얼굴이 세상을 네 방향으로 지켜본다. 목이 잘린 불상들과 벽에 붙은 채로 춤을 추고 있는 무희들과 고목의 뿌리에 휘감긴 불상의 머리가 있다. 살아 있는 사람들은 무희의 얼굴을 한 채로 시장에서 앙코르와트의 모형을 팔고 노점 앞에 앉아 탁탁 병아리의 머리를 깨어 먹고 어린 동생을 옆구리에 낀 채로 조잡한 물건을 팔러 다니거나 앙코르와트를 제집 삼아 논다. 가끔은 얼빠진 관광객의 가슴을 만지기도 한다.

내 마음속에는 여전히 정글 속의 그 도시가 살아 있다. 하늘은 푸르고 햇살은 따갑고 새가 지저귀고 아이들이 뛰놀고 부처는 수백 년 동안의 한결같은 미소를 잃지 않는 곳. 그 정글 속 도시를 생각하면 나도 모르게 어깨에 힘이 빠진다. 말레이시아에서 온 콴처럼 릴랙스하게 된다. 부처의 미소라도, 무희의 미소라도 짓고 싶어진다.

그곳에서 모든 것은 죽고 또 사라지지만, 나 자신도 그 운명을 피할 수 없을 테지만, 그럼에도 세상은 변함없이 아름답다는 것을 나는 느꼈던 것이다. 그렇게 1999년도의 내가 몰랐던 것들을 2017년의 나는 알게 된다.

포트코친에
두고 온 내 마음

포트코친에서의 시간은 그렇게 느릿느릿 흘러갔다.
이상한 부끄러움과 모멸감과 열등감이 순간순간 찾아왔다.
도대체 내가 여기서 뭘 하고 있는지 알 수 없는 기분.

→ 2000년도에 인도 뭄바이로 가는 가장 싼 비행기는 오사카를 거쳐 방콕의 공항에서 하룻밤을 대기한 후 다음 날 뭄바이로 날아가는 비행기였다. 공항에서 만나 인도에서 한 달간의 여정을 함께하기로 한 수현은 나보다 한두 살 어린 대학생이었다. 착하고 싹싹하고 밝고 아무 걱정이라고는 없는, 함께 여행하기에 좋은 여자애였다. 하지만 나는 정반대의 사람이라는 것이 낭패. 별수 없다. 수현은 영어를 거의 못하니 내 도움을 받을 수밖에 없었다.

실은 남인도를 여행할 작정은 아니었다. 다들 북인도로 가니까 남인도로 가보는 건 어떨까, 라는 생각은 했다. 그런데 스톱오버한 오사카 간사이 공항에서 우리는 귀인을 만나게 된다. 까맣게 그을린 피부에 예쁜 인도 원피스를 입은 그녀는 인도에서 몇 개월의 여행을 마치고 귀국하는 중이었다. 우리가 뭄바이로 가고 있다고 하자 그녀는 조곤조곤 자신의 인도 여행에 대해 이야기해주었다.

그녀는 처음에는 북인도를, 나중에는 남인도를 여행했다고 했다. 남인도가 북인도보다 훨씬 더 깨끗하고 여유롭고 친절하고 또 음식도 맛있다고 했다. 그녀는 특별히 포트코친이라는 장소에 꼭 가보라고 했다. 무척 아름다운 곳이라고 했다. 식민지 시대에 지어진 아름다운 대저택들이 지금은 여행자들을 위한 숙소가 되었고, 자신은 어느 저택의 다락방에 묵었는데 가격도 그리 비싸지 않다고도 했다. 건물들은 하나하나가 예술이며, 실제로 세계 각국에서 온 예술가들이 이 도시에 많이 머물고 있다고 했다. 그리고 인도에서는 찾아볼 수 없을 예쁜 갤러리 카페가 하나 있다고도 했다. (대체 인도는 어떤 곳일까……) 또 케랄라 주의 유명한 무용극인 카타칼리를 볼 수도 있다고 했다. 그렇게 말하는 그 여자의 눈빛이 그리움으로 아득했다. 고상하고 예술적인 해안 도시. 우리는 남인도를 여행하기로 결정하고 들러야 할 도시의 목록에 포트코친을 추가했다. 그녀는 우리에게 남은 인도 동전들을 챙겨주었다. 빨리 목욕탕에 가서 때를 벗기고 싶다고 말하며 그녀는 웃었다.

간사이 공항의 그녀가 추천한 포트코친은 인도 남부 케랄라 주의 코친이라는 도시의 한 지역을 말한다. 코친은 인도에 현존하는 가장 오래된 항구로, 기원전 3세기부터 세계 향신료 무역의 중개지였다고 한다. 심지어 현재도 세계 후추의 4분의 1

이 이 항구에서 거래되고 있다. 코친에서도 항구가 있는 구시가지인 포트코친 지역으로 가기 위해서는 에르나꿀람이라는 옆 도시에서 페리를 타고 운하를 건너야 했다.

포트코친에 도착해 페리에서 내리면 인도 항로를 발견한 항해자 바스코 다 가마(세계사 시간의 기억을 더듬어 보시길)의 이름을 딴 광장이 나온다. 해안에는 커다란 대나무 구조물에 그물이 달린 신기한 모양의 중국식 어망도 있다. 오래전 이 항구를 드나들던 중국인들이 전해주고 간 것이다. 하지만 지금은 중국인들도, 인도인들도 그 어망으로 물고기를 잡지는 않는다.

구시가지에는 식민지 시절 지어진 대저택이 빼곡히 들어차 있다. 시가지 전체가 유적지라 해도 좋을 정도다. 포석이 깔린 골목의 양쪽으로 유럽풍의(광고에서 '유럽풍 고품격'이라고 할 때의 유럽풍 정도는 아니지만) 건물들이 늘어서 있고, 조금 걷다 보면 엄청나게 오래된 성당이 별 예고도 없이 나타난다. 성 프란치스코 성당이다. 1503년에 지어진 성당으로, 한때 바스코 다 가마의 시신이 묻혀 있기도 했다. 500년 전에 지어진 역사적인 건물이 별다르게 뽐내는 기색도 없이, 과도한 보호 장치도 없이, 조용히 낡아가고 있는 것이다. 언젠가는 흔적도 없이 사라질 것처럼.

포트코친에 도착한 우리는 간사이 공항의 여자가 추천한 대로 저택을 개조한 민박집에서 묵기로 했다. 우리가 찾아간 저택은 넓은 홀에 가벽을 세워 방을 여러 개 만든 구조로, 시설은 근사했지만 우리의 예산으로는 방값이 조금 비쌌다. 주인은 몰락한 귀족 같은 중년 부인이었는데 전형적인 '내가 이런 일을 할 사람이 아닌데' 타입이었다. (이런 마음가짐은 인생이 피곤해지는 지름길이다.) 머리에 기름을 발라 한 올도 남김없이 붙여 올리고, 그냥 보기에도 고급스러워 보이는 사리를 몸 전체에 꽁꽁 동여맨 차림. 후에 줌파 라히리의 소설에서 사리를 입으려면 엄청나게 많은 옷핀을 꽂아야 한다는 구절을 읽고 나서야 그 부인이 아침마다 얼마나 촘촘하게 옷핀을 꽂고 또 밤마다 그것들을 열심히 떼어내었을지 상상이 되었다.

우리는 부인에게 제일 싼 방을 원한다고 했다. 부인은 거울을 보고 연습이나 한 것처럼 완벽하게 경멸 섞인 미소를 짓더니 거실 한구석에 대충 벽을 세워 만든 방을 보여주었다. 그 방에는 심지어 창문도 없었다. '왜 이런 자리에 방이 있지?' 싶은 어색한 장소에 있는 방이었다. 화장실도 바깥에 있었다. 하인이 묵을 법한 방이었다. 하지만 우리의 최우선 고려사항은 '가격'이었기에 우리는 이 방에서 묵기로 했다. 부인이 그럴 줄 알았다는 듯 또 묘한 경멸의 미소를 짓더니 키를 건네주고는 이 런저런 규칙들을 일러주었다. 우리는 그녀의 말을 듣는 둥 마 는 둥 했다.

청소부의 방에 묵는 우리도 샹들리에가 걸리고 바닥에 나무 가 깔린 기분 좋은 거실은 마음껏 사용할 수 있었다. 우리는 주 로 거실의 소파에 앉아 있었고, 그럴 때마다 저도 모르게 유리 테이블 위에 발을 올렸다. 그러면 기다렸다는 듯이 부인이 나 타나 '끄응' 하는 신음소리를 내고는 "발을 내리세요"라며 훈계 를 하고 지나갔다. 우리는 부인이 있을 때는 발을 내렸다가 부 인이 사라지면 다시 발을 올렸다.

포트코친에는 간사이 공항의 여자(이렇게 쓰고 나니 그 여자가 15년이 지난 지금도 간사이 공항 환승 구역에서 대기 중일 것만 같다.)가 말한 기분 좋은 카페가 있었다. 그 카페는 갤러리이기도 했다. 들었던 대로 인도에서 보기 드문 세련되고 예술적인 느낌의 카 페였다. 이 카페 역시 옛집을 개조해 분위기가 아늑하면서도 독특했다. 바깥에서 보면 좁아 보이는데 홀을 지나 안쪽으로 들어가면 볕이 잘 드는 아늑한 중정이 펼쳐졌다. 원색 페인트 를 칠한 벽에는 여기저기 그림들이 걸려 있었고 전시회나 영화

상영회, 모임을 알리는 영어 포스터들이 붙어 있기도 했다. 손님 대부분은 서양인들이었다. 그들은 대부분 우리 같은 뜨내기 여행객이 아니라 이 지역에 거주하는 사람들 같아 보였다.

테이블에 앉아 맛있는 케이크와 생과일 주스를 먹고 있을 때였다. 누군가가 다가와 말을 걸었다. 뒤쪽 테이블에 앉아 있던 호리호리한 동양 남자였다. 그는 일본어로 정중하게 인사를 건넸고 우리는 영어로 일본어를 못한다고 답했다. 그러자 남자는 영어로 사과하며 물었다.

"어느 나라에서 왔습니까?"

우리는 한국에서 왔다고 답했다. 그는 자신이 일본인이라고 소개한 후 건축을 전공하는 학생인데 포트코친에서 오래된 건축물들을 스케치하며 지내고 있다고 했다. 우리는 근사하다고 말했다.

다음 날부터 거리를 지날 때마다 우리는 그와 마주쳤다. 그는 포석이 깔린 골목 바닥에 주저앉아서 스케치를 하고 있었다. 우리는 그에게 인사를 했고 그도 정중하게 화답했다. 그런데 그를 볼 때마다 머쓱해지면서 어쩐지 부끄러운 기분이 들었다. 우리가 하는 일이라곤 가이드북을 따라 동네를 어슬렁거리는 것뿐이기 때문이었다. 당장 골목 한 귀퉁이에 자리를 깔고 앉아 뭐라도 그려야 할 것만 같았다.

한자리에 가만히 앉아서 무언가를 조용히 관찰하는 것, 그런 것을 나는 못했다. 그런 것을 어떻게 하는지도 잘 몰랐다. 돌이켜보면 그런 것을 해본 적이 없었다. 그런 것을 장려 받은 적도 없었다. 그건 시간 낭비였다. 가끔 내가 멍하니 누워 있으면 아빠는 이렇게 말했다.

"멍하니 있지 말고 뭐라도 해라."

그 말이 듣기 싫었다. 가끔 아빠도 그렇게 멍하니 누워 있곤 했고 그럴 때마다 나는 복수라도 하듯 아빠에게 말했다.

"아빠도 멍하니 있잖아!"

그러면 아빠는 이렇게 답했다.

"나는 생각 중이다."

실은 나도 생각 중이었다. 중요한 생각은 아니지만 나의 머릿속에서도 아무 일도 일어나지 않았을 리가 없다. 나도 머리가 있으니까. 나는 내 방 안의 세계를 관찰 중이었던 것이다. 벽지의 무늬나 벽의 기울기의 정도 같은 것들, 공기 중의 먼지 같은 것들, 시계의 초침 소리나 냉장고의 모터 소리 같은 것들, 이 적막한 세계의 느낌들.

유년기와 청소년기의 의의란 바로 그런 것이 아닐까. 시간이 주체 못할 정도로 많아서 아이는 무료함의 수영장 속을 한 없이 헤엄친다. 아무리 헤엄을 쳐도 시간은 가지 않는다. 그 시절의 시간은 샤갈의 그림에 나오는 시계처럼, 더운 날의 아이스크림처럼, 녹아서 흘러내릴 정도로 느리게만 흘러간다. 그리고 그 시간에 아이들은 무럭무럭 자란다. 세계와 자신과의 거리를 조절하면서, 세계의 무게와 자신의 무게를 가늠하면서.

다 자란 어른들은 그 사실을 잊어버린다. 자신들이 그런 시간들을 통과하며 어른이 되었음을 까맣게 잊어버린다. 그래서 아이들이 자라고 있는 그 시간을 견디지 못하는 것이다. 그래서 멍하니 있지 말라고, 쓸데없는 짓 하지 말고 뭐라도 하라는 것이다. 그러나 대체 그 시기가 아니면 언제 또 멍하니 있을 수 있고, 쓸데없는 짓을 할 수 있겠는가.

그날 저녁도 숙소의 소파에 앉아 테이블 위에 발을 올리고 있는데 갑자기 그 일본 남자가 나타났다. 알고 보니 그는 이 숙소에서 가장 크고 좋은 방에 묵고 있었다. 우리 방이 하인방이라면 그가 묵는 방은 주인방이었다. 갑자기 그와 마주치는 것이 전보다 더 부끄러워졌다. 하인방에 묵고 있다는 사실을 그에게 들키고 싶지 않았다. 그때는 그 사실이 거의 국치 수준으로 느껴졌다.

올림픽이나 월드컵 때나 꺼내는 애국심이 불타올랐다. 저 거만한 일본놈(일본 남자에서 격하)보다 못한 방에 묵을 수는 없었다. 이건 국가적 자존심이 달린 문제였다. 그래서 우리는 주인 여자에게 방을 바꿔달라고 말했다. 마침 방이 하나 남아 있었다. 엄청나게 넓고 호사스럽고 비싼 방이. 단돈 천 원, 2천 원에 벌벌 떨던 우리는 없던 호기를 부렸다. 이 방으로 하겠다고 당당하게 말하자 부인은 또 한 번 경멸의 미소를 짓더니 방을 바꿔주었다.

방에는 커다란 창문이 두 개나 달려 있었다. 창밖으로 저택의 뒤뜰이 보였다. 뒤뜰에는 단층 건물이 하나 있었는데, 그곳이 진짜 하인들이 묵는 집이었다. 욕조가 딸린 욕실도 있었다. 우리는 욕조에 뜨거운 물을 받아놓고 차례로 때를 밀었다. 때를 벗기자 자신감이 샘솟았다. 이제는 일본 남자를 만나도 부끄러운 마음 따위는 들지 않을 것 같았다. 노예 해방으로 하루아침에 신분 상승을 하면 이런 기분이 들까.

우리는 그날 밤 거실에서 죽치고 앉아 일본 남자가 돌아오기를 기다렸다. 우리가 어느 방으로 들어가는지 그에게 똑똑히 보여주고 싶었다. 그가 거실 소파에 앉는다면 함께 이야기를

나눌 수도 있을 것이다. 그와 마주할 때 전보다 더 자신이 생
길 것도 같았다. 우리는 창문이 두 개나 있고 욕조가 있는 욕실
이 딸린, 근사한 방에 묵고 있으니까. 심지어 때도 벗겼으니까.
하지만 일본 남자는 기다리던 우리의 목이 빠질 때가 되어서야
지친 기색으로 돌아오더니 가벼운 인사만 건네고는 곧장 자기
방으로 들어가 버렸다. 우리는 실망했다. 마침 지나가던 집 주
인이 그런 우리를 보고 코웃음을 치며 말했다.

"테이블에서 발을 내리세요."

포트코친에서 우리는 무엇을 했지? 근처의 유대인 마을을
구경 갔다. 오래전에 유대인들이 모여 살던 마을이었지만 지금
은 다들 떠났다고 했다. 대신 그곳에는 유대교 회당이 남아 있
었다. 회당의 흰색과 파란색 장식들이 기억난다. 오래된 오르
간도 기억난다. 돌아오는 길에는 픽업트럭을 몰던 아저씨가 숙
소 근처까지 태워주겠다고 해서 겁도 없이 올라탔다. 아저씨의
인상이 너무 선량한 데다 우리 둘이서 너끈하게 해치울 수 있
을 정도의 덩치였기 때문이다. 그러나 아저씨는 "우리 마누라

가 친정에 놀러 갔으니 오늘 저녁에 우리 집에 와도 돼"라고 말해 우리를 아연실색하게 했다. 인도 남자들은 다들 자신이 섹시하다고 생각하거나 아니면 '어차피 이 생은 한 번뿐이니 얼굴에 철판을 깔고 한번 찔러나 보자'는 마인드의 소유자들인지도 모르겠다.

또 우리는 해안 근처에 있는, 정원이 있는 식당에 식사를 하러 갔다. 파인애플 주스와 샌드위치를 시켰는데 주문한 지 20분 정도 지나서 종업원이 어슬렁어슬렁 걸어 나가더니 5분쯤 후에 파인애플 하나를 옆구리에 끼고 돌아왔다. 잠시 후 파인애플 주스가 나왔다. 그로부터 20분이 더 지난 후에야 샌드위치가 나왔다. 손님은 우리 둘밖에 없었는데도 말이다. 스테이크라도 주문했더라면 어디 가서 소라도 잡아야 했을 테니 안 그러길 잘했다는 생각이 들었다.

밤에는 열어놓은 창문 너머에서 젊은 여자의 신음소리가 끝도 없이 들려왔다. 뒤뜰의 하인 주택에서 나오는 소리였다. 목이 졸리는 소리인지, 기쁨에 겨운 소리인지, 사람이 어떻게 저렇게 오랫동안 생식활동에 몰두할 수 있는지 밤새 잠 못 이루고 연구해볼 만한 가치가 있는 소리였다.

전통 무용 카타칼리 공연은 보지 못했다. 잘 기억나지 않지만 아마 공연 시간에 맞추지 못했을 것이다. 실은 딱히 보고 싶지도 않았다. 내가 방에서 낮잠을 자는 동안 수현은 혼자 산책을 하겠다고 밖으로 나갔다가 성 프란치스코 성당 근처 공터에서 동네 불량배들을 만나 조롱을 당하고는 겁에 질려 미친 듯이 뛰어 다시 숙소로 돌아왔다. 저녁이면 또 거실에 앉아 일본 남자를 기다렸다. 테이블 위에 발을 올린 채로.

포트코친에서의 시간은 그렇게 느릿느릿 흘러갔다. 이상한 부끄러움과 모멸감과 열등감이 순간순간 찾아왔다. 뭘 해야 할 텐데 뭘 해야 좋을지 모를 기분. 무얼 봐도 그게 그거 같은 기분. 도대체 내가 여기서 뭘 하고 있는지 알 수 없는 기분. 대저택의 유리 테이블에 발자국이나 찍고 다니는 인간 같은 기분. 때로는 그 발자국 같은 존재가 되어버린 기분.

요즘도 가끔씩 그 대저택의 안주인이 생각난다. 그 여자는 여전히 완벽한 경멸 섞인 미소를 짓고 있을까. 아직도 민박을 하고 있을까. 사리를 몸에 동여매기 위해서 수십 개의 옷핀을 아침저녁으로 꽂고 있을까.(한 번 정도는 찔렸으면 좋겠다는 못된 마음도 든다.) 철없는 여행객들이 테이블에 발을 올릴까 노심초사하고 있을까. 어쩌면 테이블을 치워버렸을지도 모른다. 아니면 테이블에 전기가 흐르게 하는 장치를 고안했거나.

포트코친이 후추의 세계적 교역지라는 사실을 미리 알았더라면 후추를 좀 사올 걸 그랬나 싶기도 하다. 한 포대만 사 왔어도 15년이 지난 지금까지 먹고 있을 것이다. 나는 후추를 좋아하니까. 그리고 나는 특산물도 좋아한다. 어딜 가든 특산물 매장에 꼭 들를 정도다. 늘 하는 얘기지만, 나도 내가 이렇게 늙을 줄은 몰랐다.

간사이 공항에서 만난 그녀는 어떻게 되었을까. 나보다 다섯 살 정도는 많았으니까 이제 그 여자도 벌써 40대 중반. 결혼은 했을까. 인도에는 또 갔을까. 나는 그 이후로는 인도에 가지 않았고 다시 갈 생각도 없고 벌써 마흔 살이 되었고 애도 둘이나 낳고 특산품도 좋아하는 여자가 되었는데, 그 여자는 어떻게 되었을까.

건축가가 되고 싶다던 그 일본 남자는 또 어떻게 살고 있을까. 바라던 대로 건축가가 되었을까. 사실 그 남자는 포트코친에 너무 잘 어울렸다. 그 고상하고 예술적인 도시에 잘 어울리는 그 사람이 나는 눈이 뒤집어지게 부러웠던 건지도 모르겠다. 오장육부가 뒤틀릴 정도로 부러웠던 건지도 모르겠다. 그는 마치 비자 카드의 광고모델 같았다. 나는 계 모임에서 관광

버스를 타고 온 촌뜨기 관광객 같았다. 그의 세계는 내가 도달하기 힘든 세계였다. 그때는 그랬다. 내가 그에게 느낀 것은 부인할 수 없는 열등감이었다.

어쩌면 나도 그 일본 남자처럼 그림을 그릴 수도 있었겠지만, 끝내 그러지 않았다. 내게는 어떤 건물이든 그게 그거였으므로. 나는 모든 것에 심드렁했으므로. 나에게는 건축가의 꿈 따위는 없었으므로. 어쩌면 나에게는 꿈같은 것이 없었으므로.

다른 세계에 대한 호기심에 불타올라 여행을 결심했지만 정작 나는 박물관도, 미술관도, 유적지에도 흥미가 없었다. 그럴 거면 대체 왜 아득바득 돈을 모아 비행기에 올라 그 먼 데까지 날아갔던 거지? 입에 맞지도 않는 음식들로 끼니를 때우고, 배탈이 나서 매번 화장실에 드나들고, 고생이란 고생은 죽도록 하고, 때로는 생명의 위협까지 느끼면서, 이름조차 생소한 도시의 낯선 침대 위에서 외로움에 바들바들 떨면서도 당장 귀국하지 않던 거지?

실은 그건 어린 시절을 다시 한 번 살고 싶어서가 아니었을까. 다시 한 번 이 세계의 이방인이 되고 싶어서가 아니었을까. 한없이 느리게 흐르는 시간을 다시 한 번 맛보고 싶어서가 아니었을까. 나에게 아무것도 할 일 없는 시간을 선물하기 위해서가 아니었을까. 다시 한 번 이 세계를 느끼고 싶어서가, 다시 한 번 더 무럭무럭 자라고 싶어서가 아니었을까.

인도에는 다시 갈 생각이 없다. 누가 공짜로 보내주면 모를까 내 돈을 주고 다시 가고 싶지 않다. 괜찮은 곳이었다. 한 번쯤은 가볼 만했다. 두 번 가고 싶지는 않다. 그럴 시간과 돈이 있다면 그냥 유럽에 가고 싶다. 이제 내게 비행기를 타고 낯선 나라로 날아갈 수 있는 기회가 많이 남아 있지 않다는 걸 알고 있기 때문이다.

그럼에도 가끔씩 포트코친만큼은 다시 한 번 가보고 싶다. 지금 그곳에 간다면 무엇을 느낄지 궁금하다. 여전히 불편하고, 여전히 부끄럽고, 여전히 부러워할까?

어쩌면 나는 내 마음을 그곳에 조금 남겨두고 왔는지도 모르겠다.

입에 맞지도 않는 음식들로 끼니를 때우고,

배탈이 나서 매번 화장실에 드나들고,

고생이란 고생은 죽도록 하고,

때로는 생명의 위협까지 느끼면서,

이름조차 생소한 도시의 낯선 침대 위에서

외로움에 바들바들 떨면서도 당장 귀국하지 않았던 거지?

실은 그건 어린 시절을 다시 한 번

살고 싶어서가 아니었을까.

다시 한 번 이 세계의 이방인이 되고 싶어서가 아니었을까.

한없이 느리게 흐르는 시간을

다시 한 번 맛보고 싶어서가 아니었을까.

나에게 아무것도 할 일 없는 시간을

선물하기 위해서가 아니었을까.

라오스에서
무얼 했냐면요

이상하게 지금까지도 자주 떠오르는 기억은,
태국으로 떠나기 전 비엔티안 길바닥에서 보낸
하릴없는 시간들이다.

→ 친구 M과 나는 많은 곳을 함께 여행했다. 정선을, 영주를, 속초를, 태국을, 라오스를, 도쿄를, 교토를 수차례 같이 여행했다. 그 애와 나는 태어날 때부터 친구였다. 아버지들이 친구였고, 어머니들도 곧 친구가 되었다. 그 애는 4월에 태어났고 내가 12월에 태어났다. 그 애가 기어 다닐 때 나는 누워 있었다. 나는 그 애의 옷을 물려 입었다. 내 유년 시절의, 학창 시절의 기억 속에는 언제나 그 애가 함께 있다. 자매나 마찬가지다.

서로가 서로를 원해서 친구가 된 것이 아니기에, 한때는 그 애에게 짜증이 날 때도 있었다. 그 애도 내게 짜증이 났을 것이다. 서로 다른 지역의 대학에 가서 떨어져 지내다가 대학을 졸업한 후 취직을 해서 우리는 서울의 한 동네에 살게 되었다. 그럼에도 함께 살지는 않았다. 그 애도 나도, 사람을 사귈 때 적당한 거리가 필요한 사람들이기 때문이다. 개인주의자들의 만남은 대개 모 아니면 도다. 죽고 못 살거나, 서로를 밀어내거나. 우리는 다행히 여전히 죽이 잘 맞는 친구다.

스물여섯 살에 우리는 처음으로 함께 여행을 떠났다. 목적지는 태국. 출발하는 날 나는 밀린 회사일을 처리하느라 밤을 새웠다. 새벽에 집에 가서 대충 씻고 짐을 챙겨서 곧장 공항으로 갔다. 비몽사몽 방콕에 도착했을 때는 늦은 오후였다. 숙소를 잡고 나가서 대충 저녁을 먹고는 9시도 되기 전에 곯아떨어졌다. 눈을 뜨니 새벽 6시였다.

그 이후로 여행이 끝나는 9일 동안 이 패턴으로 생활했다. 새벽에 일어나 이제 막 잠에서 깨어난 조용한 골목을 지나 새벽시장에 가거나 승려들이 빗자루질을 하는 사원을 산책했다. 일찍 문을 여는 식당에서 쌀국수나 덮밥을 먹고 과일노점에서 수박이나 파인애플 같은 것을 한 덩이 사서 들고 다니며 먹었다. 오후 5시면 저녁을 먹고 9시가 못 되어 잠이 들었다. 대부분의 여행자들은 새벽녘에 길을 떠나야 하는 일정이 아니라면 밤늦게까지 흥청망청 놀다가 점심때가 다 되어서야 느릿느릿 일어난다. 그러나 우리는 그 9일 동안 다른 여행자들과는 다른 시간을 살았다. 우리는 밤을 놓치는 대신 아침을 얻었다.

방콕에서 이틀을 보낸 뒤 곧장 옆 나라 라오스로 이동했다. 라오스. 지금은 많이 알려졌지만 그때만 해도 라오스는 동남아시아의 미개척지였다. 사람들은 1970년대의 태국이 바로 이런 모습이었다고 했다. '당신이 지금 당장 방문해야 할 나라는 바로 여기!'라고도 했다. 몇 년만 지나도 라오스는 지금의 모습을 잃을 것이기 때문이다. 지금의 태국처럼, 지금의 캄보디아처럼.

잘사는 나라에서 온 여행자들이 가난하고 아름다운 나라를 들쑤셔 놓는다. 수백 년 동안 이어진 선조들의 방식대로 살아온 사람들이 부유하고 자유분방한 외국인들의 모습에 충격을 받는다. 서구 문물이 시골 마을에까지 침투한다. 사람들은 돈벌이를 찾아 관광객들을 상대로 한 장사에 뛰어든다. 풍경들은 하나씩 망가져 간다. 아이들은 구걸을 하거나 구걸 비슷한 일들을 한다. 가슴 아픈 일이다. 그렇다고 해서 무슨 살균제라도 살포하듯이 이런 바람을 막을 수는 없다. 이들이 우리의 기쁨을 위해 영원히 그 자리에 머물러 있어주어야 한다는 뜻도 아니다.

대부분의 사람들이 전보다 먹고 사는 문제를 쉽게 해결하게 되었을 것이다. 그러나 동시에, 그들에게는 전보다 필요한 것들이 더 많이 생겼을 것이다. 전에는 없어도 그럭저럭 살 수 있었던 것들이 꼭 필요한 것들이 되었을 것이다. 전에는 없던 열등감도 생겼을 것이다. 그런 그들을 보는 것이, 마치 20~30년 전의 우리를 보는 것만 같아 불편해지는 것이다.

우리의 첫 번째 라오스 방문 목적은 방비엥이라는 작은 시골 마을에서 튜브 래프팅을 해보는 것이었다. 방비엥에는 쏭강이라는 길고 아름답고 잔잔한 강이 흐른다. 이 강에서 커다란 튜브에 올라탄 채로 상류에서 하류까지 흘러가는 것이 그 유명한 튜브 래프팅이었다. 그때는 튜브 래프팅을 하고 싶어 라오스의 시골 마을까지 찾아갈 정도로 무서울 것이 없었지만, 요즘은 겁이 많아져서 튜브 래프팅은커녕 수영장에서도 빠져 죽을까 걱정이 된다. (아아, 나의 간은 이런 식으로 갈수록 작아지다가 끝내는 사라져버릴지도 모른다.)

방콕에서 농카이까지는 야간버스를 탔다. 나는 태국의 야간버스를 좋아한다. 잠을 자기에는 불편하지만, 가격 대비 서비스가 훌륭하다. 일단 버스에 타면 진달래색 유니폼을 입고 1990년대 화장품 회사에서 만들던 얇은 잡지의 표지 모델 같은 화장을 한(일명 '도깨비' 화장이라고 한다.) 무시무시한 얼굴의 안내양이 뜨거운 물수건을 하나씩 건넨다. 양치컵 같은 작은 플라스틱 컵에 콜라도 따라준다. 심지어 얼음도 들어 있다. 소시지가 든 작은 빵 같은 것도 준다. 태국의 소시지와 빵은 정말 맛이 있다. 뭘 넣었는지는 모르겠지만 아무튼 맛있다. 그래서 나는 태국에 갈 때마다 슈퍼에서 소시지빵을 꼭 사 먹는다. 나중에 종이와 식용유로 만든 가짜 소시지라는 사실이 밝혀진다고 해도 그 맛을 그리워할 만큼 맛있다. (물론 종이와 식용유로 만들지 않는다.)

버스 안에는 화장실도 있다. 나는 아무 화장실이나 못 가는 여자라서 한 번도 들어가 본 적은 없다. 화장실 문을 열면 바닥에 구멍이 하나 뚫려 있을지도 모른다. 그 위에서 일을 보면 한때 내 장을 채웠던 물질들이 시속 120킬로미터의 속도로 이름조차 들어본 적 없는 태국의 시골 마을 여기저기에 흩어질 것이다. 정말 무섭다. 절대로 들어가지 않을 것이다. (버스 안의 화장실에 들어가 본 적 있는 분은 이 망상증 환자를 위해 정확한 실태를 제보해주시기를 바랍니다.)

터미널을 떠난 지 한 시간 정도 지나면 버스는 국도변의 휴게소 같은 곳에 선다. 승객들이 우르르 내린다. 처음 야간버스를 탔을 때는 무슨 영문인지 몰라 버스에서 내리지 않았다. (뭘 어떻게 해야 할지 모를 때는 아무것도 하지 않는다는 것이 나의 첫 번째 여행 철칙이다.) 그런데 몇 번 태국 사람들이 버스에서 내리고 타는 것을 지켜보았더니 돌아올 때의 표정이 어쩐지 전보다 더 흡족해 보이는 것 같았다. 온수매트라도 득템한 걸까? 라텍스 베개를 싼값에 샀을까? 안마의자? 다음부터는 나도 그들을 따라가기로 했다.

버스에서 내린 사람들이 줄을 지어 들어간 곳은 휴게소 옆에 붙은 식당이었다. 메뉴판도 없이 둥근 식탁과 의자만 여러 개 놓여 있고 버스표를 보여주면 무료 식사가 제공되는 곳이었다. 그러니까 태국의 야간 버스표에는 식사비까지 포함되어 있었던 것이다!

나는 엉거주춤 원형 식탁의 빈자리에 앉았다. 곧 커다란 접시에 담긴 요리 몇 가지가 나왔다. 채소를 볶은 것도 있고 고기도 있다. 가운데의 화로 위에는 둥글고 넓은 냄비를 얹어주는데 그 안에는 맑게 끓인 전골 같은 것이 들어 있다. 사람들은 커다란 솥 안의 밥을 덜어 옆 사람에게 한 접시씩 건네준다. 물론 나에게도 준다. 요리는 모두 담백하고 먹을 만했다. 여행자 거리에서 맛보는 자극적인 음식과는 좀 달랐는데, 아마 태국의 가정식이 이런 것이리라.

밥을 먹는 내내 같은 테이블에 앉은 태국인들은 외국인인 나를 없는 사람 취급하느라 애쓰는 것이 역력했다. 실은 나는 이런 사람들 곁에 있는 것이 좋다. 외국인이라고 해서 지나치게 친절하거나 노골적으로 호기심을 드러내거나 "태국에 대해서 어떻게 생각하니?"라고 묻는 쪽보다는, 어색함을 감춘 채못 본 체하는 쪽이 훨씬 편하다. 마치 나를 보는 것만 같다. 국적과 생김새와 언어가 달라 그렇지, 결국 우리는 비슷한 사람들이구나 싶어 그들에게 친근감마저 느낀다.

식당에서 밥을 먹고 버스로 돌아왔다. 소화를 시킬 겨를도없이 버스는 하룻밤을 내내 달렸다. 모니터로는 영화도 틀어준다. 극장 개봉은커녕 곧장 비디오 가게로 직행할 만한 싸구려서양 영화에 태국어 더빙을 한 것이다. 스토리가 어찌나 심플한지 태국어 더빙인데도 거의 모든 내용을 이해할 수 있다.

어느새 잠이 들었다 눈을 떠보니 농카이다. 새벽에 낯선 도시에 떨어지는 것은 어찌나 당혹스럽고 또 어찌나 흥미진진한일인지. 암흑 속을 뚫고 밤새 달리다 보면 아침이 오고 그제야완전히 다른 동네에 도착했다는 사실을 깨닫는, 그 느낌이 정말 좋다. 나는 그저 잠을 잔 것뿐인데 일어나 보면 누군가가 나를 들어다 옮긴 것처럼 다른 세상인 것이다. 이곳에서 태어나고 이곳에서 학교에 다니고 이곳에서 가정을 꾸리고 이곳에서일하며 살아가는 알지 못하는 사람들의 세상으로. 거의 순간이동에 버금간다. 〈오즈의 마법사〉의 도로시가 된 기분이다.

우리는 잠이 덜 깬 얼굴로 버스에서 내렸다. "호텔 찾아요?" "뚝뚝!" 호객꾼들이 나에게 달라붙는다. 판단을 내릴 수 없을 때는 나는 일단 모든 것을 뿌리친다. (나의 두 번째 여행 철칙) 나는 대꾸도 하지 않고 앞만 보면서 걷는다. 그렇게 앞만 보면서 걷다 보면 호객꾼들은 피하게 되지만 어느 순간 나는 이상한 장소에 서 있다. 남의 집 헛간 앞이나 장기밀매범에게 끌려갈 것만 같은 어둑어둑한 골목 같은 곳 말이다. 다시 정류장이나 역 앞으로 돌아가면 아까 그 호객꾼들이 나를 이상한 표정으로 쳐다본다.

이번 여행에는 너무 급하게 출발하느라 라오스 입국에 필요한 비자 사진을 가지고 오지 않았다. 일단 비자 사진부터 찍어야 한다. 뚝뚝 기사 한 명을 골라서 물었다.

"나는 사진이 없어요. 사진을 찍어야 돼요. 사진관에 들렀다가 국경으로 가줄 수 있어요?"

기사가 오케이라고 한다. 뚝뚝은 어둑한 시골길을 달려 한 집 앞에 섰다. 문을 두드리자 아까의 나처럼 방금 잠에서 깬 남자가 나타났다. 그는 별로 놀라지도 않고(나 같은 사람이 많은 모양이다.) 집 안으로 나를 들이더니 텅 빈 방 한가운데의 의자에 앉혀놓고는 다짜고짜 사진을 찍었다. 나 역시 거울 따위는 볼 생각도 하지 않고 사진을 찍었다. 내가 나 같이 나오기만 하면 된다. 그게 증명사진의 목적이자 의의니까.

잠시 후 사진이 인화되었다. 밀입국자 같은 내 얼굴이 찍혀 있다. 깐깐한 나라의 출입국관리소라면 입국이 거절된다 해도 할 말이 없는 얼굴이다. 착잡하다. '얼굴 따위야 뭐!'라고 소리 치는 듯한 느낌의 얼굴이다. (실제로 소리치지는 못한다.) 여전히 졸린 얼굴의 사진관 주인에게 돈을 지불하고는 다시 뚝뚝을 타 고 국경으로 달렸다.

뚝뚝에서 내려 태국 쪽의 출입국사무소를 지나 국경까지 걸 어갔다. 차단기 하나를 사이에 두고 아스팔트와 흙먼지 길로 나뉘는 태국-캄보디아 국경에 비하면, 태국-라오스 국경은 최 신식이다. 돈 냄새가 난다. 길도 잘 닦여 있고 호객꾼들도, 구 걸하는 아이들도 없다. 국경의 역할을 하는 다리는 웅장하다. 나는 라오스출입국관리소에 밀입국자의 사진과 비자 수수료 를 건넸고 직원은 도장을 쾅쾅 찍어주었다. 우리는 라오스로 넘어갔다. 거기에서부터는 버스를 타고 수도 비엔티안 초입까 지 간 후, 다시 뚝뚝을 타고 시내로 들어갔다. 지친다.

비엔티안에 도착한 우리는 일단 버스터미널로 향했다. 우리의 목적지인 방비엥은 비엔티안에서 버스로 4~5시간 걸리는 시골 마을이다.

그런데 비엔티안의 버스터미널은 도저히 수도의 터미널이라고는 믿어지지 않는다. 시골 버스터미널도 이보다는 그럴듯할 것 같다. 매표소의 여직원은 11시에 방비엥으로 가는 버스가 있다고 했다. 아직 시간이 많이 남아서 우리는 표를 끊고 근처의 시장으로 갔다. 시장 역시 수도의 시장이라고 부르기 무색할 정도로 시골 분위기가 물씬 풍긴다. 채소나 고기, 조잡한 공산품들을 파는 좌판들이 늘어서 있다. 문이 없는 미용실도 있는데, 벽에는 온통 데이비드 베컴의 사진이 붙어 있다. 라오스에도 드디어 베컴 스타일이 상륙한 것이다. 그 시장에서 우리는 목욕탕 의자 같은 데 쪼그리고 앉아 아주머니가 말아주는 닭고기 국수를 먹었다. 라오스의 국수는 태국의 국수보다 초라하고 맛이 없었다. 하지만 우리는 양념을 쳐가며 꾸역꾸역 국수를 삼켰다. 내가 맛이 없다고 투덜거리자 친구는 웃으며 말했다.

"나는 맛을 잘 몰라."

미맹 친구와 겨우 시간을 때우다 버스터미널로 갔더니 매표소 여직원은 11시 버스가 오지 않는다고 했다. 오후 1시까지 기다리라는 것이다. 요즘이 우기라 산길이 많은 라오스의 도로 사정상 버스가 연착하거나 취소되는 경우가 많다고 한다. 별수 없이 매표소 옆의 벤치에 앉았다. 목에 관광엽서를 잔뜩 걸고 있는 초라한 행색의 아저씨가 웃으며 우리에게 다가오더니 눈웃음을 치며 물었다.

"엽서 필요해요?"

우리는 웃으며 고개를 저었다. 아저씨는 특별히 장사를 지속할 마음이 없어 보였다. 그는 사람 좋은 미소를 지으며 우리 근처에 조금 떨어져 앉았다. 이게 중요하다. 사회적인 거리를 지키는 것. 말을 건넬 적절한 타이밍을 찾아내는 것. 상대가 귀찮아하는 기색이 보이면 침묵을 유지하는 것. 내가 동남아시아의 시골을 좋아하는 이유다. 사람들은 무언가를 팔아야 할 것 같다고 생각은 하지만, 상대가 거절하면 굳이 두 번 이상 권하지 않는다. 부끄러워하는 것 같다. 이런 일에 익숙하지 않은 것 같기도 하다. 이래서 어떻게 먹고 사나 싶지만, 그럼에도 어떻게든 굶어죽지는 않는 것 같다.

한참을 기다린 후에야 낡은 버스 한 대가 나타났다. 인도에 서처럼 지붕 위에 올라타야 하는 건가 걱정이 되었지만, 다행 히 의자에 앉을 수 있었다. 두 명이 앉게 되어 있는 의자지만 두 명만 앉게 둘 리가 없다. 서 있는 사람이 늘어나자 차장은 돌아다니면서 의자 시트를 옆으로 당겼다. 이렇게 하면 창가 쪽에는 필연적으로 시트 없이 철제 프레임이 드러난 빈 공간이 생기게 마련이다. 그리하여 창가 쪽에 앉은 사람은 엉덩이가 반쯤 허공에 떠 있는 상태로 내리 5시간을 가야 하는 것이다. 그 느낌은 가운데가 뚫린 변기 위에 5시간 동안 앉아 있는 느 낌과 정확히 똑같다. (5시간까지 앉아본 적은 없지만, 아마 그럴 것이 다.) 어느 정도 시간이 지나면 한쪽 골반이 마비되며 다리에 감 각이 없어진다. 내릴 때는 걷기조차 힘들다. 죽을 맛이다.

버스는 그야말로 시골 완행버스라서 골짜기 위로 난 위태로 운 도로를 달리는 틈틈이 지나는 마을마다 정차했다. 건강하게 그을린 피부에 표정이 밝은 시골 아낙들이 보따리를 짊어지고 버스에 올라탄다. 심지어 닭을 데리고 타는 아주머니도 있다. 다들 의자에 앉을 수 있을 거라고는 기대조차 안 했던 듯 바닥 에 주저앉는다. 창 너머로 주전부리를 들이미는 아주머니도 있 다. 우리는 고구마튀김을 조금 샀다. 한국 고구마와는 좀 다른 맛이지만 아무튼 달고 맛있다. 요기를 하기에 충분하다.

굽이굽이 산길을 달려 저녁이 다 되어서야 방비엥에 도착했다. 방비엥의 풍경은 가평이나 강촌 같았다. 저 멀리 산과 깎아지를 듯한 절벽이 보이고 그 앞으로는 강이 흐른다. 평지에는 낮은 집들이 띄엄띄엄 늘어서 있다.

시골길을 정처 없이 걷다가 괜찮아 보이는 2층 집 앞에 '게스트하우스'라고 쓰인 간판이 붙은 것을 발견했다. 비싸 보여 망설이다가 들어가서 물었더니 방값은 놀랄 정도로 쌌다. 아마 하룻밤에 4천 원에서 5천 원 정도였을 것이다. 방은 작지만 깨끗했고 화장실도 있었다. 물론 창문도 있었다. 이 정도면 충분하다. 침대 두 개와 실링 팬 하나, 창문 하나, 따뜻한 물이 나오는 샤워기와 수세식 변기. 이 정도면 정말 충분하다.

우리는 방비엥에서도 아침형 인간의 삶을 살았다. 여행자거리에서(그렇게 부르기가 뭣할 정도로 짧고 또 별게 없었지만) 밥을 사 먹고 여행사에서 튜브 래프팅 프로그램을 예약한 후 동네를 조금 돌아다니다가 숙소로 돌아와서 일찍 잠을 잤다. 그리고 새벽같이 깨어서 동네 어귀에서 열린다는 새벽시장에 갔다. 신선한 과일과 채소 따위를 파는 가운데 노란색, 빨간색, 파란색, 초록색 병아리들이 눈에 들어왔다. 대체 왜 병아리를 염색하는 걸까.

대충 아침을 때우고 숙소로 돌아와보니 게스트하우스 주인의 아이들이 마당에 옹기종기 모여앉아 놀고 있었다. 귀엽다고 생각하며 다가갔는데 아이들이 들쥐의 털을 벗기고 있어서 깜짝 놀랐다. 시골 아이들의 삶이란 건 내가 상상할 수 없을 정도로 야성적인 것이었다.

오후에는 자전거를 타고 방비엥의 시골길을 달렸다. 강가에 있는 목조건물로 된 조용한 식당에서 밥을 먹기도 했고 평범한 시골 사람들이 사는 골목을 구경하기도 했다.

사흘째 되던 날에는 드디어 대망의 튜브 래프팅 투어에 나섰다. 앞서 쓴 것처럼 커다란 검정색 고무 튜브에 엉덩이를 끼우고 팔과 다리를 파닥거리며 방비엥을 흐르는 쏭 강을 따라 상류에서 하류까지 내려오는 투어다. 도중에 천연 동굴에서 내려 동굴 투어도 하게 된다. 우리 팀에는 영국인들이 몇 있었다. 다른 사람들은 다들 맨몸이었지만 나와 내 친구, 그리고 건장

한 흑인 남자는 구명조끼를 입었다. 남자는 부끄러운 듯 변명했다.

"난 수영을 못해요. 수영장에서는 잘하지만 이런 데는 좀 무서워요."

나는 남자의 어깨에 손을 얹고 "나도 그래요"라고 말해주고 싶었지만, 그때 나는 스물여섯 살이었다. 남의 두려움을 달래줄 나이가 아니었다.

우리는 튜브에 엉덩이를 끼우고 강을 따라 유유히 흘러가기 시작했다. 강바람은 시원하고 강물은 따뜻했다. 주위는 고요했고 양 옆으로는 절벽이 펼쳐졌다. 하늘은 푸르렀다. 정말 근사했다. "좋구나"라는 감탄사가 절로 나왔다. 다들 튜브 위에 앉아 머리를 뒤로 젖힌 채로 이 순간을 만끽했다. 이 순간을 위해서 한국에서, 영국에서 비행기를 갈아타고 버스를 갈아타고 엉덩이에 쥐가 나면서 여기까지 왔다. 이 별것도 아닌 것을 경험하기 위해서. 그렇지만 행복이나 만족감이라는 건 별것도 아닌 데서만 찾을 수 있는 게 아닐까. 이 순간 이대로 죽어버려도 좋겠다는 느낌은 나 자신이 나를 둘러싼 것들에서 분리되어 있지 않다고 느낄 때, 그러니까 나 자신과 세계가 완전히 일치될 때, 어떤 괴리감도 느껴지지 않을 때, 내가 누구인지조차 알 수 없을 때 찾아오는 것이 아닐까. 그 순간 나는 그저 만족스러웠다. 아무 생각도 들지 않을 정도로.

잠시 후 투어 팀은 첫 번째 동굴에 도착했다. 다들 손으로 강물을 저어 동굴이 있는 뭍으로 다가갔다. 나도 그쪽으로 갔다. 그런데 친구가 그만 타이밍을 놓쳐버렸다. 그 애는 뭍에 닿지 못한 채 떠내려가 버렸고 헤엄을 치지 않는 이상은 강물을 거슬러 다시 돌아올 수 없었다. 나는 별수 없이 친구를 따라 다시 강 쪽으로 나갔다. 그런데 그 애가 적당히 안전해 보인다 싶은 곳에서 내리려 하다가 그만 물살에 떠내려가고 말았다.

친구는 겨우 튜브에 매달렸다. 하지만 다시 튜브 위로 올라와 엉덩이를 구멍에 끼울 수는 없었다. 그러기에는 튜브가 너무 크고 강물이 너무 깊고 물살이 생각보다 빨랐다. 그 애는 허우적대며 빠른 속도로 떠내려갔다. 나는 엉덩이를 튜브에 끼운 채로 열심히 팔을 휘저어 쫓아갔지만 역부족이었다. 투어 팀은 사라진 지 오래, 주위에는 아무도, 아무것도 없었다. 친구는 계속해서 떠내려갔다. 그 애는 겁에 질려 있었고 나도 마찬가지였다. 저렇게 떠내려가다가 베트남까지 떠내려가는 건 아닐까. 저러다 물에 빠져 죽으면 저 애 엄마가 나한테 뭐라고 할까. 서너 살 때 둘이서 옥상에서 놀다가 친구가 옥상에서 떨어졌던 일이 있다. 그 사고로 친구의 다리가 부러졌다. 어른들이 놀라서 쫓아오자 나는 묻지도 않았는데 다급한 목소리로 외쳤다고 한다. "내가 안 밀었어! 내가 안 밀었어!" 어쩌면 내가 밀었는지도 모른다. 물론 기억은 나지 않는다. 아마 친구의 엄마는 그때부터 나에게 이를 갈고 있을 것이다. 아, 어쩌지.

완벽하고 만족스러웠던 순간은 지옥이 되어버렸다. 달라진 건 아무것도 없었다. 강바람은 여전히 시원했고 강물은 따뜻했다. 경치는 근사했다. 그저 친구가 물에 빠진 것뿐이었다. 그렇게 20여 분을 떠내려 간 것 같다. 아니, 그보다 더 짧았을지도 모른다. 그때는 영겁과도 같은 시간이었다. 이게 마지막이구나 싶었다. 기슭에서 낚시를 하고 있던 두 남자가 보였다. 우리는 살려달라며 고래고래 소리를 질렀다. 두 사람은 어이없다는 표정으로 우리를 쳐다보았다. 잠시 후 둘 중 어린 소년이 물에 첨벙 뛰어들더니 친구의 튜브를 끌고 가볍게 기슭으로 올라갔다. 나도 여전히 엉덩이를 튜브에 끼운 채 손을 열심히 저어 기슭으로 갔다.

죽다 살아난 친구는 기진맥진해 있었다. 우리는 소년에게 뭔가 고맙다는 표시를 하고 싶었지만 가진 게 지퍼백에 넣어둔 라오스 돈 조금밖에 없었다. 친구가 갖고 있던 숙소 열쇠는 물에 빠진 틈에 사라졌다. 목숨을 구해준 대가로 돈을 건넨다는 것이 부끄러워 견딜 수가 없었지만 달리 할 수 있는 것이 없었다. 우리는 차비와 식비를 남겨두고 지폐 몇 장을 소년에게 건넸다. 소년은 약간 당황한 표정으로 함께 있던 남자를 돌아보더니 그가 허락하자 쑥스러운 듯 돈을 받았다. 지금 돌이켜 생각해봐도 돈을 준 것은 정말 이상한 행동이었던 것 같다.

기슭을 올라가니 도로였고, 한 아주머니가 맥주를 팔고 있었다. 아주머니는 시원한 맥주를 바구니에 담아 줄을 묶어내려 그곳을 지나는 튜브 래프팅하는 사람들에게 팔았다. 나는 커다란 라오스 맥주 한 병을 사서는 입을 대고 꿀꺽꿀꺽 마셨다. 그제야 좀 살 것 같았다. 술을 전혀 못 마시는 친구도 "나도 한 모금만 줘"라고 말했다.

우리는 맥주에 취한 채로 땡볕 아래의 도로를 커다란 튜브를 어깨에 멘 채 아무 말 없이 걸었다. 살아난 기쁨보다 짜증이 더 컸다. 완벽했던 순간을 친구가 다 망쳐버렸다는 생각이 들었다. 튜브는 무거웠고 햇살은 뜨거웠고 숙소까지 가는 길은 멀었다. 그냥 튜브를 타고 하류까지 내려갔더라면 훨씬 즐겁고 또 편했을 텐데. 그때 미니트럭 버스인 썽태우 한 대가 달려오는 것이 보였다. 우리는 썽태우를 세워 마을까지 타고 갔다.

여행사에 튜브를 반납하고 마을을 지나 숙소로 돌아갔다. 가는 길에 배가 고파 숙소 근처에 있는 국숫집에 들러 국수를 먹기로 했다. 인테리어도 예쁘고 일하는 여자애도 예쁜데 늘 손님이 없는 가게였다. 주문한 국수를 한 입 먹고 나서야 우리는 손님이 없는 이유를 알았다. 국수가 정말이지 맛이 없었다. 라임과 토마토를 넣은 뜨거운 맹물에 국수를 만 느낌이었다. 내가 도저히 못 먹겠다며 투덜거리자 친구는 그냥 먹을 만하다면서 웃었다.

"나는 맛을 잘 몰라."

숙소 앞 길모퉁이에는 손바닥만 한 나무 좌판에 외제 과자들과 담배를 몇 개 늘어놓고 파는 아저씨가 있었다. 우리는 그 아저씨에게서 오레오를 샀다. 여기에서 그나마 먹을 만한 음식은 이것뿐이었다.

다음 날 새벽, 우리는 다시 엉덩이가 반만 걸쳐진 채로 버스를 타고 방비엥을 떠나 4시간 넘게 달려 비엔티안에 도착했다. 버스에서 내려 무거운 배낭을 멘 채 비엔티안 시내를 몇 시간 동안 걸어 다녔다. 엉덩이의 고통이 너무 커서 걸을 수 있다는 사실만으로도 행복했다.

비엔티안에는 정말 볼 것이 없었다. 우리는 스산한 강가에 갔다가 오래된 사원 몇 군데에 들른 후 라오스에서 가장 높다는 빌딩을 지나 시내 한가운데 있는 유명한 베트남 국숫집을 찾아 들어갔다. 그런데 이 허름한 국숫집에서 먹은 비빔국수는 정말 맛있었다. 튀긴 스프링롤과 가는 면발의 쌀국수에 땅콩을 잔뜩 부숴 넣고 매콤달콤새콤한 소스에 비벼 먹는 것이었는데 꼭 냉면 같았다. 우리는 "맛있다" "정말 맛있다"를 연발하며 먹었다. 닭고기 국수와 라임토마토 국수에 실망한 마음이 일거에 해소되는 맛이었다. 튜브 래프팅 때의 앙금이 일거에 해소되는 맛이었다.

국숫집을 나와 우리는 배부르고 기분 좋은 상태로 길바닥에 쪼그리고 앉아 시간을 죽였다. 어느 정도 시간이 지났을 때 내가 말했다.

"이제 갈까?"

친구가 답했다.

"그래, 가자."

우리는 뚝뚝을 잡아타고 국경으로 가서 여권에 도장을 찍고 태국 농카이로 돌아왔다. 버스터미널에서 먼저 방콕행 심야 버스표를 예매한 후 다시 뚝뚝을 타고 기사에게 말했다.

"세븐일레븐으로 갑시다."

뚝뚝은 우리를 근처 세븐일레븐 앞에 내려주었다. 세븐일레븐의 문을 열자마자 우리는 경쾌한 차임벨 소리와 에어컨의 냉기, 새하얀 불빛, 깔끔한 진열대, 산더미처럼 쌓인 먹을거리에 둘러싸였다. 황홀했다.

라오스에 다녀온 지 15년 정도가 지났다. 라오스는 어떻게 변했을까. 가끔 TV 예능 프로그램에서 라오스가 배경으로 등장하는 것을 본다. 비슷한 것 같기도 하고 많이 발전한 것 같기도 하다. 이제 라오스는 '동남아시아의 마지막 낙원'이라는 타이틀을 미얀마에 내어주었을지도 모르겠다. 대체 낙원이란 게 뭔지. 우리는 그 낙원에서 물에 빠져 죽을 뻔했고 맛없는 국수에 실망했고 좌판에서 파는 오레오 쿠키 한 상자에 만족해야만 했다.

그런데 이상하게 지금까지도 자주 떠오르는 기억은, 무거운 튜브를 짊어지고 걸어가던 땡볕 길과 손바닥만 한 좌판을 펼쳐놓고 과자를 팔던 아저씨와 라임과 토마토가 든 맛없는 국수와 태국으로 떠나기 전 비엔티안 길바닥에서 보낸 하릴없는 시간들이다.

친구와 나는 그 이후에도 1~2년에 한 번쯤 함께 여행을 간다. 그 애는 여전히 내가 가장 신뢰하고 의지하는 친구다. 그래서 나의 어떤 모습이라도 보여줄 수 있는 친구다. 우리의 우정은 아마도, 맛없는 국수를 먹고서도 "난 맛을 몰라" 하며 웃을 수 있는 친구 덕일 것이다. 그것에 항상 감사하고 있다. 어릴 때 학교에서 누가 내 친구를 괴롭혔다고 하면 당장 달려가서 그를 혼내주었다. 나는 아무 국수나 잘 먹지 않고 짜증도 잘 내지만 그런 것으로 친구의 착한 마음씨에 보답을 하려고 한다.

그럴 때 비로소
우리는

매일 함께 수영을 하고 산책을 하고 싸구려 음식을 먹고 싶다.
이상한 사람들을 보며 함께 눈썹을 추켜올리고, 둘이서 그 사람을 흉보고,
그러다가 낄낄대고 싶다. 그럴 때 비로소 우리는 우리다워지는 것 같다.

→ 스물여덟 살의 봄에 나는 남자친구와 함께 말레이시아 쿠알라룸푸르에서 태국 방콕까지를 횡단하는 약 10일간의 여정을 계획했다. 나는 잡지사에서 일하고 있었고 남자친구는 곧 졸업을 앞둔 대학생이었다. 우리는 서로의 다른 점에 끌렸다. 나는 되는 대로 막 사는 타입이었고, 남자친구는 해외여행 한 번 가본 적 없는 전형적인 모범생 타입이었다. 그를 인간 구실하게 만들기 위해서는 함께 여행을 떠나볼 필요가 있다고 생각했다.(이런 나는 독재자 타입이다.) 그래서 우리는 떠났다.

방콕에 도착해서 곧장 에어아시아를 타고 쿠알라룸푸르로 날아갔다. 공항에서 내려 시내로 갈 작정이었는데, 알고 보니 에어아시아의 탑승장은 시내로 나가는 교통편이 있는 공항의 메인빌딩과 한참을 떨어져 있었다. 그것도 모르고 우리는 짐가방을 든 채로 지옥 같은 더위 속을 맹렬하게 헤맸다. 직원에게 물었더니 주차장 너머로 가라고 했다. 그쪽으로 갔더니 허허벌판이 나왔다. 도저히 그늘 한 점 없는 저 길을 걸을 수 있을 것 같지가 않았다. 우여곡절 끝에 셔틀버스를 타면 메인빌딩으로 갈 수 있다는 사실을 알아냈다. 직원이 알려준 쪽으로 갔더라면 우리는 쿠알라룸푸르 시내에도 도착하지 못하고 공항 근처를 헤매다 탈수와 일사병 증세로 쓰러져 죽은 최초의 입국자가 되었을지도 모를 일이다.

물어 물어 기차를 타고 겨우 쿠알라룸푸르 시내에 도착했다. 말레이시아의 숙소는 태국처럼 저렴하지 않았다. 신통치 않은 에어컨이 나오는 좁은 방이 4~5만 원 정도였다. 일단 짐을 풀고 밖으로 나와 거리의 식당에서 완탕면과 볶음밥으로 배를 채웠다. 뭘 좀 먹으니 살 것 같았다.

4월의 말레이시아는 숨이 막힐 정도로 뜨거웠다. 그래도 저녁에는 조금 선선해져서 산책을 할 수 있었다. 우리는 걸어서 쿠알라룸푸르에서 가장 높은 빌딩에 갔다. 사람들은 빌딩 앞 분수가 있는 광장에 앉아서 노닥거리고 있었다. 노닥거리는 분위기. 열대의 밤에 흔히 볼 수 있는 풍경이다. 노닥거리는 사람들은 뭐가 그리 즐거운지 입이 귀에 걸려 있다. 느릿느릿 움직이면서 농담을 하고 장난을 치고 서로의 몸에 기대기도 한다.

다음 날은 쿠알라룸푸르 시내의 유명한 공원에 가보기로 했다. 엄청나게 큰 공원이었는데 한낮에는 절대로 가서는 안 되는 곳이었다. 일단 찜통 같은 거리를 지나 그곳에 도착하기까지가 고난의 행군이었고 공원 안에는 그늘 한 점 없었다. 우리는 텅 빈 공원 안을 제집처럼 돌아다니는 백조 옆에서 사진을 찍고 음료수를 한 잔 사 마신 후 이러다 죽을 것 같아서 곧 돌아 왔다.

그날 밤, 기차를 타고 프렌티안 섬으로 갔다.

말레이시아의 아름다운 프렌티안 섬으로 가기 위해서는 우선 쿠알라룸푸르에서 기차를 타고 북쪽의 코타바하루라는 도시로 가야 한다. 기차는 밤새 달린다. 침대칸은 깔끔하고 쾌적하다. 밤 시간이 되면 승무원이 나타나 벽에 붙은 2층 침대를 꺼내어 펴준다. 그 위에 깨끗한 시트도 깔아주고 커튼도 쳐준다. 조용한 말레이시아 사람들은 조용히 침대 속으로 기어 들어가 커튼을 치고 조용히 잔다. 우리도 그렇게 했다.

코타바하루에 도착해 프렌티안으로 가는 배를 타려면 기차역에서 선착장이 있는 쿠알라베숫까지 택시를 타고 이동해야 한다. 약 한 시간이 걸린다. 버스 같은 대중교통 수단은 없거나 이용하기 쉽지 않다. 택시를 타야 한다. 기차에서 만난 콧수염을 기른 차장은(태국과 말레이시아의 기차 차장들은 입사 조건에 콧수염을 길러야 한다는 조항이라도 있는지 대개 콧수염을 기르고 있다.) 코타바하루에 도착하면 자신의 차로 쿠알라베숫까지 태워주겠다고 했다. 그는 기차 차장인 한편, 부업으로 사설 택시 일도 하고 있다는 거였다. 그렇게 열심히 사는 그가 제시한 금액은 우리가 예상한 가격보다 좀 더 저렴했다. 그래서 우리는 그의 차로 쿠알라베숫까지 가기로 결정했다.

차장의 차는 검정 승용차였다. 우리를 태운 그는 2차선 시골 길을 차선도 무시하고 미친 듯이 달리기 시작했다. 길은 거의 직선이라서 앞에 트럭이라도 있으면 건너편 차선으로 다른 차가 오는지 안 오는지 도무지 알 수가 없었는데, 그럼에도 불구하고 그는 앞 차가 천천히 달리면 잠시도 참지 못하고 중앙선을 넘어 추월을 했다. 그러다가 바로 맞은편에서 달려오는 다른 차를 뒤늦게 발견하고 거의 부딪힐 뻔한 것도 한두 번이 아니었다. 결국 한 시간이 걸릴 길을 45분 만에 도착했다. 내릴 때는 살아 있다는 것에 감사할 지경이었다.

그런데 쿠알라베숫의 한 여행사 앞에서 약속했던 금액을 건네자 그가 갑자기 딴 소리를 하기 시작했다. 아까 기차 안에서 말했던 금액에 '0'을 하나 더 붙이더니 자신은 분명히 그 금액을 이야기했는데 당신들이 잘못 들은 것이라 우기는 것이었다. 여행지에서 사람을 가장 미치게 하는 것은 이런 것이다. 처음에 이들은 선량한 얼굴로 접근한다. 이봐, 우린 친구잖아? 이방인을 향한 조건 없는 환대에 감격한 나는 쉽게 마음을 열어버린다.(멍청하기 때문이다.) 그런데 볼일이 끝나면 이들은 갑자기 외국인을 돈벌이 대상으로만 아는 비열한 장사꾼의 얼굴로 돌변해 돈을 더 내놓으라며 억지를 쓴다. 이럴 때 나는 배신감으로 거의 꼭지가 돌아버린다.

정신을 차려보니 나는 쿠엔틴 타란티노의 영화에 등장하는 배우들처럼 악을 쓰며 영어 욕설을 퍼붓고 있었고, 남자친구는 그런 나를 안간힘을 쓰고 붙잡고 있었으며, 흥분한 기차 차장의 눈빛에는 두려움이 스쳐 지나가고 있었고('내가 오늘 미친개를 문 것 같다.') 여행사 직원이 유혈 사태가 벌어지지 않게 우리 사이를 막고 서 있었다. 결국 직원이 슬픈 얼굴로 요금표를 보여주며 "진정하시고 이것 보세요. 이것이 코타바하루에서 쿠알라베숫까지의 적정 택시 요금입니다. 이 금액은 내셔야 하는 겁니다"라고 애원하는 듯 설명을 하고 나서야 나는 진정할 수 있었다. 그 요금표에 적힌 금액은 기차 차장이 요구한 금액보다 훨씬 적은 금액이었다. 우리는 그 돈을 주고 여행사 사무실을 빠져나왔다. 남자친구가 식은땀을 닦으며 말했다.

"네가 그렇게 영어를 잘하는 줄 몰랐어."

"그러게. 영어 레벨 테스트도 욕으로 하면 만점일 텐데."

차장이 도끼라도 들고 쫓아오지나 않을까 갑자기 무서워진 나는 발걸음이 빨라졌다.

쿠알라베숫에서 페리를 타고 40여 분을 달려 프렌티안에 도착한 후에도 목적지인 해변까지 가려면 도중에 작은 배로 갈아타야 했다. 배의 입구에는 굳이 여권을 확인할 필요도 없이 스웨덴 사람일 것 같은 덩치 큰 젊은 남자 두 명이 앉아 있었다. 햇볕에 그을려 벌게진 피부도, 소매 없는 티셔츠와 반바지도 태어나서 처음인 듯 어색한 남자들이었다. 방금 전 30년간의 부부생활에 종지부를 찍을 부부싸움이라도 한 것 같은 얼굴들이었다.

문제는 그들이 입구를 떡하니 막고 있는 바람에 배에 오르는 사람들이 안으로 들어오기가 힘겨워졌다는 것이다. 하지만 이 남자들은 지뢰라도 밟고 있는 듯 꼼짝도 하지 않았다. 옆으로 엉덩이를 살짝 들어 자리를 옮기지도, 몸을 뒤로 빼지도, 무릎을 조금 비켜주지도 않았다. 심지어 어린아이들이 탈 때도 움직이지 않았다. 정상적인 사람이라면 아이들이 힘겹게 배에 오를 때는 손을 잡아주거나 안아 올려줄 것이다. 그러나 이들은 뇌에서 감정을 주관하는 중추를 제거하는 수술이라도 받은 것처럼 무표정한 얼굴로 앉아만 있었다. 나는 그 남자들을 계속해서 노려보았다.

마지막으로 배에 오른 남자는 넉넉한 체구에 비해서도 큰 옷을 입고 바보처럼 웃으면서 눈이 마주치는 모든 사람들에게 인사를 건네는 사람이었다. 그 남자는 배에 오르다 넘어질 뻔하면서 스웨덴 남자들의 무릎 위에 거의 올라탔는데, 스웨덴 남자들은 상어의 습격이라도 받은 것 같은 표정을 지었다. 그래도 움직이지는 않았다. 아무튼 그 남자는 위기를 모면한 후 수선스럽게 미안함을 표하고 자기 자신을 비하하는 농담을 한 번 던진 후 싱글거리며 주변을 둘러보더니 빈자리에 엉덩이를 구겨 넣으며 다시 한 번 미안함을 표하고 옆 사람에게 인사를 건넸다. 여권을 확인하지 않아도 알 수 있었다. 미국 사람이었다.

나는 여전히 이혼을 고민하는 표정으로 못 박힌 채 앉아 있는 스웨덴 남자들을 노려보고 있었다. 어쩌면 복지국가의 폐해란 저런 것인지도 모른다고 생각하면서. 지금 와서 돌이켜보면 그들이 정말로 지뢰를 밟고 있었을지도 모른다는 생각이 든다.

프렌티안의 해변에서 우리는 또 다른 스웨덴 남자들을 만났다. 그 남자들은 남들과 어울리지 않고 자기들끼리만 놀았다.

두 명이었다. 둘이 싸우기라도 하면 배에서 지뢰를 밟고 있던 그 남자들처럼 변할 가능성이 매우 높아 보였다.

또 그 해변에는 람보가 하나 있었다. 근육질 몸매에 백인으로서 검게 변할 수 있는 한계치까지 몸을 태운 그는 매일 해변을 달리면서 사람들에게 인사를 하고 오지랖을 떨었다. 그는 프랑스인이었다. 미국인과 다른 점이라면 미국인들보다 잘난 척을 더 많이 하고 더 진지하다는 점이다. 포장지 하나를 뜯는 데도 한반도 비핵화나 가계부채 삭감대책을 논하는 것처럼 의견을 쏟아내는 사람 말이다.

생글거리며 우리에게 먼저 말을 건넨 금발머리의 미소년은 자기가 스웨덴 사람이라고 했다. 우리는 거짓말하지 말라고 했다. 네가 스웨덴 사람이라면 웃고 있을 리가 없어! 심지어 그는 초면인 우리에게 몇 살이냐고 물어봤다. 아니, 서양인들은 나이를 묻는 것을 무례하다고 생각하는 거 아니었나. 우리는 당황했다.

그런데 그들에게 우리는 어떻게 보일까? 그들에게 우리는 알 수 없는 나라의 표정 없는 사람들일지도 모른다. 우리가 그들처럼 매일 아침 일어나 화장실에 가서 볼일을 보고, 밥을 먹고 일을 하고, 친구들과 통화를 하고, 산책을 하고 매일 밤 좋았던 일과 나빴던 일들을 곱씹으면서 잠자리에 든다는 사실을 그들이 상상이나 할 수 있을까. 내가 그들의 인생을 상상하지 못하는 것처럼 말이다.

≈≈≈≈≈

프렌티안 섬 역시 더웠다. 숨도 쉬기 힘들 정도로 더웠다. 우리는 이 해변의 한 리조트에 묵었는데, 리조트라기보다는 허름한 방갈로들을 모아놓은 것에 가까웠다. 허름한 숙소가 언제나 그렇듯 주머니가 가볍고 어딜 가나 제집처럼 편하게 지내는 서양인들이 많았다. 우리의 방갈로는 그나마 해변 가까이에 있었고 땅에서 살짝 띄어 지은 목조 가옥이었다. 입구의 계단 옆에는 작은 수돗가가 있어서 해변에서 묻혀 온 모래도 씻어낼 수 있었다. 침대 위에는 모기장이 쳐 있었고, 천장에는 팬이 하나, 수압은 약했지만 어쨌든 물이 나오긴 하는 샤워기와 변기가 달린 화장실이 하나. 거기에 작은 테라스도 있었다. 나쁘지 않은 방갈로였다.

그곳에서 우리는 한국 여자와 스웨덴 남자 커플을 만났다. 여자는 체구가 작고 호락호락하지 않은 인상이었고, 키가 크고 머리를 박박 민 남자는 순진하다고도, 멍청하다고도 할 수 있는 얼굴을 하고 있었다. 우리가 방갈로의 테라스에 앉아 이야기를 하고 있을 때 그녀가 나타나더니 우리에게 한국어로 물었다.

"혹시 한국인이세요?"

우리는 그렇다고 했다. 그녀는 자기 남편이 말레이시아에 사는 스웨덴인 왕족인데(어떻게 스웨덴인이 왕족인 거지?) 페낭의 나이트클럽에서 만나 몇 달 만에 결혼, 지금은 한 달이 넘게 말레이시아 전역을 돌아다니며 신혼여행을 하고 있다고 했다. 묻지도 않았는데 그녀는 마치 비밀 이야기라도 하듯 자신은 서른여섯 살, 남편은 스물한 살이라고 고백했다. 자신에게 첫눈에 반한 남편이 결혼하자며 계속 쫓아다녔다는 거였다. 신혼여행을 마치면 시댁에서 마련해준 고급 아파트에서 살게 될 것이라고도 했다.

이럴 때 내 남자친구는 속으로는 무슨 생각을 하건 겉으로는 신나게 동조해주는 남자다. 나는 어느 정도 들어주다가 더이상 듣고 싶지 않아지면 노골적으로 지루하고 불쾌한 표정을 짓는 여자다. 가만 놔두면 입으로 자서전이라도 쓸 기세여서 나는 일어나서 방으로 들어가 버렸다.

스웨덴 남자와 한국 여자 커플은 마주칠 때마다 싸우고 있었다. 아니, 정확하게 말하자면 여자가 일방적으로 악을 쓰고 남자는 어깨를 축 늘어뜨린 채 이루 말할 수 없이 슬픈 표정을 짓고 있었다. 자신의 상식과 가치관과 살아온 경험으로는 도무지 이해할 수 없는 상대를 사랑할 때, 한 남자가 지을 만한 표정이었다.(어쩐지 그런 남자의 얼굴을 이 섬에 도착하기 직전에 본 것 같은 기분이 들었다.) 어깨에 손을 얹어주고 싶을 정도로 안쓰러운 표정이었다.

　스노클링 투어를 가는 날에도 남자와 여자는 싸우고 있었다. 여자는 스노클링 투어를 간다는 남자에게 뭐가 불만인지 한바탕 난동을 부리고 갔다. 그 모습을 지켜보던 리조트의 매니저가 코웃음을 치며 말했다.

　"노 허니문. 파이팅 문."

　그의 말이 맞았다. 저건 허니문이 아니야, 파이팅문이지.

　그녀의 남편은 예정대로 스노클링 투어에 참여했는데, 물속에서는 자맥질을 하면서 즐거워하다가도 배 위에 앉아 쉴 때면 뭍 쪽을 바라보며 울적한 표정을 지었다. 엄마에게 혼날 걱정을 하는 섬 소년 같았다.

그날 내 남자친구는 선크림도 제대로 바르지 않고 엎드려서 스노클링을 하다가 몸의 뒤판 전체에 일광화상을 입었다. 그는 밤에 잠도 제대로 못 잘 정도로 괴로워했다. 우리는 오전에는 해변의 그늘에 나가 있다가 바다에 들어가기를 반복했다. 너무 더워지면 숙소로 돌아와서 차가운 물에 샤워를 한 후 테라스에 앉아 더위를 피해보려 했다. 하지만 너무 더웠다.

　　해가 조금 넘어가면 다시 바다로 나갔다. 해변의 레스토랑을 옮겨 다니며 식사를 했다. 모래 위에 놓인 테이블에서 식사를 한 적도 있고 산 아래의 2층 나무집에서 식사를 한 적도 있다. 우리는 말레이시아식 볶음국수와 바라문다라는 이름의 생선 요리를 즐겨 먹었다. 싸고 맛이 좋았다. 밤이면 천장에 달린 팬 하나로 더위와 싸웠다.

　　이 해변에서 남자친구는 내게 청혼을 했다. 사실은 내가 빨리 하라고 독촉했다. 나는 이벤트를 싫어하는 여자다. 여행을 떠나기 전 겨울, 내 생일에 남자친구가 두 평짜리 고시원 방의 현관에서부터 촛불로 길을 만들어 놓고(1미터나 채 될까 싶은 길이었다.) 침대 위에 앉아 내 귀에 이어폰을 꽂아주며 자신이 몰래 녹음한 사랑 가득한 메시지를 들려주었을 때는(옆에 있으니 말로 해도 될 텐데) 솔직히 등 뒤의 창문을 열고 그대로 뛰어내리고 싶었다. 내가 원하는 청혼은 그게 아니었다. 내가 원하는 것은 아름다운 남국의 해변에서 결혼해달라는 말을 듣는 것이었다. 그러면 충분했다. 그래서 그는 억지로 그렇게 했다.

그 시절 우리는 어찌나 젊고 또 어찌나 순진했던지. 우리 앞에 밝은 미래가 기다리고 있을 것이라 믿어 의심치 않았다. 밝지 않을 리가 없었다. 우리는 이 인생의 주인공이었으니까. 그때가 아마 우리 인생에서 가장 로맨틱하고 낙관적인 시간이었을 것이다. 바보 같을 정도로, 어리석을 정도로 낙관적이었다.

그로부터 10년이 지났다. 이제야 우리는 우리가 이 인생의 주인공이 아닐지도 모른다는 사실을 깨달았다. 하지만 뭐, 별수 없는 일이다.

프렌티안 섬에 다녀오고 4개월 후에 우리는 규슈로 신혼여행을 갔다. 8월 말의 규슈는 숨이 막히게 덥고 습했다. 비가 계속해서 내렸다. 레일 패스로 여행을 하던 우리는 매일 기차를 타고 이동하며 숙소를 옮겼는데, 신기한 먹거리에 호기심이 많은 남편은 전부터 '야끼소바 빵'이라는 것을 먹고 싶어 했다. 어느 도시에선가 기차를 타기 직전 남편은 나를 개찰구 앞에 남겨두고서 자신은 아래층에 있는 빵집에 들러 야끼소바 빵을 사오겠다고 했다. 출발 시간이 채 3분도 남지 않았는데 남편은 돌아오지 않았다. 기차를 놓쳤다는 사실에 화가 솟구친 나는 아래층으로 달려 내려갔다. 빵집 유리창 너머로 쟁반을 들고 행복한 얼굴로 빵 진열대 사이를 서성이는 남편의 모습이 보였다. 순진하고 얼빠진 얼굴이었다. 나는 앞뒤 잴 것 없이 문을 열고 들어가 소리를 질렀다.

"지금 뭐 하자는 거야?!! 정신이 있어, 없어?!!"

야끼소바 빵도 고르고 고로케도 고르느라 정신이 없던 남편도, 가게 안에 있던 손님들도, 카운터의 종업원도 놀라고 겁먹은 표정으로 나를 바라보았다.

아, 프렌티안 섬의 그 여자. 내가 그 여자인지도 모른다. 무서운 일이다.

물이 있는 곳에 가면 남편은 소년이 된다. 더운 나라에 가면 남편은 느긋해진다. 결혼 전, 아무런 걱정도 불안도 없던, 대책 없이 순수하고 낙관적이고 어리석던 그 표정과 눈빛과 활기를 되찾는다. 나는 물에 있을 때의 그가 좋다. 더운 나라에 있을 때의 그가 좋다. 나는 그렇게 좋은 여자나 아내가 아니지만, 그럼에도 그가 자기 자신의 모습으로, 가장 편안하고 가장 유능한 모습으로 살아가기를 바란다. 그런 남자를 나는 사랑하고 싶다. 그런 남자와 평생을 함께하고 싶다. 그러면서 이 추운 나라에서 남편이 얼마나 쫓기고 다그침을 당하며 살아왔는지 생각하게 된다. 슬퍼진다. 미안해지기도 한다.

조만간에 더운 나라에 가고 싶다. 수영장이 있는 숙소를 하나 잡아놓고 매일 함께 수영을 하고 산책을 하고 싸구려 음식을 먹고 싶다. 길을 잃고, 사기를 당하고, 사기꾼들과 싸우고 싶다. 이상한 사람들을 보며 함께 눈썹을 추켜올리고, 둘이서 그 사람을 흉보고, 그러다가 낄낄대고 싶다. 그럴 때 비로소 우리는 우리다워지는 것 같다.

적금통장의
낭만적인 규칙

은행원이 내 계좌를 조회하다가 실소를 터뜨릴 만큼
낭만적인 제목을 정한다.
매달 자동이체되는 액수는 적을수록 좋다.
만기일에 정해진 액수를 찾게 되면
약간의 이자는 보너스로 통장에 남겨두고, 나머지는 탕진한다.

→ 우리는 여행을 많이 다니지 않지만, 최소한 1년에 한두 번은 속초에 간다. 나는 속초를 좋아한다. 남편도 좋아한다. 갈 때마다 좋다. 굳이 다른 곳에 가고 싶다는 생각이 들지 않는다. 제주도에 가본 적도 있는데 왠지 나와는 맞지 않는 느낌이었다. 나는 속초가 더 좋다. 제주도는 둥글둥글, 아기자기한 느낌이지만 속초는 대범하고 씩씩한 느낌이다. 속초 쪽이 내게는 더 편안하다. 나는 둥글둥글하고 아기자기한 사람이 아니다.

속초에는 바다도 있고 산도 있다. 바다는 푸르고 깊고 거칠다. 설악산에는 울산바위가 있다. 볼 때마다 정말 멋지다고 생각한다.

맛있는 것도 많다. 나는 속초에서만 냉면을 먹는다. 여기에서는 진짜 함흥냉면을 먹을 수 있기 때문이다. 함경도 피란민 출신이 많기 때문이다. 진짜 함흥냉면은 고추장으로 만든 양념장 대신, 매콤달콤한 회무침을 비벼 먹는다. 그리고 물냉면처럼 차가운 육수도 듬뿍 부어 먹는다. 거기에 입맛에 따라 설탕과 식초와 겨자를 쳐서 먹는다.

해산물을 좋아하는 나는 중앙시장에 갈 때마다 이성을 잃는

다. 싱싱한 생선과 오징어 같은 것들이 산더미처럼 쌓여 있다. 게다가 무척 싸다. 떡도 감자도 옥수수도 맛있다. 물이 맑아 수돗물을 틀어서 그대로 받아 마시기도 한다. 속초에서는 모든 것이 늘 풍요로운 느낌이다.

사람들은 친절하고 순하다. 무뚝뚝하다고 평하는 이들도 있지만 경상도에서 나고 자란 나에게는 이 정도면 더할 나위 없다. 지방 사람들은 대개 서울 사람들처럼 조급하지 않고 여유로운데, 속초 사람들 역시 그렇다.

나의 친가와 외가는 속초에 있다. 아빠는 함경도에서 태어났지만 두 살 때인가 할머니 등에 업혀 피란민 수송선을 타고 남쪽으로 내려왔다. 그리고 줄곧 속초의 유명한 피란민 거주지인 청호동 아바이마을에서 살았다. 여름방학에 할아버지 댁에 가면 집에서 수영복을 입고 튜브를 허리에 낀 채로 맨발로 골목길을 지나 바다까지 달려가곤 했다. 발이 델 정도로 뜨거운 모래사장을 가로질러 그대로 바다에 풍덩. 파도가 세도 아랑곳하지 않고 놀았다. 방파제에서도 놀았다. 테트라포드 사이에 빠지면 무척 위험한데도 신나게 뛰어다녔다. 아래에 슬리퍼가 떨어져 기어 내려가 주워서 다시 올라온 적도 있다.

엄마의 아버지, 그러니까 내 외할아버지는 함경도에 아내와 자식들을 두고 단신으로 휴전선을 건너온 홀아비였다. 외할머니는 강릉에서 나고 자라 시집을 가서 아들 셋을 두었으나 어느 날 남편이 인민군에 징집된 후 행방불명이 되었다. 그런 두 사람이 만나 두 번째 결혼을 했다. 억척스럽고 수완 좋던 외할아버지는 속초에서 사업을 시작해 커다란 트럭 한 대를 굴리고 외할머니와 결혼해 자식도 셋이나 낳고 뒷집에는 첩도 하나 두었다고 한다. 피붙이 하나 없는 남한에서 처음 생긴 피붙이인 우리 엄마를, 외할아버지는 얼마나 예뻐했는지 모른다고 한다.

내가 수영을 하던 바로 그 바닷가에서 아빠도 동네 아이들과 어울려 수영을 배웠다. 영랑호수 근처 영랑동에 살던 엄마는 날이 좋으면 학교에서 돌아오는 길에 그대로 바닷가로 가서는 교복을 입은 채로 모래 위에 가만히 누워보곤 했다. 모래가 참 따뜻했다고 한다.

갓 스물에 엄마는 해군 제복을 입은 아빠를 만났다. 엄마는 아빠가 시내에 사는 검소한 교육자 집안의 아들일 줄 알았다고 했다. 그런데 아빠가 인사를 시키겠다며 데려간 곳은 갯배를 타고 바다를 건너야 닿을 수 있는, 억센 함경도 사투리가 난무하는 아바이마을 청호동의 가난한 집이었다.

나중에 대학에 들어가서야 나는 속초에서 산 적이 있다는 친구에게서 이런 이야기를 들을 수 있었다. "청호동은 문둥병자들이랑 거지들이 살던 동네 아니야?" 속초 사람들에게 청호동은 그런 곳이었다. 고고하던 외할머니는 돌아가시기 얼마 전까지도 이렇게 말했다.

"내가 강릉 살 때는 뱃사람은 사람 취급도 안 했다."

함경도 피란민들은 대개 뱃사람들이었다. 그들은 해변에 널려 있던 판자나 나뭇조각, 미군부대에서 나온 폐자재들을 얼기설기 이어 붙여 비바람을 피할 움막을 지었다. 그들 중 누구도 피란생활이 이렇게나 오래 지속되리라고는 예상치 못했기 때문이다. 하지만 그것은 영원한 피란생활이었다. 전쟁은 그들의 삶을 완전히 바꿔버렸다. 그들의 뿌리를 송두리째 뒤흔들어버렸다. 그들의 삶 전체가 전쟁의 영향을 받았을 것이다. 그리고 그들 중 누구도 고향으로 돌아가지 못했다.

이제 아빠가 자란 청호동 빨간 우체통 옆집은 사라졌다. 시내와 청호동을 잇는 다리가 생기고, 바다였던 곳을 매립해 땅으로 만들고, 그 위에 이마트가 생기고 엑스포 공원이 생기면서 그렇게 됐다. 누구도 그 사실을 아쉬워하지 않는다.

큰아버지는 매립지에 땅을 분양받아 집을 지었다. 할아버지는 그 집 현관 앞에 놓인 의자에 식물처럼 앉아 계시다 돌아가셨다. 빨간 우체통 옆집에 살 때 할아버지는 매일 해도 뜨기 전에 일어나 배를 타고 오징어잡이를 하러 나가셨다. 할아버지가 두세 마디 이상 말씀하시는 것을 들어본 적이 없다. 말수가 적은 대신 눈물이 많아 자식들이 집에 오면 갑자기 울곤 하셨다. 말하는 모습보다 우는 모습이 더 익숙하다.

할아버지의 얼굴은 길쭉하고 갸름하고 희고 순한 얼굴이었다. 눈은 살짝 처지고 코도 길고 갸름했다. 함경도 얼굴은 아니었다. 할아버지와 할머니가 낳은 자식들은 모두 할머니를 닮았다. 넓적한 얼굴에 강렬한 인상. 추운 지방 특유의 억척스러운 얼굴. 할머니는 무시무시하고 야박한 사람이었지만 종종 그 넓적한 얼굴에 장난기가 묻어날 때가 있었다. 나는 가끔 거울 속 내 얼굴에서 할머니를 발견한다. 희한하게도 그 많은 피붙이들 중 내 남동생만이 할아버지를 닮았다. 길쭉하고 갸름하고 희고 순한 얼굴. 살아 있는 누군가의 얼굴에 죽은 누군가의 얼굴이 비친다는 것은 참 신기한 일이다.

≋

내가 속초를 좋아하는 이유 중 하나는 여기에 설악문화센터라는 도서관이 있기 때문이다. 이용자가 그리 많지 않은, 아는 사람만 아는 사설 도서관인데, 집 근처에 있다면 매일 출근하고 싶을 정도로 멋진 곳이다. 좋은 신간들이 꾸준히 입고되어 눈에 잘 띄게 진열되어 있다. 통유리창 너머로는 설악산과 울산바위가 보인다. 소파는 편안하고 테이블도 널찍하게 배치되어 있다. 구석에 이해할 수 없는 진열대가 하나 있기는 한데 (그래서 구석에 있는 것 같다.) 직접 가서 그 실체를 확인해보시길. 2층에는 맛있는 커피를 파는, 오디오 시스템이 근사한 카페도 있다. 우리는 속초에 갈 때마다 이 도서관에 들러 몇 시간을 보낸다.

엘리자 수아 뒤사팽이라는 젊은 프랑스 작가는 『속초에서의 겨울』이라는 낭만적인 이름의 소설을 썼다. 프랑스어로는 Hiver à Sokcho. 나는 이 도서관에서 그 책을 발견했다. 노르망디와 속초의 지도를 나란히 둔 채 그녀는 노르망디에서 속초를 떠올리고 속초에서 노르망디를 떠올린다. 속초라는 촌스럽고 억센 지명도 프랑스 여자의 소설에 등장하니 어떤 여운을 품고 있는 것처럼 느껴진다. 마지막 음절이 모음인 것도 마음에 든다. 입을 동그랗게 오므린 채로 '초'라고 뱉을 때는 탄력이느껴진다. 바닷속 깊숙이 잠수해 '초'라고 내뱉은 뒤 내 입을 통해 빠져나온 공기방울을 바라보는 것 같은 느낌이다.

중앙시장에서 그리 멀지 않은 곳에는 동아서점이라는 기분좋은 서점이 있다. 1956년도에 문을 연 서점이다. 우리 엄마도 이 서점에서 참고서를 샀다고 한다. 지금은 원래의 자리에서 이전해 건물을 새로 지었다. 백발의 아버지와 젊은 아들이함께 서점을 지키고 있다. 서점 운영이 쉽지 않자 아버지는 서울에서 직장생활을 하던 아들을 속초로 불렀다고 한다. 아들은고민 끝에 고향으로 내려가 서점을 이어받기로 결심했다.

아들인 김영건이 쓴 책 『당신에게 말을 건다』에는 이런 이야기들이 있다. 할아버지가 차린 서점을 손자가 이어받아 꾸려나간다는 것에 대한 솔직하고 정직한 이야기들이. 서울에서 비정규직으로 일하다 결국 고향으로 내려가는 착잡한 마음을 이겨내기 위해 아들은 이런 생각들을 한다.

속초엔 바다가 있지. 원할 때면 언제나 산책할 수 있지. 그리운
감자전과 도루묵과 사랑하는 나의 가족이 있지. 거리의 소음도

없지. 버스 안에서 사람들 사이에 부대낄 일도 없지.

인구가 팔만 정도인데도 인구 밀도가 매우 조밀한 이 작고 이상한 곳. 바닷가를 따라 마을이 긴 모양으로 늘어서 있어 언제 어디서고 조금만 방향을 틀면 바다를 만날 수 있는 곳. 어느 맑은 날, 시내를 따라 걷다 보면 저 멀리 울산바위가 어떤 거룩한 속삭임처럼 드러나는 곳. 바다와 이어지는 곳에 바다였던 옛 시간의 흔적이 무려 두 곳이나 호수로 남아 있는 곳. 걸어서 어디든 다다를 수 있고, 그곳으로부터 다시 걸어서 집으로 돌아올 수 있는 곳. 근래에 스타벅스와 맥도날드가 생긴 곳. 사람들의 말투는 다소 거칠지만 대체로 친절한 곳. 그곳에서 나는 아버지의 서점을 다시 열었다.＊

동아서점은 설악문화센터와 함께 내가 속초를 좋아하는 또다른 이유다. 이 서점은 주인이 쓴 글만큼이나 소박하고 따뜻하다. 서점에 가면 간혹 아들이 창가의 테이블에 앉아 무언가를 열심히 쓰고 있는 모습을 볼 수 있는데, 책장마다 붙어 있는 책 소개글을 직접 쓰는 것이다. 캘리그라피라고도 할 수 없는

＊김영건, 「당신에게 말을 건다」(알마, 2017)

동글동글하고 따뜻한 글씨체가 정겹다. 서점에 들르는 사람들이 이 좋은 책들을 한 번이라도 더 보아주었으면 하는, 순수한 바람이 담뿍 묻어나는 글씨다.

　이런 서점이 아직도 건재하고 있다는 것이 고맙다. 이런 서점이 영원히 사라지지 않았으면 좋겠다. 거리의 서점이 그 거리에 얼마나 따뜻하고 멋진 색채를 더해주는지 사람들은 잘 모르는 것 같다. 이 서점이 사라지면 이 거리가 얼마나 삭막해질지에 대해서도 별로 생각하지 않는 것 같다. 그래서 나는 이 서점에 들를 때면 사진을 찍는 대신 책을 산다. 다행히 이 서점은 애써 책을 사야만 하는 곳은 아니다. 이 서점에 들어가면, 반드시 책을 사고 싶어진다. 무엇 때문인지는 잘 모르겠다. 좋은 책들만 골라놓았기 때문인지, 책 진열이 산뜻하기 때문인지, 책장마다 붙어 있는 다정한 손글씨 때문인지, 머리가 하얗게 센 나이 든 아버지와 아들이 어색하게 카운터에 함께 앉아 있기 때문인지, 노란 불빛 때문인지, 쾌적한 분위기 때문인지 잘 모르겠다. 나는 언제나 동아서점에서 나를 위한 한 권과 좋아하는 사람을 위한 한 권, 그렇게 두 권의 책을 산다. 내 돈을 내고 내가 책을 사는데도 고맙다는 기분이 절로 든다.

≋

작년 2월에 태백과 정선으로 여행을 갔다가 하이원리조트의 곤돌라에 올라 스키를 타는 사람들을 내려다보면서 남편에게 이런 이야기를 했다.

"내년 2월에 스키나 보드를 타러 가면 좋겠다. 당장 집에 가서 매달 5만 원씩 넣는 1년짜리 적금통장을 만들어야지!"

그랬더니 남편이 이렇게 말했다.

"정말 슬프다. 우리 너무 가난한 것 같잖아."

그럴지도 모른다. 우리는 정말로 가난할지도 모른다. 하지만 나에게 적금통장이란 건 짠순이의 생활 전략이라기보다는, 희망이나 계획이나 즐거운 공상의 현실적인 형태 같은 것이다. 나처럼 비계획적이고 씀씀이가 헤픈 여자에게는 마치 내가 아닌 다른 여자가 된 것 같은 기쁨을 주는 행위이기도 하다.

적금통장은 내게 말한다.

1년 후에도 죽지 않았다면, 미치거나 망하거나 복구 불가능할 정도의 상실을 겪지 않았다면, 별일이 없다면, 별일 없이 사는 복을 누렸다면, 너는 1년 후에 코딱지만큼의 이자를 붙여서 이 돈을 다시 찾을 수 있다. 그동안 한 달에 한 번씩, 열두 번의 자동이체는 네가 미처 알아차리지도 못할 새에 진행될 것이고, 1년 후에 너는 마치 하늘에서 뚝 떨어진 것 같은 돈을 받게 될 것이다.

하지만 그건 그저 행운이 아니라 네가 1년을 성실히 잘 버텼다는 뜻이다. 너는 1년 동안 죽지도 미치지도 망하지도 않았다. 네 통장에는 열두 번의 이체를 감당할 만큼의 잔액이 충분히 유지되고 있었다. 그건 거기에 대한 상이다. 잘 버텼다.

적금통장의 규칙은 그것이다. 낭만적인, 은행원이 내 계좌를 조회하다가 실소를 터뜨릴 만큼 낭만적인 제목을 정한다.(모바일, 인터넷뱅킹으로 쉽게 정할 수 있다.) 매달 자동이체되는 액수는 적을수록 좋다. 10만 원이 넘지 않아야 통장에 대해서 잊게 된다. 5만 원 정도가 적절하다. 만기일에 정해진 액수를 찾게 되면 약간의 이자는 보너스로 통장에 남겨두고, 나머지는 탕진한다. 절대로 아까워하며 다시 통장에 넣어서는 안 된다. 목적에 부합하게 탕진하라. 정해진 액수 안에서는 방종하라. 죄책감 따위는 느낄 것 없이 마구 써라. 인생은 짧다.

그리고 적금통장은 1년마다 내 인생을 갱신해준다.

1년이 지났다. 만기가 된 적금통장에서 두둑한 액수의 돈이 입금되었다. 그러나 우리는 스키를 타러 가지는 않았다. 추위를 즐길 만큼 따뜻한 집에서 살지 않기 때문이다. 대신 우리는 좋아하는 속초에 가서 하고 싶은 것들을 잔뜩 하고 신나게 돈을 썼다.

그 여행에서 나는 결혼하고 난 후 처음으로 큰아버지 댁에 들렀다. 큰아버지 댁은 티끌 하나 없이 깔끔했다. 당연하다. 함경도 사람들은 부지런하니까. 어릴 때 사촌들과 함께 훔쳐본 가족 앨범 속 베트남 파병 시절의 젊은 큰아버지 얼굴은 톰 크루즈를 닮았다. 이제 70대인 큰아버지는 평생 배를 타느라 주름이 자글자글하고 피부는 검붉게 변색되고 머리는 듬성듬성 빠졌는데도 아직 옛 인상이 남아 있다. 팽팽한 얼굴이다. 함경도의 얼굴이다. 인생 따위에는 지지 않겠다는 얼굴이다. 나에게도 그 얼굴이 있다.

큰아버지 댁 현관 위에는 나무판에 볼드체로 새긴 가훈이 붙어 있었다. '도전'. 나는 큰아버지 몰래 그 무시무시한 글자를 가리키며 남편과 키득거렸다. '도전'이라니, 진정한 함경도 스타일이다.

생각해보면 함경도 사람들에게는 인생이 도전이었을 것이다. 춥고 척박한 땅. 도전하지 않았더라면 살아남아 일가를 이

룰 수 없었을 것이다. 조상 대대로 살아온 고향을 떠나기로 결심한 것도 도전이고, 도중에 아이들이 죽거나 죽을 뻔했지만 그래도 멈추지 않았던 것도 도전이고, 낯선 남쪽 동네의 모래 톱에 움막을 지은 것도 도전이고, 굶어죽지 않기 위해 다시 또 배를 타고 매일 새벽 바다로 나선 것도 도전이다. 매일 배를 타고서도 죽지 않은 것도 도전이고, 아이들을 더 낳고, 그 아이들을 굶겨 죽이지 않기 위해 고군분투한 것도 도전이다.

함경도 사람들은 억세고 거칠게 보인다. 한마디로 볼드체의 인간 유형이다. 그러나 또 억세고 거칠게 보이는 사람들이 대개 그렇듯이 정이 많고 눈물도 많다. 나도 그렇다. 함경도의 핏줄이 내 몸의 4분의 3을 흐르고 있다. 나는 나의 함경도 핏줄이 마음에 든다. 나의 조상들이 그러했듯 씩씩하게 살아가고 싶다. 굳이 '도전'을 가훈으로 새기지는 않겠지만 그럼에도 언제나 씩씩하게 살고 싶다.

나머지 4분의 1은 외할머니의 강릉 핏줄이다. 고고하고 도도한 강릉 핏줄. 나의 내향적이고 예민한 성격은 분명 외할머니에게서 온 것이다. 책을 좋아했다는 외할머니. 동네 멋쟁이였다는 외할머니. 90세가 다 될 때까지 매일 일기를 쓰고 재봉틀로 옷을 지어 입던 외할머니. 아무것도 잊어버리지 않았던 외할머니. 그 핏줄에는 어떤 우아함이 있지만, 우아함은 때로 오만함과 비겁함을 동반한다. 나는 늘 나의 4분의 1과 싸운다. 달아나고 싶은 마음, 고개를 돌려버리고 싶은 마음, 고고한 체하고 싶은 마음, 더러운 빨래는 남에게 던져버리고 싶은 마음.

함경도 사람이나 강릉 사람들이 다 그렇다는 얘기는 아니다.

언젠가 아빠가 20대 초반에 쓴 일기를 발견해 읽어본 적이 있다. 그때의 아빠는 속초를 떠나 진해에서 해군 하사관으로 복무 중이었다. 친구들은 모두 육군에 지원했지만 호기심이 많던 아빠는 해군이 되기로 결심했다. 일기에는 군함 위에서 바다를 바라보며 쓴 치기 어린 시 한 편도 있고, 좋아하는 여자들의 이야기도 있었다. 대전에도 있고 서울에도 있고 대구에도 있었다. 그 시절의 아빠는 전국 팔도에 좋아하는 여자들을 숨겨둔 모양이었다. 결국 자신을 쫓아 진해까지 내려온 고향 여자와 결혼을 했지만.

일기 중에서 가장 기억에 남는 것은 영어를 독학하던 아빠가 한영사전이 필요해 집에 편지를 썼더니 할머니가 전신환으로 약간의 돈을 부쳐주었다는 이야기였다. 아빠는 집안 형편이 빤한데 그 돈을 받은 것이 고맙고 미안해 눈물이 났다고 썼다.

열심히 공부해야겠다고도 썼다.

한영사전 한 권 살 돈이 없을 정도로 젊은 날의 아빠는 가난했었구나. 못지않게 가난한 집에 사전 살 돈이 필요하다고 편지를 부치는 아빠의 마음은 어땠을까. 또 가난한 살림에 아들의 공부를 위해 전신환을 부쳐주던 할머니의 마음은 어땠을까. 그 돈으로 산 한영사전은 아빠에게 얼마나 귀했을까. 아빠는 그 사전을 얼마나 마르고 닳도록 보았을까. 어쩌면 그 한 권의 사전이 지금의 아빠를 만들었겠구나. 그 사전 덕분에 우리는 편하게 살 수 있었겠구나.

속초는 나에게 두 번째 고향 같은 곳이다. 내가 태어나고 자란 진해에 다시 가고 싶은 적은 아직까지 없다. 하지만 속초에는 늘 가고 싶다. 사실은 그곳에서 살아도 좋을 것 같다. 그곳에는 바다가 있다. 여기에서는 마음이 답답해질 때면 기껏해야 공원에나 가겠지만 속초에서는 언제든 가볍게 바다에 갈 수 있다. 진해에도 바다는 있지만 속초의 바다와는 다르다. 속초의 바다는 좀 더 박력 있고 거칠다. 파도가 치는 것을 멍하니 쳐다보고만 있어도 속이 뻥 뚫리는 것 같다.

속초에는 산도 있고 호수도 있다. 도시를 근엄하게 내려다

보는 울산바위가 있다. 공기는 맑고 도로는 한산하다. 맛있는 냉면도 있고 싱싱한 생선도 있다. 근사한 도서관도, 기분 좋은 서점도 있다. 맛있는 커피를 파는 카페도 있고 질리지 않는 닭 강정도 있고 맥도날드도 심지어 버거킹도 있다. 사람들은 친절하고 느긋하다. 그래서 속초에 가고 싶다. 늘 그렇다.

언젠가는 함경도에도 가보고 싶다. 그럴 수만 있다면. 내 피의 4분의 3이 휴전선을 건너 떠나온 곳. 그곳에 나의 뿌리가 있다. 그 춥고 척박한 땅 곳곳에 지금의 나를 만든 유전자의 조각들이 묻혀 있을 것이다. 그곳에 가면 어떤 기분이 들지 궁금하다. 무엇을 발견하게 될지 궁금하다. 나는 지금껏 수많은 국경을 넘었지만, 나의 뿌리가 있는 쪽의 국경은 넘지 못한다.

이 아름다운
섬에서

하늘은 크고도 넓다. 정말로 크고도 넓다. 그리고 아름답다.
이 순간을 그대로 압정으로 눌러 고정해두고 싶다.
영원히 흘러가지 않도록, 지나가지 않도록, 붙잡아두고만 싶다.

피피 섬은 태국 남부의 작은 섬이다. 이 섬의 이름 '피피'는 하늘에서 내려다보면 나란히 붙어 있는 두 개의 섬이 알파벳 'P'자 모양 두 개처럼 보인다고 해서 붙여졌다. 레오나르도 디카프리오가 출연한 대니 보일의 영화 〈더 비치〉에 나온 아름다운 섬이 이곳이다. 피피 섬에 가려면 방콕에서도 차로 꼬박 하룻밤이 걸리는 끄라비라는 작은 도시에서 2시간 정도 배를 타야 한다. 그럼에도 가볼 만한 가치는 충분하다. 투명한 하늘색 바다, 카르스트 지형의 절벽, 희고 고운 모래, 바람에 흔들리는 야자수, 하얀 요트들, 헤엄치는 열대어들.

이 작은 섬에는 차가 다니지 않는다. 다니려고 해봐야 길이 없다. 상인들은 자전거를 타거나 리어카를 밀고 다닌다. 비좁은 골목길을 따라 식당과 여행사와 숙소들이 양 옆으로 빽빽하다. 해안가에는 리조트들이 늘어서 있다. 선착장에서 걸어서 산을 넘거나 긴꼬리배라 불리는 작은 배를 타고 섬의 반대편으로 돌아가면 롱비치라는 해변이 나온다. 말 그대로 긴 해변이다. 산호가 부서져 만들어진 하얀 모래는 거의 밀가루 수준이다. 이 해변에는 몇 개의 리조트만 있을 뿐, 상업시설이라고는 전무하다. 떠들썩한 선착장 주변과는 다른 분위기다. 언제나 조용하고 아름답다.

쓰나미

나는 이 섬에 1999년도에 처음 갔다. 그때는 고등학생인 남동생과 함께였고, 그다음 해에는 혼자서 갔다. 몇 년 전에는 남편과 아이들까지 데리고 갔다. 많은 것이 변해 있었다. 예전의 피피 섬은 불편한 곳이었다. 리조트라고 해봐야 고급 리조트는 거의 없고 어설픈 방갈로들이 모여 있는 수준이었다. 이름만 리조트지 바람이라도 세게 불면 쓰러질 것 같은 누추한 오두막들도 있었는데, 주로 주머니가 가벼운 서양 젊은이들이 많이 묵었다. 아마 쓰나미 때 다 쓸려가 버렸을 것이다.

2004년 동남아시아를 강타한 쓰나미 때 이 섬도 초토화되었다. 많은 사람들이 죽었다. 쓰나미 1년 후에 피피 섬에 들른 적이 있다. 엄마와 함께 푸켓으로 놀러 갔다가 피피 섬에 들르는 스노클링 투어를 신청했다. 섬은 예전의 모습을 상상하기 힘들 정도로 한적했다. 그 와중에도 살아남은 섬사람들은 골목마다 노점을 차리고 건물을 다시 세워 올리며 장사를 시작하고 있었다. 피피 섬에서 가장 높고 번듯한 건물인 피피 호텔은 다행히 멀쩡했다. 그 모습을 보니 안심이 되었다. 하지만 해안은 폐허에 가까웠다.

무너진 건물의 잔해를 보니 가슴이 아팠지만, 그럼에도 섬은 여전히 아름다웠다. 아니, 어쩌면 전보다 더 아름다워진 건지도 몰랐다. 섬의 온갖 쓰레기와 오염물질을 쓰나미가 다 쓸어가 버렸기 때문일 것이다. 인간의 입장에서는 불행이지만, 자연의 입장에서는 일종의 청소였을 수도 있다. 자연은 선하지도 악하지도 않으니까. 오히려 인간이라는 존재가 자연에 해를 끼치고 있는지도 모른다. 나는 환경보호론자도 뭣도 아니지만 콘크리트로 덮여 있는 도로들을 볼 때마다 숨이 턱 막힌다. 이래서야 땅이 어떻게 숨을 쉴 수 있을까. 우리는 얼마나 더 오랫동안 이 지구의 정복자로 살 수 있을까.

아일랜드 사람

2013년도에 남편과 아이들을 끌고 다시 피피 섬에 갔다. 국내선 비행기를 타고 끄라비에 도착해 피피행 배를 타기 위해 선착장으로 향했다. 시내에서 걸어서 갈 수 있던 예전의 선착장은 폐쇄되었고 도시 외곽에 번듯한 새 선착장이 지어져 있었다. 예전보다 그럴듯하기는 했지만 멋이나 정취는 예전만 못했다. 부두 같은 데서 대충 배에 뛰어오르던 그 시절이 그리워진 것을 보니 나도 늙은이가 다 되었나 보다.

떠나려는 배를 겨우 잡아타고 보니 1층 선실은 만석이었다.

우리는 기름 냄새가 진동하는 지하 선실에 겨우 자리를 잡았다. 배가 출발한 뒤 2층의 갑판 위로 올라가기로 했다. 딸은 바다가 무섭다며 홀로 지하 선실에 남고, 아들은 우리를 따라 갑판 위로 올라왔다. 아들은 흔들리는 갑판 위가 무서우면서도 바닷바람을 맞는 것이 즐거워 어쩔 줄 모르는 표정으로 얌전히 앉아 있었다. 우리는 이렇게 다른 아이들을 키운다.

옆에 있던 서양인 남녀 중의 남자가 우리에게 말을 걸었다. 그는 아일랜드에서 온 미홀이라고 자신을 소개했다. 미홀은 마이클의 아일랜드어 발음이라고 한다. 다정하고 수다스러운 이 남자는 여동생과 함께 여행 중인데 피피 섬에 처음 가본다며, 우리에게 숙소는 잡았느냐고 물었다. 우리가 예약을 미리 해두었다고 답하자, 미홀은 숙소를 못 잡을까 조금 걱정이 되긴 하는데 그게 또 여행의 묘미가 아니겠느냐고 말하며 웃었다. "정 안 되면 해변에서 자야지 뭐" 하고 덧붙인다. 유쾌한 남자다.

나는 10여 년 전에 피피 섬에 혼자서 왔던 이야기를 했다. 그의 표정이 점점 의심스러워진다. "10여 년 전에 혼자 여길 왔었다고? 그럼 그때 넌 몇 살이었던 거야?" 나는 그때는 스물네 살이었고, 지금은 서른여섯 살이라고 말했다. 그러자 그는 깜짝 놀란다.

"나는 지금 네가 스물네 살인 줄 알았어!"

그가 마음에 든다.

중국 사람

이제 더 이상 피피 섬에서 쓰나미의 흔적 같은 것은 찾을 수가 없다. 아니, 피피 섬은 오히려 더 북적거리고 더 부유해 보였다. 선착장 바로 앞에 세븐일레븐이 보란 듯이 우뚝 서 있다. (태국은 세븐일레븐에 점령당했다.) 편의점을 발견할 때마다 늘 그러는 것처럼 안도감과 허탈한 마음이 동시에 느껴진다. 이제 쓰나미에 쓸려간 허름한 방갈로들은 사라지고 해변에는 야외 수영장이 딸린 새로 지은 리조트들이 줄을 지어 있었다.

무엇보다 중국인들이 많아졌다는 사실이 놀라웠다. 섬을 돌아다니는 관광객의 절반 이상이 중국인들인 것 같았다. 예전에는 이렇게 여행하는 중국인들을 찾아보기가 힘들었다. 동양인이라면 거의 일본인 아니면 한국인이었으니까. 1990년대 말과 2000년대 초반에는 싸게 여행하는 것이 목적인 젊은 배낭여행자들이 태국에 많이 왔다. 일본인들과 한국인들은 서로를 수줍게 훔쳐보다 지나쳤다. 요즘은 태국에서 일본인과 한국인을 찾기가 더 어렵다. 모두 중국인들이다. 왜 일본과 한국의 젊은 여행자들은 태국에서 사라진 걸까. 더 좋은 곳으로 갔거나, 아니면 아예 여행을 하지 않는 것인지도 모르겠다. 아무튼 이제는 중국인 단체 관광객들이 압도적으로 많다. 남자들에 비해 여자들 쪽이 훨씬 멋을 많이 부린 데다 기도 세 보인다. 호텔 식당에서 밥을 먹고 있을 때 옆 테이블의 예닐곱 살 먹은 중국 남자아이가 떼를 쓰자 엄마가 호통을 치며 가차 없이 아이의 뺨을 후려치는 모습을 보았다. 그 기세가 너무나 당당하여 압도되는 느낌이었다. 아동 심리학자들이 말하는 대로 저 아이는 오늘의 상처를 평생 안고 세상을 미워하고 여자를 믿지 못하며 하는 일마다 실패하고 자기가 낳은 아이에게도 폭력을 행사하는 부모가 될까? 모를 일이다. 미래를 누가 알겠는가.

그리고 역시, 모든 건 기세다.

피피 호텔

우리는 선착장 근처의 피피 호텔에 묵었다. 피피 섬에서 가장 높고 또 가장 좋은 건물이다. 그래봤자 3, 4층 정도지만 말이다. 내가 그 호텔에 묵게 되리라고는 10여 년 전에는 상상조차 못했다. 피피 호텔은 가난한 배낭여행자인 내 수준에는 너무 비싼 숙소였기 때문이었다. 하지만 그보다 더 큰 이유는 자존심이 상했기 때문이다. 열대의 낙원까지 와서 저렇게 멋없는 현대식 건물에 묵을 수야 없었다.

진정한 여행자라면 다 쓰러져 가는 오두막에서도 만족해야만 했다. 맥도날드 따위는 가면 안 됐다. 길바닥에 주저앉아 싸구려 볶음국수를 퍼먹을 수 있다면 그야말로 진정한 여행자였다. 에어컨도 없는 기차 삼등칸의 딱딱한 나무의자에 앉아 찜통 속에서 고문이라도 당하는 것 같은 10여 시간을 기어이 이겨냈다면, 그거야말로 진정한 여행자였다. 그러니까 나는 고행이라도 하는 것 같은 여행을 진짜 여행이라고 믿고 있었는데, 실은 에어컨이 나오는 쇼핑몰과 세븐일레븐을 좋아했다. 결국 나는 진정한 여행자가 아니었던 것이다. 바보 같지만 그 사실이 언제나 나를 울적하게 만들었다.

그런데 피피 호텔에 묵게 된 건 순전히 내 실수였다. 세상에는 사용설명서나 주의사항을 꼼꼼히 읽어보고 나서야 'ENTER'를 클릭하는 사람들이 있고, 그렇지 않은 사람이 있다. 이를테면 보험 계약 조항을 8배속으로 들려줘도 알아듣는 사람들이 있고, 정상 속도로 들려줘도 못 알아듣는 사람이 있다. 나는 명백한 후자다.

떠나기 전 나는 한 호텔 예약 사이트에서 피피 섬에 있는 적당한 가격의 리조트를 예약했다. 실은 전에 머물렀던 롱비치에 가고 싶었는데 앞서 설명했듯이 롱비치까지 가려면 산을 넘거나 긴꼬리배를 타야만 했다. 롱비치에 묵으면서 레스토랑과 상점들이 있는 선착장까지 아이들을 데리고 다니기가 만만치 않을 것 같았다. 그래서 선착장 주변에 묵기로 결정한 것이다. 그런데 '선착장 주변에 있는 적당한 리조트'의 규정 중에 '10세 이하 어린이는 투숙 불가'라는 항목이 있음을 확인하지 못했다. 아니, 어쩌면 확인했던 건지도 모른다. 그런데 나는 내가 원하지 않는 정보는 의식적으로, 어쩌면 무의식적으로 차단하거나 무시해버리는 이상한 버릇이 있다.

냉장고의 음식들이 썩어가고 있는 것이 보이면 문을 열 때마다 그쪽을 쳐다보지 않으려고 노력한다. '지금 먹지 않으면 썩을 거야' '저건 이미 썩었어'라는 생각이 들기는 한다. 그런데 나는 그 사실을 무시한다. 나도 모르게 그렇게 한다. 썩다 못해 음식 위에 무지개 색깔로 아름다운 곰팡이가 피었을 때, 봉투에 든 물컹하고 검은 액체 비슷한 것이 상추라는 사실을 깨달았을 때, 그제야 나는 견디지 못하고 그것들을 꺼내어 버린다.

그렇다. 나는 닥쳐야 움직이는 사람인 것이다. 그 전에는 문제의 씨앗을 분명히 발견했음에도 모른 체하고 냉장고의 문을 닫아버리는 것처럼 무시하거나, 잊어버리려 노력한다. 물론 무시할 수 없다. 잊히지 않는다. 그래서 즐거운 시간을 보내다가도 갑자기 우울해진다. 내가 왜 우울한지 생각하다 보면 '아, 썩은 두부!' 하고 깨닫게 되는 식이다. 물론 썩은 두부 때문에 우울해진다는 얘기는 아니다. 비유다.

이번 사건도 비슷했다. 선착장에서 내린 우리는 무거운 짐을 이고 지고 아이들의 손을 하나씩 잡은 채 관광객과 현지인과 자전거와 손수레의 행렬이 양쪽으로 쉴 새 없이 이어지는 비좁은 골목을 헤치고 지나가야만 했다. 예약한 리조트는 선착장에서 걸어서 10분도 더 걸리는, 거의 섬 끝 쪽에 있었다. 그런데 막상 리조트의 리셉션에 도착했을 때 직원은 10세 이하의 아이들은 묵을 수 없다는 문제의 규정을 보여주며 손을 내저었다. 아, 썩은 두부! 그제야 기억이 났다. 당황한 우리를 보고서 직원은 딱하다는 표정을 짓더니 "피피 호텔이 같은 계열사인데, 요금을 조금 더 내면 묵을 수도 있을 거예요. 일단 방을 알아봐 줄게요"라며 전화를 걸어주었다. 다행히 피피 호텔에는 방이 있었다. 예산을 초과하는 금액이었지만, 별수 없었다. 아이들을 데리고 이 섬을 하루 종일 헤맬 수도 없는 일 아닌가. 우리는 피피 호텔로 가기로 결정했다.

다시 머나먼 길을 돌아 선착장 근처에 있는 피피 호텔로 향했다. 남편과 아이들은 대체 이게 무슨 바보 같은 짓이냐며 툴툴댔다. 하지만 나는 미안할수록 더 뻔뻔해지는 사람이다. 만약 남편이 예약을 이런 식으로 했다면 이 섬에 또 한 번의 쓰나미가 몰아닥쳤을 것이다. 그러나 이건 명백한 나의 잘못이었으므로 나는 어깨를 으쓱하고는 "미안해. 이미 이렇게 된 거 어쩔 수 없잖아?"라고 했다. 다시 말하지만, 모든 건 기세인 것이다. (물론, 남편은 내게 헤드락이라도 걸고 싶었을 것이다.)

피피 호텔. 대체 피피 섬까지 와서 누가 이렇게 멋없는 사각형의 평범한 호텔에 묵고 싶겠는가. 거동이 불편하고 잠자리를 가리는 돈 많은 서양 노인들이나 단체 관광객들이 묵는 호텔이겠지. 하지만 나의 편견이 무색하게 피피 호텔은 좋았다. 직원들은 친절했고, 방은 넓고 환했다. 침구도 깨끗했다. 에어컨도, 넓은 욕실도, 빨래를 말리기 좋은 베란다도 있었다. 섬 밖의 숙소에 비하면 어쩐지 약간 어설픈 느낌이 들기는 했지만 그래도 좋았다. 피피 섬에 와서 모래가 서걱거리고 천장 위로 도마뱀이 기어 다니고 어두침침한 조명이 흔들리는 오두막이 아닌 숙소에 묵을 수 있으리라고는 상상도 못했는데, 이 정도면 출세했다는 생각마저 들었다. 창밖으로는 딱히 좋은 경치가 보이지는 않았지만,(아직 덜 출세한 것 같다.) 복도의 창으로 밖을 내다보면 달력에나 실릴 것 같은 열대 섬의 아름다운 풍광이 펼쳐졌다. 반짝이는 파란 바다와 흔들리는 야자수, 진한 회색의 카르스트 절벽.

하지만 정말 좋았던 것은 1층에 있는 야외 수영장이었다. 이 아담한 수영장은, 도대체 해변에 왜 수영장에 있는 건지 이해하지 못하던 지난날의 나를 반성하게 만들었다. 미끈하고 시원한 민물의 감촉. 모래가 묻을 일도, 소금에 절여질 일도 없다. 낮 동안에는 적당히 그늘진 이 수영장에서 신나게 놀다가 해가 넘어가는 서늘한 저녁이면 근처의 해변으로 가서 오랫동안 산책을 했다.

진정한 여행이 다 뭐란 말인가.

섬의 노동 철학 ❶

피피 섬의 선착장 주변은 걸어서 한 시간 정도면 충분히 둘러볼 수 있다. 미로 같은 골목을 크고 작은 상점들, 식당들, 술집들, 숙소들이 에워싸고 있다. 사람들은 보통 발가락을 꿰어 신는 '통'이라는 신발을 질질 끌고 다닌다. 문신한 사람들, 화상을 입을 정도로 살을 태운 사람들, 웃통을 벗은 사람들도 많다.

그들 모두가 '자유' 같은 걸 돈을 주고 살 수 있으리라 믿고 있는 것 같다. 그들은 순진해서 대개 짜증스럽다. 나는 순진한 사람을 좋아하지 않는다. 하지만 어쩌면 나 역시 그런 사람이었고, 또 여전히 그런 사람인 건지도 모른다.

골목을 걷다 보면 여행사의 티셔츠를 입고 일하는 서양인들을 볼 수 있다. 손수레를 밀고 끌며 짐을 옮기는 이들도 있다. 여행을 하다가 이곳에 더 오래 머물고 싶어 일자리를 구했는지도 모른다. 장사를 하는 서양인들도 있다. 시장통에서 수제 햄버거 가게를 하는 서양 남자가 있는데, 식당에는 늘 손님이 없다. 식탁에 앉아 밖을 내다보는 남자의 얼굴이 우울해 보인다. 가게를 좀 더 산뜻하게 치장하면 좋을 텐데 남자의 식당은 너무 칙칙하다.

피피 섬에 머무르는 동안 우리는 골목에 있는 한 피자집에 자주 갔다. 식사 시간에는 섬 안의 모든 식당들이 미어터지기 때문에, 본격적인 식사 시간이 시작되기 전에 서둘러 도착했다. 붐비는 거라면 질색이다. 줄을 서는 것도 싫다.

고등학교 때 단체로 공설운동장에 뭔가를 하러 갔던 적이 있다. 도대체 뭘 하러 갔는지는 기억나지 않는다. 사실 학창 시절은 그런 기억 일색이다. 뭐가 뭔지도 모르는데 질질 끌려 다니던 기억. 아무튼 그 뭔가가 끝나고 밖으로 나오려는데 입구는 좁고 사람은 밀려 거의 깔려 죽을 뻔했다. 조금만 발을 잘못 디디면 죽겠구나 싶어서 필사적으로 버텼던 기억이 난다. 그때부터 어딜 가든 나는 붐비는 시간을 피하는 사람이 되었다. 붐비는 장소도 피하고 붐비는 상황도 피한다. 필사적으로 피한다. 그러다 보면 이 경쟁사회에서 도태되기 십상이다. 경쟁사회에서 도태되지 않기 위해서는 그 공설운동장에서의 기억처럼, 버티지 못하면 죽는다는 각오로 다리에 힘을 줘야 하기 때문이다. 나는 그럴 바엔 아예 그 공설운동장에 가지 않겠다는 마음으로 살고 있다.

내게 경쟁의식이 없다는 뜻은 아니다. 아니, 오히려 나는 경쟁의식이 강한 인간이다. 주로 쪼잔한 면에서 그렇다. 라면을 먹을 때 남편이 더 많이 먹을까 긴장이 된다. 나와 비슷한 능력을 가진 사람이 나보다 더 잘될까 걱정이 된다. 그럴 때 내가 진심으로 축하해줄 수 있을까. 그럴 수 없다. 다만 내가 가치 없다고 생각하는 일에 대해서는 경쟁하지 않는다. 그럴 때는 그 경쟁에 휘말리지 않기 위해 최선을 다한다. 그렇게 산다고 뭐 대단히 행복하다거나, 엄청 잘사는 것도 아니다. 그냥 다들 생긴 대로 사는 것뿐이다. 마음 편한 대로, 마음 가는 대로 사는 것뿐이다. 어차피 한 번 사는 인생이다.

아무튼 우리가 자주 가는 이 피자집 주인은 전직 무에타이 선수처럼 생겼다. 다부진 체격에 까무잡잡한 피부, 알 수 없는 파워가 느껴진다. 평범한 인생을 살았을 것 같지 않다. 유쾌하면서도 함부로 대할 수 없는 권위가 있다. 그렇다. 기세인 것이다. 우리가 들어서면 그는 턱을 살짝 들었다 내리며 가볍게 인사를 건넨다. "Hi!" 어제 온 사람을 알아봐 주는 것이다.

이 식당은 직접 구운 피자가 특히 맛있다. 우리는 각기 다른 종류의 피자 두 판과 볶음밥 따위를 시킨다. 섬의 물가에 비해서는 저렴한 편이다. 아이들을 위해서는 수박 주스도 주문한다. 우리가 식사를 하는 동안 주인은 TV를 보면서 종업원들과 수다를 떤다. 동남아시아를 여행하다 보면 늘 느끼는 것인데 어느 가게에 가도 노는 인력이 많다. 놀러 온 사람인지 종업원인지 알 수가 없다. 별로 쓸모가 없어 보여도 다 데리고 있는 것 같다. 자세한 사정은 알 수 없지만 대충 이런 느낌이다.

"누구네 집 아들이 놀고 있대."

"그래? 그럼 내일부터 가게에 나오라고 그래."

"내 조카가 일자리를 구하고 있는데 말이야."

"그럼 한번 데리고 와봐."

인건비가 낮으니 사용자 입장에서도 별 부담이 없는 모양이다. 모든 사람이 쓸모가 있어야 하고 적재적소에 배치되어 있어야 한다는 강박도 없는 것 같다. 얼마 전에 『낭비학』이라는 책을 봤더니 도요타에서는 작업대에서 몸을 돌려 물건을 꺼내는 시간과 각도까지 계산을 한다는데, 그렇게 빡빡한 나라에서 미치지 않고 잘도 살아가고 있는 일본인들이 존경스럽다. 사실 사는 건 그 자체로도 낭비 아닌가.

아무튼 그렇게 잡담을 나누고 게으름을 피우다가 손님이 몰리면 바쁘게 일하고 또 잡담을 나누고 게으름을 피우고 노닥거리면서 살아간다. 더운 나라의 사람들은.

섬의 노동 철학 ❷

피피 섬 한가운데에는 시장이 있다. 낮에는 난전에서 식재료를 팔고 밤에는 노천식당들이 몇 군데 문을 연다. 식당들은 하나같이 지저분하다. 대개 음식에는 파리가 들러붙어 있고 그릇들도 제대로 씻지 않는다. 바닥에는 온갖 쓰레기가 나뒹군다. 하지만 물가가 거의 한국 수준인 피피 섬에서 그나마 싸게 한 끼를 때울 수 있는 곳이다.

우리는 숯불 위에 고기나 해산물을 구워서 파는 노점에 자주 갔다. 노점의 주인아주머니는 무뚝뚝한 인상이다. 원래는 미인이었을 것 같다. 미인 중에서도 가련한 미인이 있고 호방한 미인이 있는데, 아주머니는 호방한 미인 쪽이다. 아주머니가 웃을 때는 동료들이나 옆 식당 사장들과 이야기를 나눌 때 정도다. 손님에게는, 특히 외국인 손님에게는 웃지 않는다. 나는 음식을 팔지 웃음은 안 판다는 태도다. 아주머니가 동료들과 수다를 떨다 웃을 때의 느낌으로는 어쩐지 시니컬한 유머 감각의 소유자일 것 같다.

아주머니는 낮에는 보통 그늘에 긴 의자를 펴놓고 그 위에 누워 있다. 만성적 허리 통증에 시달리는 듯 종종 허리를 부여잡고 인상을 찌푸린다. 누워 있는 이유도 허리가 아파서인 것 같다. 그러다 장사를 할 시간이 되면 허리를 부여잡고 느릿느릿 일어난다. 그러고는 심통이 난 얼굴로('오늘도 또 이렇게 하루가 시작되는구나.') 고기에 양념을 발라 석쇠 위에 척척 올려놓는다.

그릴은 개업 때부터 단 한 번도 교체하거나 닦지 않은 것 같다. 나무로 만든 도마는 온갖 세균의 온상인 것처럼 보인다. 양념을 발라 그릴 위에서 구운 닭다리 하나를 달라고 하면 닭다리를 나무 도마에 올려 2년은 씻어본 적이 없을 커다란 식칼로 툭툭 잘라서 일회용 접시에 얹어준다. 먹으면서 죽지 않을까 걱정이 되지만 일단 먹어보면 걱정 같은 건 사라질 정도로 맛이 있다. 매콤하고 달짝지근하고 불에 그슬린 맛이다. 보기와 똑같은 맛이다. 호방한 맛이다. 마치 아주머니처럼. 우리는 저녁 산책 때마다 이 노점에서 숯불에 구운 닭다리를 싸가서 호텔 방에서 맥주와 함께 먹었다. 다행히 배탈이 나지도, 죽지도 않았다.

아주머니에게 특별히 무언가를 개선하고 싶어 하는 의지는 보이지 않는다. 기름때가 찌든 그릴을 닦거나 정체 모를 찌꺼기들이 덕지덕지 붙은 도마나 중국식 칼을 소독할 의지도 없어 보인다. 장사를 더 크게 키울 생각도 없어 보인다. 그냥 이 정도로 괜찮은 것 같다. 허리가 아프니까. 낮에는 그늘에서 누워 낮잠을 자고 시원한 저녁이면 고기를 굽고 생선을 구워 판다. 이 아름다운 섬에서. 그것도 나름대로 나쁘지 않은 인생일 것 같다.

롱비치

예전에 피피 섬의 롱비치에는 리조트가 있었다. 피피 파라다이스였는지 롱비치 파라다이스였는지 하는 이름의 리조트였다. 방갈로 한 채를 빌리는 데 하룻밤에 고작 만 5천 원이면 충분한, 소박한 리조트였다. 방은 어두웠다. 고급스럽다거나 쾌적하다는 느낌과는 거리가 멀었다. 그냥 방이었다.

아침이면 식사를 하러 방갈로를 나와 해변을 따라 리조트의 식당까지 걸어갔다. 문득 고개를 돌려 해변 쪽을 바라보면, 가슴이 아플 정도로 아름다웠다. 매일 아침 일어나 밥을 먹고 학교에 가거나 출근을 하며 나는 무얼 보고 있나 한탄하게 될 정도로 아름다운 풍경이었다.

식당에 가면 무뚝뚝한 종업원들이 주문을 받는데 그중에는 여장남자도 있었다. 관광객을 대상으로 하는 태국의 식당에서는 여장남자 종업원들을 어렵지 않게 볼 수 있다. 여장남자라고 해도 교태를 부린다기보다는, 그냥 일을 잘할 것 같은 노처녀의 이미지다.

이 식당은 그 당시 롱비치의 핫 플레이스였다. 롱비치에서는 해변과 여기 말고는 달리 갈 곳이 없었기 때문이다. 저녁나절이면 여행자들은 식당에 모여들어 작은 TV로 틀어주는 영화를 봤다. 주로 액션 영화나 재난 영화다. 대개 서양인인 이들은 낮에는 종일 해변에서 이리 뒹굴고 저리 뒹굴다가 저녁이면 영화를 보거나 카드놀이를 한 후 얌전하게 저녁을 먹고 잠이 들었다. 이 해변에는 이렇게 조용하고 얌전한 사람들만 모이는 것이다. 시끄럽고 활발한 사람들은 모두 선착장 주변에 있다.

　한때 이 리조트의 리셉션에는 서양인 할아버지가 한 명 있었다. 그는 꼼꼼하고 사려 깊게 체크인을 도와주고 방을 안내해주었다. 그리고 저녁이면 홀로 해변의 테이블에 앉아 지는 해를 바라보며 천천히 식사를 했다. 그런 그는 어쩐지 존재하고 있는 것이 아니라 사라지고 있는 것만 같아 보였다. 쓰나미가 있기 전의 일이다. 쓰나미 때 이 리조트도 폐허가 되었다.

　그로부터 12년 후 가족과 함께 피피 섬에 갔을 때, 하루는 아이들에게 원숭이를 보여주겠다며 꼬드겨 데리고 나갔다. 우리 아이들은 먼 길을 나서는 것을 싫어한다. 집에 있는 것이 세상에서 제일 좋다는 아이들이다. 피피 섬에서도 매일 호텔 수영장에서 수영을 하고 방에서 만화영화를 보고 골목의 고양이들과 놀고 호텔 뒷편의 서쪽 해변으로 놀러가는 것 외에는 어디에도 가고 싶지 않아 했다. 이 애들을 데리고 어딜 가려고 하면 미끼가 필요하다. 그래서 원숭이 찬스를 쓴 것인데 원숭이가 나온다는 해변을 아무리 걸어도 원숭이는 한 마리도 보이지 않았다. 그렇게 걷다 보니 조금만 더 가면 산이 나올 것 같았고, 산을 지나면 지도상으로는 롱비치였다. 한 번도 산을 타고 롱비치까지 간 적은 없었지만 해볼 만할 것 같았다.

싫다는 아이들과 두려워하는 남편을 끌고 산길을 걸었다. 뱀이 나올 것 같은 산이었다. 사람이 다닐 것 같지 않은 길이었기 때문에 남편이 짜증을 내기 시작했다. 남편이 이런 상황에서 짜증을 내는 이유는 자신이 이 가정의 안전을 책임지고 있다고 생각하기 때문이다. 그는 아이들과 함께 있을 때 위험한 상황이 닥치는 것을 극도로 두려워한다. 심지어 원래 겁도 많다.

얼마 지나지 않아 두 여자가 산길을 따라 걸어오는 것이 보였다. 롱비치라는 팻말도 보였다. 그제야 남편은 조금 진정이 되었다. 롱비치라는 팻말은 이내 낭떠러지 같은 길로 이어졌다. 빽빽한 숲을 헤쳐 가파르고 좁은 내리막길을 내려가야 했다. 남편은 이제라도 돌아가자고 했고, 나는 이제 다 왔다고 맞섰다. 겨우겨우 아이들의 손을 잡고 산길을 내려왔을 때 숲이 사라지고 시야가 탁 트이며 눈앞에 아름다운 롱비치가 펼쳐졌다. 푸른 바다와 야자수와 흰 모래, 방갈로들, 길고 긴 해변에서 여유로운 시간을 보내는 사람들.

해변의 아름다움은 그대로였지만 예전에 묵었던 리조트는 사라졌다. 곁에 있던 오두막 리조트도 사라졌다. 대신 그럴듯한 고급 리조트가 들어서 있었다. 물론 야외 수영장도 있었다.

우리는 해변에 있는 리조트의 레스토랑에 자리를 잡고 앉았다. 식당이 아니라, 레스토랑이었다. 그 옛날의 식당과는 비교도 되지 않는 고급스러운 분위기였다. 그런데 여장남자가 와서주문을 받는다. 그럴 리가 없을 텐데도 10년 전의 그 여장남자인 것만 같아서 깜짝 놀랐다. 아이들은 수박주스를 한 잔씩 마시고 우리는 싱하 맥주를 마셨다.

나는 맥주를 마시며 해변을 바라보았다. 바다는 그대로인데 모든 것이 변했다. 그 시절 부드러운 젖가슴을 출렁이며 해변을 뛰어다니던 철없는 스웨덴 아가씨의 빨간 팬티도, 그녀를따라 나무그늘 아래서 주섬주섬 수영복을 벗던 나도, 허름한방갈로들도, 비쩍 마른 서양 남자애들도, 카운터의 서양 노인도 이제는 없다. 그들 중 몇이나 이 해변에 다시 돌아왔을까.

해변에서 한참 시간을 보내다가 피피 호텔로 돌아갈 때는보트 택시를 탔다. 긴꼬리배, 롱테일보트다. 모터를 단 길고 좁은 목선이다. 이런 배를 처음 타보는 아이들은 긴장해서 우리옆에 착 달라붙었다. 배는 파도 위를 퉁퉁거리며 달리기 시작했다. 아름답고 평화로운 롱비치를 등 뒤에 남겨두고서. 무섭고도 짜릿했다. 섬을 끼고 오른쪽으로 넓게 돌면 금세 선착장이 나온다. 그 풍경은 정말이지 근사하다. 세상 사람들의 일부가 이렇게 근사한 섬에 살고 있다. 눈으로 보고 있으면서도 도무지 그 사실이 믿어지지 않는다.

선착장

말했다시피 피피 섬은 작은 섬이고, 차 같은 건 드나들 수가 없다. 그래서 선착장 주변의 미로 같은 길을 따라 손수레를 바쁘게 밀고 다니는 짐꾼들의 행렬은 끝도 없이 이어진다. 자전거를 타고 다니는 사람들도 많다. 자전거를 탄 사람들은 상점에 있는 이웃들에게 웃는 얼굴로 인사를 건넨다. 인사를 받은 사람은 또 웃으며 답한다. 다정한 사람들이다.

옷가게에서는 젊은 엄마들이 아기를 데리고 금세기 내에는 다 처분할 수 있을까 싶은 수많은 옷들을 판다. 태국의 엄마들은 중국 여자들처럼 화끈하게 아이의 뺨을 때리지 않는다. 대신 달콤하고 나긋나긋한 말로 아이들을 달랜다. 아이들은 얌전하고 또 수줍다. 태국 사람들이 대개 그러하듯이. 골목을 걷다 보면 사람을 피하지 않는 느긋한 고양이들을 만날 수 있다. 고양이도 국민성을 닮아가나 보다.

그 골목을 지나면 곧장 바다가 나온다. 낮에 이 해변은 너무 뜨겁다. 그래서 태닝도, 수상 스포츠도 즐기지 않는 우리는 낮에는 이 해변에 잘 나가지 않는다. 하지만 저물녘이 되면 햇살도 위세를 감추고 멀리 바다 너머에서 시원한 바람이 불어온다. 가만히 있으면 춥다고 느껴질 정도의 시원한 바람이다. 황홀한 바람이다.

그 바람을 맞으며 해변을 천천히 산책한다. 물에 발을 담그고 게를 잡기도 한다. 아이들은 모래성을 쌓고 굴을 판다. 해변에는 달리기를 하는 사람들도 있고 온종일 태닝을 하다 잠든 사람들도 있다. 해변의 식당들이 백사장 위에 테이블을 내놓으며 장사를 시작할 채비를 한다. 온갖 인종과 온갖 국적의 사람들이 지금 이 순간 이 해변에 함께 있다. 하늘은 크고도 넓다. 정말로 크고도 넓다. 그리고 아름답다.

이 순간을 그대로 압정으로 눌러 고정해두고 싶다. 영원히 흘러가지 않도록, 지나가지 않도록, 붙잡아두고만 싶다.

배는 파도 위를 퉁퉁거리며 달리기 시작했다.

아름답고 평화로운 롱비치를 등 뒤에 남겨두고서.

무섭고도 짜릿했다.

섬을 끼고 오른쪽으로 넓게 돌면

금세 선착장이 나온다.

그 풍경은 정말이지 근사하다.

세상 사람들의 일부가

이렇게 근사한 섬에 살고 있다.

눈으로 보고 있으면서도

도무지 그 사실이 믿어지지 않는다.

신기하거나 아름다운 장소가 나타나면
그곳에서 잠시 발걸음을 멈춘다.
그곳은 작은 가게일 수도 있고, 빌딩 틈새의 비좁은 공원일 수도 있고,
이름 없는 사원일 수도 있고, 그냥 골목이거나 강변일 수도 있다.

그곳에서 시간을 보내며 나는 누구의 것도 아닌
나의 여행을 기록한다.
내가 허용할 수 있는 정도의 예측 불가능성 속에서
아무도 모르는 짜릿함을 느낀다.

그 누구의 것도 아닌

나의 여행

우리 강촌이나 갈래?

내가 왜 이 짓을 하고 있나,
하지만 할 수밖에 없어, 인생 참 구질구질하다, 의 느낌.
그 여행은 바로 그런 여행이었다.

→ 오래전에 읽은 배수아의 소설 『철수』에
는 다 식은 치킨을 들고 남자친구를 면회하러 산골의 군부대를
찾아가는 여자가 나오는데, 그 소설 속의 치킨은 어쩐지 음식
이라기보다는 죽은 동물의 사체 같은 느낌이었다. 내가 왜 이
짓을 하고 있나, 하지만 할 수밖에 없어, 인생 참 구질구질하다,
의 느낌.

그 여행은 바로 그런 여행이었다. 이름도 구질구질했다. 수
희와 판섭이와 인숙이. 세 명의 동기생이 강촌으로 간다. 역 앞
의 아주머니에게 붙들려 언덕 위에서 제일 싼 방을 하나 잡아
서 매일 밤 소주를 마신다. 방은 기차처럼 길었다. 그래서 첫날
밤은 문 쪽에서 마셨고, 둘째 날 밤은 어제 마신 것들을 그대로
둔 채 가운데로 가서 마셨고, 마지막 날 밤은 창문 쪽으로 가서
마셨다. 돌아갈 때 보니 방 전체가 쓰레기장이었다.

수희와 판섭이와 인숙이는 대학 2학년이었다. 수희와 인숙
이는 스물한 살. 판섭이는 스물일곱 살. 수희는 진해에서 왔고
인숙이는 인천에서 왔다. 판섭이는 서울에 산다. 수희는 지방
에서 자란 10대가 그러하듯 서울에 대한 무구한 환상을 품고
있었다. 수희는 학원에 다니지 않았고(그 시절에는 고3이라도 학

원에 안 다니는 학생이 많았다.) 대신 옆 학교 남학생의 오토바이를 타고 바다로 놀러 가 담배를 피우고 술을 마셨다. 거짓말이다. 수회는 하루 종일 집에 틀어박혀 누구도 만나지 않고 MTV만 보았다. 어느 날 수회는 신기한 뮤직비디오 하나를 발견한다. 우스꽝스러운 모자를 쓴 어떤 남자가 소파 하나 놓인 하얀 방에서 노래를 부르는데 갑자기 바닥이 움직인다. 벽도 움직인다. 남자는 춤 같지도 않은 춤을 추면서 계속 노래를 부르고 까마귀가 한 마리가 날아가고 바닥에 피가 흐르고 배경이 바뀌고 바닥은 계속 움직이고…… 뭐 그런 뮤직비디오였다. (제목은 영국 밴드 자미로콰이의 〈Virtual Insanity〉) 진지한 시골 소녀 수회는 이 뮤직비디오에 충격을 받아서 뮤직비디오 감독이 되기 위해 서울에 있는 모 대학의 연극영화과에 진학하게 되었다는 그런 이야기.

인숙이는 전라남도 진도에서 태어나 어린 시절 인천으로 이사했다. 영화 〈고양이를 부탁해〉의 주 무대인 동인천이다. 차이나타운이 있고 맥아더 동상이 있고 월미도가 있는 동네. 인숙이는 고등학교 때 연극부였다. 그때 만난 카리스마 넘치던 친구에게 많은 영향을 받은(하지만 그 친구는 사이비교에 빠진다. 다행히 인숙이는 사이비교에는 빠지지 않았다.) 인숙이는 연극 연출

가가 되기 위해 서울에 있는 모 대학의 연극영화과에 진학하게
된다.

판섭이는 서울 봉천동에서 자라나 경기도의 모 대학에 다니
면서 군대를 제대한 후 왜인지는 모르겠지만 갑자기 영화를 만
들고 싶어져서 다시 공부를 해서는 서울에 있는 모 대학의 연
극영화과에 늦깎이 입학을 하게 된다.

수희와 인숙이와 판섭이는 바로 그 서울에 있는 모 대학의
연극영화과에서 만난 사이다. 연극영화과라는 데에 입학을 한
다는 것은 남들이 보기에 별스럽기도 하고 어쩐지 대단한 결
심이 필요할 것 같을 텐데, 실제로도 그렇다. 내가 연극영화과
에 가겠다고 하자 담임은 혀를 찼고 부모님은 당황했다. 내 앞
에서는 별말이 없던 아빠가 나중에 엄마에게 "저거 미친 거 아
냐?"라고 했을 때 엄마는 이렇게 말했다고 한다.

"지금껏 쟤가 뭘 하고 싶다고 말한 건 이번이 처음이잖아. 그
럼 그게 쟤가 정말 원하는 거야."

우리 부모님은 대학이 뭔지도 잘 몰랐다. 딸이 서울에 있는
대학에 가게 될 줄도 몰랐다. 그나마 내 딸이 서울에 있는 대학
에 간다는 사실 자체에 부모님은 자부심을 느꼈을 것이다. 당시
의 경제 수준을 생각하면 특별할 일도 아니지만 그들은 찢어지

게 가난한 집안 형편 때문에 고등학교도 채 마치지 못했으니까.

하지만 부모님의 확신과는 다르게, 대학을 1년쯤 다니고 난 후의 나는 내가 태어나서 처음으로 뭔가를 선택하고 결정을 내렸는데 그것이 잘못된 선택과 결정이었을지도 모른다는 생각을 하고 있었다. 어떤 선택을 했다고 해서 그 선택이 우리를 엘리베이터처럼 도착지로 데려가 주고 그대로 게임 클리어가 되지는 않는다. 하나를 선택하고 난 후에도 끝없이 다음 것들을 선택하고 결정하고 행동하고 책임을 져야 했다. 그것이 어른이 해야 하는 일이었다. 그런데 나를 비롯한 우리는 어른이 될 준비가 되어 있지 않았다. 조금도. 우리는 그 사실에 당혹감과 무력감을 느꼈다.

사실 어른은커녕 어떤 사람이 되어야 좋을지도 몰랐다. 그 전까지는 어떤 사람이어야 할 필요가 없었다. 교복이 나를 가려주었다. 성적이 나를 가려주었다. 빡빡하게 짜인 시간표가 생각할 시간을 줄여주었다. 지금이 미래를 위해 통과해야 할 시골 간이역 같은 시간이라는 분위기가 팽배했기에, 그때는 좀 나태해져도 좋았다. 공부야 열심히 했겠지만 실제로는 나태했다. 스스로 결정하고 행동하고 책임지는 부분이 조금도 없었기 때문이다. 그런데 지금은 아무것도 나를 가려주지 않았기 때문에 늘 발가벗은 기분이 들었다. 나의 20대 초반을 지배했던 감정은 결국, 수치심이었다. 말 그대로 잎새에 이는 바람에도 수치스러웠다.

≋≋≋≋≋

그날, 학기가 막 시작된 봄날, 수업을 마치고 언덕을 내려가는데 판섭이가 말했다. "아, 여행 가고 싶다." 수희와 인숙이는 그리스 희곡의 코러스들처럼 "그러게!" 하고 외쳤다. 주머니에 손을 꽂고 있던 판섭이가 문득 생각난 듯 물었다. "야, 우리 강촌이나 갈래?" 우리는 좋은데 돈이 없다고 했다. 판섭이가 잠깐 고민하더니 말했다. "돈은 오빠가 댈게." 우리는 두 번 생각할 것도 없이 청량리로 향했다.

청량리역에서 기차를 타고 강촌으로 갔다. 이번 주의 남은 수업은 생각하지도 않았다. 수업이야 까짓 거, 지구는 곧 멸망하고 우리는 다 죽어버릴 텐데. 강촌역에서 내리자 초라한 옷차림의 아주머니가 주머니에 손을 꽂고 다가왔다.

"방 구해요?"

그렇다고 하자 아주머니는 좋은 방이 있다며 우리를 강촌역 근처의 언덕길 쪽으로 몰았다. 어차피 우리는 좋은 방 같은 건 원하지 않았다. 그냥 방이면 됐다. 지붕이 있고 싸기만 하면 더 바랄 게 없었다. 아주머니가 데려간 민박집은 옛날 한옥을 얼기설기 수선한 집이었는데, 가운데에 좁은 마루가 있고 방이 하나, 양쪽으로 방이 하나씩 더 있었다. 세 개의 방은 모두 비어 있었다. 우리는 오른쪽에 있는 방을 빌리기로 했다. 장지가 발린 문을 여니 기차처럼 긴 방이 나왔다. 나쁘지 않았다. 그 방이 아마 하룻밤에 2만 원 정도였을 것이다.

우리는 그 방에서 밤늦게까지 소주를 마셨다. 다음 날엔 느지막이 일어나 자전거를 타자며 밖으로 나왔다. 자전거를 빌려 타고 동네를 돌아다니는데 지난주에 환송회를 한 동기생 중 한 명이 오늘 춘천의 모 훈련소에서 입대한다는 사실이 떠올랐다. 누가 제안했는지는 기억이 잘 나지 않지만 우리는 즉흥적으로 그애를 보러 훈련소로 가기로 결정했다. 빌린 자전거를 다시 돌려주고(다녀와서 남은 시간을 더 타겠다고 했다.) 훈련소행 버스를 타러 갔다. 편의점 앞에서 버스를 기다리는데 구석에서 담배를 피우고 있는 판섭이에게 앞머리를 코까지 기르고 어정쩡한 잠바를 입은 칙칙한 여자애들 몇 명이 다가가는 것이 보였다. 애들은 판섭이와 이야기를 좀 하더니 가버렸다. 판섭이에게 물었다.

"뭐래?"

"아저씨, 담배 하나만 빌려주면 안 돼요?라던데."

"그래서 줬어?"

"안 줬어."

우리는 버스를 타고 훈련소로 갔다. 휴대폰도 없던 시절이라 과연 그 훈련소에서 그 애를 찾을 수나 있을지 장담할 수 없었다. 하지만 장담할 수 있는 건 하나도 없었다. 어차피 이 여행 자체가 그랬다. 그냥 내키는 대로 해야 했다. 아니면 말고, 였다.

훈련소 입구의 운동장은 머리를 박박 민 남자들과 그들의 가족들로 바글바글했다. 다행히 시간에 늦지는 않았다. 계단식 관람석에 입소생들과 가족들이 앉아 대기하고 있었다. 우리는 일단 흩어져서 그 애를 찾아보기로 했다. 도대체 왜 그렇게 열심이었는지는 모를 일이지만, 계단 맨 위까지 올라가서 아래를 내려다보니 이 까까머리들 틈에서 그 애를 찾는 건 불가능하다는 확신이 들었다.

그런데 내가 그 애를 찾아내고 말았다. 마침 저 아래에서 고개를 돌리는 그 애의 옆얼굴을 발견한 것이다. 우리는 달려가서 그 애의 등을 툭하고 쳤다.

"종철아."

우리를 본 종철이는 당황했다. '이게 뭐지'라는 표정이었다. 그럴 만도 하다. 대체 누가, 미리 연락도 하지 않고, 별로 친하지도 않은데, 입대하는 날 훈련소까지 쫓아오겠는가. 그 애 옆에 있던 가족들과 여자친구도 당황하기는 마찬가지였다. 우리는 그렇게 뜬금없이 입대하는 동기생의 옆자리에 앉아 그 애를 배웅했다. 곧 입소생들은 연병장에 집합하라는 방송이 나왔고 그 애는 주머니에서 지갑을 꺼내더니 우리에게 몇만 원을 건네주었다. 대체 왜 주는 거냐고 물으니 자기는 이제 쓸 데가 없으니 차비로라도 쓰라고 했다. 종철이는 참 좋은 애였다.

군대에 가는 종철이를 배웅하고 우리는 다시 버스를 타고 강촌으로 돌아왔다. 낮에 자전거를 빌린 가게에서 다시 자전거를 가지고 나와 남은 시간만큼 탔다. 강촌의 도로에는 벌써 어둠이 깔리고 있었다. 안개가 짙었다. 가로등 불빛이 번진 안개 속을 달리다 인숙이가 탄 자전거가 어딘가에 걸려 넘어졌다. 마침 자가용 한 대가 안개를 뚫고 나타나 인숙이는 차에 치일 뻔했다. 다행히 그렇게 되지 않았다. 인숙이는 놀라거나 자신의 행운에 감사하기보다는 화가 난 것처럼 보였다. 우리는 다시 안개 속을 달려 자전거를 대여점에 가져다준 후 기차 모양의 민박집으로 돌아왔다.

그날 밤은 종철이가 준 돈으로 방 한가운데에 앉아 술을 마셨다. 술을 다 마신 후에는 창문 쪽으로 가서 잠을 잤다. 다음 날 늦게 일어났을 때 군대에서 취사병으로 복무했던 판섭이가 비빔국수를 만들어주겠다고 했다. 우리는 가게에 가서 국수와 고추장과 설탕과 소금을 사 왔다. 파가 있으면 좋겠다고 했는데 마침 밖에서 "야채가 왔어요"라고 외치는 채소 트럭 소리가 들려서 달려 나가 대파도 한 단 사 왔다. 판섭이가 만들어준 비빔국수는 맛이 좋았다.

우리가 강촌을 떠난 것은 그날이거나, 아니면 그다음 날일 것이다. 하루를 묵었는지, 이틀을 묵었는지, 아니면 사흘을 묵었는지 지금 와서는 가물가물하다. 기차 같던 방과 담배를 빌려달라던 어린 여자애들의 앞머리와 종철이와 종철이의 여자친구가 잡은 손과 자동차 헤드라이트에 비친 인숙이의 화난 얼굴과 판섭이가 만들어준 비빔국수. 인상적인 몇 개의 이미지들을 제외하면 나머지 장면들은 기억상실증에라도 걸린 것처럼 뿌연 안개 속에 있다. 그 안개 속에 내가 잃어버린 기억들이 숨어 있다. 스무 살 무렵 내가 그 안개 속에 무엇을 숨겨두었을

지는 모를 일이다. 나는 무엇을 보고 무엇을 느꼈던 걸까. 나는 무엇을 바라고 또 무엇을 감추었던 걸까.

그 시절 우리 앞에 던져진 세계는 도무지 종잡을 수가 없는 곳이었다. 입학 후 첫 술자리에서 똘똘해 보이는 선배는 "야, 《씨네21》 옆구리에 끼고 다니지 마. 그런 놈들이 제일 꼴 보기 싫어"라고 말했다. 산적 두목처럼 생긴 선배는 "여자감독 변○ ○는 한 손으로 그 무거운 카메라를 들고 다녀. 너희들은 그럴 수 있겠냐?"라고 말하며 이죽거렸다. 하지만 정작 그는 무거운 카메라를 번쩍 들고 다닐 정도로 힘이 좋은 여자들을 경멸했다. 연극부 선배들의 시선은 늘 불안했다. 그들은 늘 지하에 있는 소극장에 처박혀 있다시피 했는데, 연극을 좋아한다기보다는 지하를 좋아하는 게 아닌가 싶었다. 지금 생각해보면 우리에게 독설과 조언을 퍼부었던 그들도 기껏해야 스물한 살, 스물두 살이었다. 어처구니없는 일이다.

그러니까 그곳은 그 정도의 세계였다. 기껏해야 스물한 살, 스물두 살들끼리 모여서 세상을 다 아는 것처럼 떠들고 가르치고 싸우고 잘난 체를 하고 수치심에 몸을 떠는 세계. 그래봤자 그것은 대학의 간판과 비싼 등록금이 지켜주는 안온한 성곽 안

일뿐이었는데.

자신을 둘러싼 세계를 객관적으로 바라본다는 것은, 자신이 속해 있는 세계를 정확한 언어로 표현한다는 것은 무척 어려운 일이다. 나이가 어릴수록 더 그렇다. 아주 오랜 후에야, 그때 느꼈던 좌절감과 무력감과 두려움과 분노와 수치심과 열등감 같은 것들이 흔적이나 남을 정도로 옅어졌을 때에야, 다른 것들로 그것들을 덮을 수 있을 정도가 되었을 때에야, 그 시기를 정확하게 바라볼 수 있게 되는 시간이 온다. 그런데 그건 무척 중요한 일이다. 자신이 파묻은 상처를 정확하게 바라보고 정확한 언어로 표현할 수 있다는 것 말이다. 실체조차 알 수 없는 것들에서 헤어 나오기는 쉽지 않기 때문이다.

얼마 전까지도 나는 종종 대학 시절의 꿈을 꾸었다. 꿈은 대개 비슷했다. 4학년이고 졸업을 한 학기 남겨두고 있는데 기말고사 기간이 되어서야 몇몇 수업에 아예 출석조차 한 일이 없다는 사실을 깨닫게 되는 꿈이다. 나는 졸업을 못한다는 데 충격을 받는다. 또 이 학교에 한 학기 더 다녀야 한다는 사실에 더 큰 충격을 받는다. 소외감과 자괴감과 무력감과 열등감과 수치심을 한 학기 더 느껴야 한다는 데 충격을 받는다.

요즘은 대학을 졸업하지 못하는 그 꿈을 더 이상 꾸지 않는다. 내가 대학을 졸업하는 데는 휴학한 1년을 포함해 5년이 걸렸다. 하지만 실제로는 20년이 걸린 것이나 다름없다.

혼자 여행하는
여자

지금은 혼자 여행을 하지도 않고, 아무도 내게 말을 걸지 않는다.
그러고 보면 여행지에서 만난 사람과 사랑에 빠진 사람들은 참 대단한 것 같다.

→ 혼자 여행하는 여자에게 말을 걸어야 하는가, 걸지 말아야 하는가의 문제에 대해서 무라카미 하루키가 에세이에 쓴 적이 있다. 말을 걸면 귀찮아하거나 이상한 사람으로 볼 것 같고, 말을 걸지 않으면 소심한 사람으로 볼 것 같아 이러지도 저러지도 못해서 아는 여자들에게 물어보기까지 했다는데, 만약 나에게 물어봤다면 "그런 생각을 한다는 자체가 아저씨라는 증거!"라고 답해주고 싶다. 도대체 왜 모르는 여자에게 말을 걸어야 하는 건지 모르겠다. 그 여자에게 흑심이 있는 게 아니라면 말이다.

아무튼 생각난 김에 나도 한번 기억을 더듬어 보았다. 나도 혼자 여행하는 여자일 때가 있었으니까. 혼자 여행할 때 누가 내게 말을 걸었던가. 나는 어떤 상대에게 호감을 느꼈던가. 또 어떤 상대에게 불쾌감을 느꼈던가. 누구를 따라가고 누구의 따귀를 때렸던가. (물론 실제로 따귀를 때리지는 않았다.)

≋

대학 1학년 추석 때, 여행은 아니고 고향으로 내려가는 좌석 버스 안이었다. 내 고향은 경상남도 진해. 시골 출신들이 늘 그러하듯 어린 시절은 즐거운 매일의 연속이었으나,(그때는 뒷산에 뛰어 올라갔다가 내려오기만 해도 즐거운 시절이었으니) 사춘기가 시작되면서부터 이놈의 지긋지긋한 동네를 떠나고 싶어 좀이 쑤셨다. 대학에 가느라 기어이 서울로 탈출한 후로는 명절이나 방학이 되어야만 고향에 내려가게 되었다. 나는 언제나 강남 고속버스터미널에서 마산으로 가는 고속버스를 탔다. 그때의 나는 낮밤이 뒤바뀐 전형적인 대학생적 삶을 살고 있었기에 아침에 버스에 올라타자마자 기절해서 마산에 도착해서야 겨우 깨어났다. 마산에서 직행버스를 타고 터널을 지나 산을 넘으면 진해로 갈 수 있었다.

그때 내 옆자리에 앉은 남자는 기억을 더듬어 보면 소설가 김연수 씨 같은 외모와 분위기의 아저씨였다. 나는 김연수 씨를 좋아하지만, 김연수 씨 같은 외모와 분위기의 남자는 별로다.(미안합니다. 하지만 김연수 씨도 절 만난다면 좋아하지 않을 게 분명합니다.) 옆자리 김연수 씨는 내 무릎에 올려 있던 카메라 가방을 보고는 말을 걸었다.

"사진 찍으시나 봐요."

그건 아빠가 가방 가게에서 산 싸구려 카메라 가방이었고, 그 가방 안에는 아빠의 오래된 니콘 필름 카메라가 한 대 들어 있었다. 그다지 좋은 카메라라고 할 수도 없었고 렌즈에는 곰 팡이까지 껴 있었다. 아빠는 주기적으로 한 번씩 취미를 바꾸는 사람이었는데 낚시에서 사진 촬영으로 취미가 옮겨가던 시절에 구입했던 카메라였다. 지금 아빠는 낚시도 하지 않고 사진도 찍지 않는다. 지금 아빠는 인터넷 검색만 한다.

나는 옆자리 남자에게 학교에서 듣는 사진 수업 때 필요해서 카메라를 갖고 있다고 했다. 그러자 그는 갑자기 과도한 관심을 보이며 사진과 학생이냐고 물었다. 나는 아니라고, 연극영화과에 다닌다고 했다. 그의 관심도는 거의 버스 천장을 뚫고 올라갈 기세로 치솟았다. 어쩌면 그는 태어나서 연극영화과 학생을 처음 본 것인지도 모른다. 네네, 그러시겠지요.

연극영화과에 다닌다고 하면 사람들은 별종 취급을 했다. 심지어 같은 대학의 학생들도 그랬다. 너흰 뭔가 달라 보여. 하지만 사실상 조금도 다르지 않았다. 우리 중 대부분은 인문계 고등학교에 묶여 꿈 없는 청소년기를 보냈다. 대한민국 청소년의 대부분이 그러하듯이. 딱히 재능이 있던 것도 아니다. 공부는 좀 잘하는 편이었지만 현실 파악이 안 되는 타입들이라고 해야 하나. 약간의 허영기가 있었던 건지도 모른다. 거기에 갑자기 라이터의 불이 탁 하고 켜지듯, 어떤 깨달음이 온 것이다. 나는 이걸 해야겠어! 나는 이걸 해야 할 사람인 거야! 난 평범하게 살 사람이 아닌 거야! 그렇게 선택한 것이 졸업 후 굶어죽기는 딱 좋은데 학비는 의과대학에 버금가는 학과라니, 그건 잘못된 깨달음이었다. 하긴, 그 나이에 대체 뭘 알겠는가.

그는 흥분해서는 영화에 대한 자신의 애정과 열정을 피력하기 시작했다. 그러고는 자신은 삼성동인지 방배동인지의 원룸에 사는데(대체 이 얘기는 왜 한 거지?) 영화에 관한 글을 쓰고 있다고 했다. 그가 쓴 글은 아직 어디에도 실리지는 않았지만 그렇게 되기를 기대한다며, 자신의 글이 지금은 폐간된 영화잡지 《키노》가 추구하는 노선의 대척점에 서 있다고 했다. 그 당시의 나는 《키노》보다 《씨네21》이 낫다고 생각하는 주의였다. 실은 《씨네21》보다는 지금은 폐간된 《무비위크》가 더 낫다고 생각하기도 했다. 왜냐하면 나는 〈빽 투 더 퓨처〉 같은 영화를 만들기 위해서 연극영화과에 입학한 것이기 때문이다. 그 이상도 그 이하도 아니었기 때문이다. 그런데 대체 영화잡지 《키노》의 노선은 무엇이란 말인가. 하물며 그 대척점은 또 무엇이란 말인가.

나는 점점 내 옆자리의 남자가 지겨워지기 시작했고 급기야 싫어졌다. 나의 특별한 재능은 생각한 바를 그대로 얼굴에 드러낼 수 있다는 것이다. 거의 인간 전광판 수준이다. 그는 내가 안면 근육을 통해 발사한 '지겹다' '짜증 난다' '나한테 왜 이러는지 모르겠다'의 메시지를 뒤늦게 수신하고는 매우 어색하게 "제가 방해했나 보네요. 그럼 쉬세요"라고 말했다. 정상적인 사람이라면 "아, 아니에요"라며 손을 내저을 텐데, 그리하여 상대가 다시 자신을 괴롭히도록 허락할 텐데, 나 같은 사람은 그럴 때 "그럼 이만"이라고 말하며 잽싸게 고개를 돌리는 스타일이다. 심지어 스무 살에는 그 정도가 더 심했다.

가까이 있는 사람을 미워하면 그거야말로 지옥이라고 백범 김구 선생은 말했다. 가까이 있는 거리로 치자면 아마 그 순간 세상에서 가장 가까울 그를 미워하면서 나의 귀향길은 지옥이 되고 말았다. 심지어 추석 명절의 교통체증으로 평소보다 2시간이나 긴, 무려 7시간 동안이나 말이다. 당시의 나는 속세의 것들을 경멸하는 스무 살의 뒤늦은 사춘기에 걸맞게 휴게소에서도 내리지 않았는데,(화장실에 가거나 핫바를 사 먹는 것도 속세의 일) 잠을 자고 있다가 정신을 차려보니 내 앞의 주머니에 옆자리 남자가 사다 놓은 영비천인지 맥스웰 캔 커피인지가 하나 놓여 있었다. (둘 다 내가 싫어하는 것.) 그는 수줍게 웃으며 말했다.

"사는 김에 하나 더 샀어요. 드세요."

백범 김구 선생님. 가까이 있는 사람을 미워하는 것보다 더한 지옥을 아시나요. 그건 가까이 있는 미워하는 사람이 나에게 잘해주는 지옥입니다. 나는 "감사합니다"를 로봇처럼 내뱉은 후 전보다 더한 지옥에서 허우적댔다. 7시간이 지나 마산에 도착했을 때 우리는 피차 아쉬울 것 없는 씁쓸한 석별의 인사를 나누었다.

　　그로부터 2년 후, 피피 섬의 롱비치에서 토플리스 차림으로 누워 있을 때 내게 말을 건 남자의 이름은 요룬 크라츠본이었다. 그때 나는 고등학생이던 내 남동생과 함께 배낭여행 중이었는데, 롱비치에 도착해 배에서 내리자마자 여자들이 맨젖가슴을 덜렁거리면서 뛰어다니는 광경을 목격하고는 문화 충격에 휩싸였다. 성인인 내가 그 정도였으니, 시골 고등학교에 다니며 책가방 속에 고작해야 '나이트클럽'이라는 라벨이 붙은 검은 비디오테이프나 넣어 다니던(미안하다 동생아. 우린 모두 네 책가방과 일기장을 주시하고 있었다.) 내 남동생의 충격은 이루 말할 수 없었을 것이다.

롱비치에서 며칠 빈둥대다 보니 나도 서서히 그 여자들처럼 맨가슴을 내놓고 싶어졌다. 아는 사람이라고는 동생밖에 없는데, 여길 떠나면 다시 안 볼 사람들인데, 못할 게 또 뭐 있나 싶었다. 그날 나는 주위의 눈치를 보다가 나무그늘 아래에서 소심하게 비키니 상의를 탈의했다. 옆에 있던 남동생이 욕 비슷한 신음소리를 내더니 바다 쪽으로 달아나버렸다.

근처에 누워 있던 나만큼이나 소심하게 생긴 미국 여자도 흘깃 나를 보고 주위 분위기를 살피기를 한동안 반복하더니 결국 주섬주섬 상의를 탈의하기 시작했다. 그러나 토플리스가 되어서도 우리는 젖가슴을 출렁이며 해변을 누비는 한 여자(스웨덴인으로 추정)처럼 당당하지는 못했다. 우리는 거의 입관 자세에 가까운 정자세로 누워 있다가 가끔씩 몸의 각도를 5도 정도 미세하게 비틀며 누가 먼저 옷을 입는지 눈치를 보았다. 가히 십자군전쟁에 비견될 만한 유교적 가치와 청교도적 가치의 싸움이라 할만 했다. 그리고 두 여자 사이에는 한 남자가 있었다.

키가 크고 약간 얼빠진 것처럼 생긴 남자였다. 경제학과 불교를 접목한 책(『부처가 투자를 한다면』 같은 스타일의 제목이었다.)을 들고 누워 책을 읽는 둥 마는 둥 하던 그는 나를(정확히는 내 가슴을) 흘끔흘끔 쳐다보더니 말을 걸었다. "가슴이 참 예쁘구나”는 아니었다. 다행스럽게도. 그가 던진 말은 “바다가 참 아름답지 않니?” “날씨가 끝내줘” 따위의 『처음 만난 여자에게 말거는 법』 같은 책에 나올 만한 멘트였다. (아시겠어요, 하루키 씨? 결국 혼자 여행하는 여자의 경계심을 푸는 데는 우리 자신이 아니라, 우리를 둘러싼 세계에 대한 판에 박힌 감탄사야말로 즉효약이랍니다. 그래서 반 벌거벗은 채로 들판을 뛰어다니며 돌도끼로 영양을 때려잡던 시절부터 우리는 자연과 날씨에 대한 이야기를 나눠온 것이겠죠.)

그의 이름은 요룬 크라츠본. 네덜란드 남자였다. 밀레니엄을 눈앞에 둔 당시만 해도 서양인들에게는 불교나 일본의 ‘선’ 사상(그들은 ‘Zen’이라고 발음했다.)이 인기였다. 마치 쌀국수나 스시가 인기 있는 것처럼. 젓가락 사용법을 안다고 으스대는 것처럼. 그래서 요룬이 “난 불교를 좋아해. 넌 종교가 있니?”라고 물었을 때 그가 싫어졌다. 하지만 그는 대체적으로 귀여운 남자였다. 단순하고 밝고 건강한 남자. 기적적으로 변태도 아니고 사기꾼도 아니고 마약중독자도 아니고 유부남도 아니고 살인마도 아니었다. 물론 확인할 길은 없었지만 그래 보였다.

요룬은 그날부터 노골적으로 나를 쫓아다녔는데,(사실입니다, 여러분. 비록 증거는 없지만) 나는 그를 피해 다녔다. 왜 그랬을까. 왜 그랬느냐 하면 그때 나에게는 남자친구가 있었기 때문이다. 비록 그는 충청도 촌구석의 한 공군 부대에서 '주먹'이라는 이름의 군견을 키우고 있었지만 말이다. 그의 머릿속은 온통 개에 관한 생각으로 가득 차 있었지만 말이다.

그날 저녁 동생과 내가 피피 섬 전망대에 올라가 석양을 볼 계획이라고 하자 요룬은 자기도 가고 싶다고 졸라댔지만 데려가지는 않았다. 나중에 식당에서 만난 그는(두리번거리며 나를 찾고 있었다.) 왜 자기를 안 데려갔느냐며 투정을 부렸다. 우리는 다음 날에 숙소에서 떠나는 스노클링 투어를 예약해두었는데 그 얘기를 들은 요룬은 큰 관심을 보였다.

다음 날 아침 스노클링 투어 팀이 탄 두 대의 보트 중 한 대에 올라타고 있는데 저 멀리서 달려오는 요룬이 보였다. 그는 특유의 얼빠진 미소를 지으며 내가 탄 보트에 같이 타겠다고 떼를 썼다. 숙소 직원이 굳은 얼굴로 말했다. "그 배는 정원이 다 찼어. 저 배에 타." 그럼에도 요룬은 굽히지 않고 "아, 제발. 안 될까? 이 배 안 될까?"라며 징징댔다. 그 바람에 투어에 참가한 사람들이 다 웃을 정도였다. 하지만 직원만은 웃지 않았다. 국제적 오작교 건설 따위에는 관심이 없는 원리원칙주의자였다.

결국 요룬은 아쉬워하며 다른 보트에 올랐다. 해변을 출발한 우리는 이 바다 저 바다로 옮겨 다니며 스노클링을 했는데 요룬은 어딜 가든 불쑥 나타나서는 얼빠진 얼굴로 웃으며 말을 걸었다. 점심때 보트는 영화 〈더 비치〉에서 레오나르도 디카프리오가 프랑스인 커플과 함께 지도 속 낙원 섬을 향해 떠나는 장면에 등장했던 무인도에 잠깐 정박했다. 숙소에서 준비한 닭고기 볶음밥 도시락을 먹은 후에는 휴식시간이었다. 무인도의 모래는 밀가루처럼, 아니 밀가루보다 곱고 바닷물은 따뜻하고 맑았다. 내가 얕은 물속에 앉아 잔잔한 파도에 몸을 맡기고 있자 요룬이 저기 가서 스노클링을 좀 더 하자고 제안했다. 나는 싫다고, 이러고 있는 게 좋다고 했다. 요룬은 '뭐 이런 여자애가 다 있어?'라는 표정을 지으면서 웃었다. 그러더니 내 옆에 앉아서 떠들기 시작했다.

요룬은 5개 국어를 한다고 했다. 네덜란드어, 독일어, 영어, 스페인어, 프랑스어였을 것이다. 아버지가 외교관이라 유럽 전역을 떠돌며 살았다고 했다. 지금은 증권회사에 취직하기 위해 공부 중이라고도 했다. 내가 영화를 전공하는 대학생이라는 사실을 안 그는 자기도 영화를 좋아한다며 영화 이야기를 하기 시작했는데, 다행히 우리의 영화 취향은 비슷했다. 그는 폴 토마스 앤더슨 감독의 〈매그놀리아〉가 좋았다고 했고 나도 그

영화를 재밌게 봤다고 했다. 내가 그의 다음 영화 〈펀치 드렁크 러브〉를 기다리고 있다고 하자 그도 엄청나게 기다리고 있다고 했다. 그 정도의 이야기들이었다. 내겐 그 이상의 이야기를 할 정도의 화젯거리도 없었고, 내 영어 실력도 거기까지였다. 그래도 꽤 즐거웠다.

다음 날 오전에 동생과 나는 롱비치를 떠나 육지로 가는 페리를 타기 위해 선착장으로 향했다. 요룬과는 작별 인사조차 나누지 않았다. 그런데 선착장에 도착해보니 요룬이 식당에 앉아 혼자 밥을 먹고 있는 모습이 보였다. 요룬도 오늘 섬을 떠난다는 것이었다. 결국 우리는 같은 페리에 타서 옆자리에 앉았는데, 요룬은 선실 안에 있지 말고 갑판 위로 올라가자며 계속해서 나를 꼬드겼고 나는 "싫어. 귀찮아"라고 답하며 거절했다. 정말 귀찮았기 때문이다. 요룬은 실망한 듯했다. 옆에 있던 내 동생은 이 꼴 저 꼴 다 지긋지긋하다는 표정으로 고개를 돌리고 있었다.

페리는 육지의 도시 끄라비에 도착했다. 우리는 끄라비에서 며칠을 더 묵을 계획이었다. 잘 기억이 나지는 않지만 요룬은 아마도 다른 지역으로 곧장 떠날 계획이었을 것이다. 우리는 활짝 웃으며 잘 가라고 손을 흔들었다. 그게 마지막이었다. 우리의 인연은 거기까지였다. 아마 그가 내게 이메일 주소를 주었을 텐데, 내가 연락을 하지 않았던지 그랬을 것이다.

솔직히 그때의 나는 그가 나를 적극적으로 꼬시고 있다는 것조차 알아차리지 못할 정도로 둔했다. 사람은 언제 둔해지느냐 하면, 부족함이 없을 때 둔해진다. 부족한 사람은 뭐든 오해하고 착각하기 십상이다. 마음이 급하기 때문이다. 애인이 없는 사람은 누가 조금이라도 친절하게 대해주면 '날 좋아하는 걸까?' 하고 오해한다. 공부 못하는 학생은 이 학원만 다니면, 이 문제집만 풀면 성적이 오를 거라고 착각한다.

그런데 그때의 나에게는 부족함이 없었다. 돈이 너무 많아서 나사가 풀린 듯 살아가는 부잣집 자식 같았다. 내게는 남자친구가 있었기에, 그 애를 무척 좋아했기에, 남의 감정 따위는 안중에도 없었다. 급할 것도 없고, 착각할 이유도 오해할 필요도 없었다. 어서 빨리 한국으로 돌아가 휴가 나온 남자친구를 만나고 싶은 마음뿐이었다. 물론 남자친구는 개 이야기나 하겠지만. 나는 군견만도 못한 여자친구였겠지만.

20대 초반에 혼자 여행을 할 때 내게 말을 건 남자들은 꽤 많았다. 화내지 마시길. 세계는 넓고 보는 눈은 다양하고 무조건 찔러나 보자는 진취적인 마인드의 소유자들은 어딜 가나 한두 명쯤은 있으니까. 노골적으로 호텔 방으로 오라는 아저씨도 있었고, 마누라가 친정에 갔으니 우리 집에 놀러 오라던 아저씨도 있었다. 차 한잔 대접하겠다는 청년도 있었고, 아예 자기 집에서 먹이고 재워준 승려도 있었다. 일하는 아이스크림 가게에 언제 놀러 올 거냐며 끈질기게 묻던 남자도 있었고, 오토바이 뒤에 나를 태워준 남자도 있었다. 그들 모두를 다 따라가지는 않았다. 대부분 거절했다. 몇 명은 따라갔다가 후회했다. 어떤 이와는 아직도 연락이 끊어지지 않았다. 다행히 나쁜 일은 없었다.

　　그러고 보면 여행지에서 만난 사람과 사랑에 빠진 사람들은 참 대단한 것 같다. 나는 신원 조회나 아주 오랜 기간의 관찰 없이 누군가를 그렇게 쉽게 믿거나 좋아하지 못한다. 나는 원래 낯을 많이 가리고 마음을 쉽게 열지 못하는 타입이다. 남편에게 '오랫동안 알던 남자애의 초등학교 때부터의 친구'라는 꼬리표가 없었다면 결혼을 생각하지 못했을 것이다. 나는 언제나 운명이 내 뒤통수를 후려치리라고 믿는 사람이기 때문이다. 내가 결혼하기로 결심한 남자가 알고 보니 혼인 빙자 간음 전문 사기꾼이나 변태 살인마일 수도 있는 거 아닌가. (다행히 아니었다. 아직까지는.)

그로부터 20여 년이 지났다. 나는 끝내 〈빽 투 더 퓨쳐〉 같은 영화를 만들지 못했다. 내가 만든 영화들은 하나같이 자의식 과잉으로 눈 뜨고 봐줄 수 없을 정도로 꼴사나운 영화들이었다. 대학 졸업과 함께 불태워버려야 할 영화들이었다. 태국에서 돌아와 본 폴 토마스 앤더슨의 〈펀치 드렁크 러브〉는 정말 좋았고, 여전히 내가 좋아하는 영화 중 하나다. 그리고 지금은 혼자 여행을 하지도 않고, 아무도 내게 말을 걸지 않는다.

20년 전 마산으로 내려가는 고속버스에서 내 옆자리에 앉았던 김연수 씨,(소설가 아님) 살아 계시다면 아마 당신은 40대 후반이거나 50대. 아직도 삼성동 혹은 방배동의 원룸에 사시나요? 아직도 《키노》의 대척점에 서 계신가요? 쓰고 있다는 글은 계속 쓰셨나요? 1999년 피피 섬 롱비치에서 만난 요룬 크라츠본아, 너는 지금 어디에 있니? 네덜란드에 있니? 아니면 유럽의 다른 나라에 있니? 5개 국어를 쓰며 증권을 공부하던 너는 어쩌면 지금쯤은 그럴듯한 회사의 중역이 되었을지도 모르겠다. 얼빠진 웃음은 집에 돌아가 넥타이를 풀 때나 새어 나오도록 단단히 봉인한 채로. 아마 너는 누군가의 사랑받는 남편이나 아버지가 되었을 거야. 그때 내가 군건에 미친 남자 때문에 널 하찮게 여기지만 않았더라도……

기차는 직선으로
떠난다

남겨진 사람들, 남겨진 기차역은 마치 영화 속의 필름들처럼 천천히,
그러다 빠르게 프레임 바깥을 향해 직선으로 밀려난다.
그들은 이제 내 인생의 지나간 시절이다.

→ 인천에서 출발해 오사카를 거쳐 방콕에서 하룻밤을 대기한 뒤 겨우 올라탄 비행기는 드디어 뭄바이 공항에 착륙한다. 창가에 앉은 나는 인도를 내려다본다. 묘하게 위화감을 불러일으키는 건물과 도로와 가로등과 가로수와 자동차와 행인들. 마치 누군가가 장난삼아 만들어 놓은 세계인 것 같다. 나는 궁금해진다. 저 건물 안에서는 어떤 일이 일어나고 있을지, 저 차를 탄 사람들은 어디로 가는 길인지, 행인들은 무슨 이야기를 나누고 있는지, 아침으로는 무엇을 먹었을지, 점심으로는 무엇을 먹을 것인지, 가족이 있는지, 취미는 무엇이고 특기는 무엇인지. 상상력이 부족한 나는 그들이 우리와 같은 인간이라는 것을 믿을 수가 없는 것이다.

비가 내리고 있었다. 비가 내리는 가운데 공항이 나타나고 비행기가 좀 더 낮게 하강하자 활주로가 보였다. 활주로 옆으로 늘어선 정체불명의 회색 숲 같은 것은 자세히 보니 집이다. 거짓말이 아니다. 집들이다. 활주로 바로 옆에 다닥다닥 회색 판잣집들이 늘어서 있는 것이다. 나는 이게 꿈인가 생시인가 싶어 눈을 비볐다. 집이 맞았다. 착륙하는 순간 비행기가 일으키는 바람에 집들이 동시에 옆으로 쓰러졌다. 아니, 정확하게 말하면 기울어진 것이다. 집들은 도미노처럼 기울어졌다가 비행기가 완전히 착륙해서 바람이 그치자 다시 일어났다. 승객들은 무사 착륙을 축하하며 박수를 쳤다.

얼떨떨한 기분으로 비행기에서 내렸다. 단층 건물인 공항은 작지만 깔끔한 편이었다. 그리고 한적했다. 하지만 통유리로 된 창밖에서는 카키색 옷을 입은 수십 명의 남자들이 잡아먹을 것 같은 표정으로 우리를 노려보고 있었다. 택시기사들이었다. 알고 보니 인도에서는 공항에 아무나 들어올 수가 없었다. 출국 티켓이 있어야만 입장할 수 있는 것이었다. 두려웠지만 일단 밖으로 나갔다.

택시기사들이 몰려왔다. 당황한 기색을 드러내지 않도록 최선을 다했다. 그랬다가는 진짜로 잡아먹힐 것 같아서. 어디로 가야 하는 거지? 심지어 뭄바이에서 묵을 방조차 예약하지 않았다. 우리는 방콕 공항에서 밤을 새우며 만난 일곱 명의 한국인들이었다. 그중 한 남자만이 뭄바이에 미리 숙소를 예약해두었다고 했다. 우리는 그에게 매달렸다. 그는 예약해둔 숙소로 전화를 걸어 남은 방이 있느냐고 물었다. 다행히 방이 있었고 우리는 앞뒤 잴 것도 없이 그 숙소로 가기로 결정했다.

이제 택시를 잡을 차례였다. 공항 택시 배차를 관리하는 듯한 한 남자가 다가왔다. 그는 우리가 타야 할 택시를 가리켰다.

그가 가리킨 곳에 새까만 택시 한 대가 서 있었다. 문제는 그 택시기사가 벌써 10여 분째 차를 출발시키려 안간힘을 쓰고 있었으나 역부족이라는 데 있었다. 아무리 액셀을 밟아도 차는 움직이지 않았고 까만 연기만 뭉게뭉게 피어올랐다.

"저 택시라고요?"

"네."

"저게 움직일 수 있을까요?"

"걱정 마세요."

그렇게 말하는 아저씨의 얼굴이 걱정스러웠다. 세상에서 가장 믿을 수 없는 말이 있다면 인도 사람들이 걱정 말라고 하는 말과 헤어진 연인이 "죽어서도 널 잊지 못할 거야"라고 하는 말일 것이다. 죽어서도 잊지 못하는 것은 없다. 걱정하지 말란 말은 이미 걱정할 일이 벌어졌다는 뜻이다.

아무리 해도 차가 움직이지 않자 둘러서 있던 다른 기사들이 몰려가 차를 밀기 시작했다. 그 모습을 초조하게 지켜보고 있던 우리는 제발 저 차가 움직이지 않기를 바랐다. 꼭 저 택시를 타야 하는 건 아니지 않은가. 저렇게나 택시가 많은데 배차 담당 아저씨는 순서를 지켜야 한다고 했다. 이번엔 이 택시가 나갈 차례라는 것이다. 인도가 이렇게 기본과 원칙에 철저한 나라였단 말인가.

그렇게 몇 분 더 용을 쓰던 택시는 덜컹거리면서 앞으로 나가기 시작했다. 택시를 밀던 사람들은 올림픽 경기에서 승리라도 한 것처럼 환호성을 지르며 박수를 쳤다. 인도 사람들은 박수를 잘 친다. 쉽게 감격한다. 그리고 잘 포기하지 않는다. 걱정도 하지 않는다.

택시에 올랐더니 타이어 타는 냄새가 심하게 났다. 가다가 폭발하는 것이 아닌가 싶었지만 어찌 됐든 덜컹거리며 택시는 움직이기 시작했다. 우리는 행선지를 알려주었고 기사는 말했다. "걱정 마세요." 하지만 그의 눈빛이 불안하게 떨리고 있었다.

택시는 딜덜거리며 공항을 빠져 나갔다. 승차감이 거의 남의 자전거 뒷자리에 탄 수준이었다. 공항 근처는 숲이었고 주위는 어두웠고 비가 내리고 있었다. 저 멀리 어둠 속을 달리는 자전거 한 대가 보였다. 한 노인이 다 부서진 비닐우산으로 간신히 머리를 가리고서는 맨발로 페달을 밟고 있었다. 노인을 태워 가고 싶은 마음이 들었다.

조금 달리자 숲이 사라지고 시내가 나타났다. 아찔한 충격에 휩싸였다. 유럽 양식으로 지어진 건물들은 지어진 모습 그대로 낡아가고 있었다. 얽히고설킨 모양으로 자란 커다란 가로수는 귀신나무처럼 을씨년스러웠다. 도시 전체가 버려진 것 같아 보였다. 여자들은 열에 여덟이 사리 차림이었다. 옆 차선을 달리는 작은 오토바이에는 네 가족이 매달려 있었다. 뒤에서 달려온 미니밴에서 요란한 음악 소리가 울렸다. 미니밴을 탄 젊은 남자들은 신호 대기로 멈춰서 있을 때 택시 안의 외국인(=우리)을 발견하고서는 흥에 겨워 소리를 질렀다. 인도식 환영 인사인가 싶어 우리도 만면에 미소를 띤 채 화답해주었다. 잠시 후 신호가 바뀌고 밴이 우리보다 먼저 출발했다. 밴 뒷문의 창밖으로 창백한 얼굴에 눈이 풀린 남자의 머리가 하나 튀어나와 거리에 토사물을 흩뿌려대고 있었다. 우리의 얼굴도 그 남자만큼이나 창백해졌다.

택시는 교통체증이 심각한 뭄바이 중심가를 관통해 목적지를 향해 달렸다. 이제 슬슬 도착할 때도 되었다는 생각이 들었다. 하지만 가는 내내 가이드북의 지도 속 거리 이름과 우리가 달리고 있는 거리 이름을 표지판을 보고 비교해가며 이 택시가 제대로 가고 있는 건지 확인해야 했다. 왜냐하면 기사가 여전히 자신 없고 불안하고 당황한 표정을 짓고 있었기 때문이다.

급기야 그는 차를 멈추고 지나가는 사람들을 붙잡아 길을 묻기 시작했다. 사람들은 고개를 갸웃하더니 손을 들어 이쪽과 저쪽을 가리켰다. 한참 후에야 우리는 깨달았다. 인도 사람들은 길을 물으면 그냥 되는 대로 손을 든다.

결국 내가 지도와 거리의 표지판을 비교해가며 기사에게 길을 알려줘야 했다. 난생처음 와보는 뭄바이라는 곳에서 택시기사에게 길을 알려주게 될 줄이야. 막상 숙소가 있는 거리에 도착하니 어두운 뒷골목이었다. 거리 구석구석 노숙하는 사람들이 포진해 있었다. 한 건물 앞에서 겨우 숙소의 간판을 발견했다. 하지만 건물 입구는 불이 다 꺼져 있었다.

숙소의 입구는 특이하게도 1층이 아니라 3층이었다. 건물 안으로 들어서니 입구에서 웅크린 채로 자고 있던 노숙인 가족들이 번뜩이는 눈으로 우리를 쳐다보았다. 우리는 잔뜩 얼어붙은 채로 엘리베이터로 다가갔다. 유럽이 배경인 영화에서나 보던, 구멍이 숭숭 뚫린 철제 엘리베이터였다. 3층 버튼을 누르자 엘리베이터가 덜컹거리며 위로 올라가기 시작했다. 추락하지 않을까 걱정이 되었다. 누군가가 말했다.

"영화에서 보면 이런 엘리베이터에 탔다가 내린 층은 어두컴컴하고 아무것도 없고 그리고 갑자기 어둠 속에서…… ."

3층에 도착했을 때 다행히도 어두운 복도 끝 불 켜진 숙소의 간판이 보였다. 문을 열자 따뜻한 불빛 아래서 노트북을 쳐다보던 서양 여자가 부드럽게 미소를 지어 보였다. 너무 안도한 나머지 다리가 풀릴 지경이었다. 조금만 더 이성을 잃었더라면 그 여자를 껴안을 뻔했다. 방은 깨끗했고 공동 샤워실은 물이 잘 나오지 않았지만 그래도 샤워를 할 수는 있었다. 긴장과 피로로 우리 모두는 기절하듯 잠이 들었다.

≋

　　아침이 되자 직원이 쟁반에 담은 아침식사를 가져다주었다. 빵과 홍차로 된 간단한 식사였는데 맛있어서 순식간에 먹어치웠다. 밖은 여전히 비가 내리고 있었다. 창 너머 거리는 칙칙하고 눅눅해 보였다. 까마귀들이 깍깍대며 울었다. 밖으로 나갈 용기가 나지 않았지만 이제 우리는 각자의 길로 가야 했다. 뭄바이에 도착하는 일정만 같을 뿐 다른 사람들은 모두 북인도로 갈 예정이었다. 나와 수현이라는 여자아이만 남인도로 갈 것이었다.

　　우리는 짐을 챙겨들고 일단 밖으로 나가서 뭄바이역으로 향했다. 유럽풍으로 지어진 역은 웅장하고 멋있었지만 안으로 들어서니 도처에 사람들이 주저앉거나 눕거나 아예 자리를 깔고 모여앉아 있었다. 대체 이 많은 사람들이 다들 어디로 가는 걸까. 피난이라도 가는 모양새였다.

인도에서 가장 편리하고 대중적인 교통수단은 기차다. 대부분의 도시에 기차역이 있다. 기차에는 에어컨과 깨끗한 2층 침대가 달린 칸도 있고, 선풍기에 3층 침대가 달린 칸도 있다. 딱딱한 나무의자만 달랑 있는 칸도 있다. 물론 가격은 점점 싸진다. 나는 대개 선풍기에 3층 침대가 있는 칸을 이용했다. 나무의자만 있는 칸에는 낮에 짧은 거리를 이동할 때만 타보았는데, 듣기로는 밤에는 사람들이 바닥에 드러누워 잠을 잔다고 했다.

인도에서 기차여행을 하기 위해서는 기차역 매점에서 판매하는 기차 시간표 책을 사야 한다. 얇은 전화번호부 같은 책이다. 이 책에는 인도 전역의 모든 도시에서 출발하는 기차의 시간표가 표로 촘촘히 정리되어 있다. 이 표를 보고 여행 일정을 짜면 된다. 편리한 시스템이다.

기차 시간표 책을 사고 사슬과 자물쇠도 샀다. 인도 사람들은 기차에 타면 가방을 의자 다리 같은 곳에 사슬로 묶고 자물쇠로 채워둔다. 그렇게 하지 않으면 도둑맞기 십상이기 때문이다. 나도 처음에는 열심히 사슬을 묶고 자물쇠로 채웠지만 여행이 한 달쯤 지나자 사슬이고 자물쇠고 가져갈 테면 가져가라는 심정으로 그냥 던져두었다. 나도 그 배낭이 지긋지긋했기 때문이다. 차라리 가져가버렸으면 싶었다. 내 배낭에 든 것이라고 해봤자 냄새나는 빨래뿐이었다. 냄새가 바깥까지 새어 나왔는지 아무도 내 배낭을 가져가지 않았다.

우리는 제각기 행선지에 따라 그날 저녁에 떠나는 기차표를 예매했다. 나와 수현은 고아의 마드가온으로 가는 티켓을 끊었다. 우리는 고아 해변에서 며칠을 보낼 것이다. 다른 사람들은 델리로, 콜카타로 떠난다. 열차가 출발하는 밤까지 시간을 때우기 위해 짐을 보관소에 맡기고 역 근처에 있는 시장으로 들어갔다. 빵을 만드는 가게에서 빵을 조금 샀다. 시장을 나와 더 걷자 뭄바이대학교가 나왔다. 베이지와 카키색 셔츠 차림의 남학생들과 사리를 입은 여학생들이 가슴에 책을 안은 채로 이 강의실에서 저 강의실로 옮겨 다녔다. 건물은 낡았지만 학생들의 얼굴에서는 자부심이 느껴졌다.

그런 그들의 얼굴을 보니 처음 신입생 면접을 보기 위해 대학교라는 데를 처음 가보았던 때가 떠올랐다. 시골에서 상경한 나는 학교 정문의 삭막함에 실망했다. 학교 앞에는 햄버거 가게와 술집뿐이었다. 도무지 문화라고는 찾아볼 수가 없었다. 면접을 치르는 강의실에 들어가 앉았더니 책상 위에 '김 아무개 바보'라는 글씨가 새겨져 있었다. 충격이었다.

면접관은 별다른 질문을 하지 않았다. 나에게 심각한 언어 장애나 대인기피증이 있는지 없는지 확인하는 정도였다. 괜히 『면접의 기술』이라는 책을 돈까지 주고 사서 읽었다는 생각이 들었다. 강의실 밖에서는 앞으로 선배가 될 수도 있는 사람들이 주전자에 끓인 차와 커피 같은 것을 나누어 주고 있었는데 면접을 다 보고 나오니 엄마가 그들과 이야기를 하고 있었다. "우리 애가 너무 내성적이라서요." 동그란 눈의 여자 선배가 웃으며 답했다. "저도 원래 그랬어요!"

엄마가 알지도 못하는 사람에게, 심지어 장차 선배가 될지도 모를 사람에게 내 내성적인 성격을 폭로한 것이 너무 부끄러웠다. 나는 그들에게 인사를 하는 둥 마는 둥 하고 엄마의 팔을 잡아끌어 복도를 빠져나왔다. 부모님이 입학식에 왔을 때도 부끄럽긴 마찬가지였다. 동기생과 선배들 앞에서 나는 그들을 못 본 척하며 빨리 가라고 짜증을 부렸다. 성인이 된 나를 여전히 어린애 취급하는 것이 싫었다.

하지만 바로 그런 이유로 나는 여전히 어린애였다. 아빠도, 엄마도 대학에 가지 못했다. 가난한 집안 형편에 아빠는 중학교도 겨우 나왔다. 엄마도 하루아침에 집안이 망해 고등학교를 마치지 못했다. 나는 우리 집안에서 최초로 대학 문을 밟아보는 사람이었다. 그것도 서울에 있는, 꽤 알려진 대학에. 부모님은 그런 내가 얼마나 자랑스러웠을까.

작가 다니엘 페낙은 『학교의 슬픔』이라는 에세이에서, 어려서는 지독한 열등생이었으나 자라서 교사와 작가가 된 자신의 이야기를 한다. 알파벳 a를 익히는 데 무려 1년이나 걸린 이 구제불능 열등생 때문에 가족들 모두가 걱정이 이만저만이 아니었다. 그러나 페낙의 아버지만은 불안과 걱정을 드러내는 대신 아들의 학습부진과 낙제와 미래에의 불안을 우스갯소리로 넘겨버렸다.

아들이 겨우 대학을 졸업하고 겨우 교사가 되었을 때, 근무하는 학교로 아버지의 편지가 도착한다. 아버지 특유의 무심하고 유머러스한 태도로 이런저런 일들을 별 뜻 없이 적은 편지였다. 그런데 페낙은 아버지가 봉투에 쓴 주소에서 특이한 것을 발견한다. 아버지가 '다니엘 페나키오니'라는 아들의 이름을 쓰는 대신 '다니엘 페나키오니 선생님'이라고 쓴 것이다. 그리하여 아들은 이런 말을 덧붙인다.

선생님…… 아주 정확한 아버지의 필체로 말이다. 그 기쁨의 함성과 안도의 한숨소리를 듣기 위해 내 삶 전체가 필요했을 것이다.

뭄바이대학교를 나와 극장에서 영화를 한 편 보기로 했다. 한낮이었는데도 극장 안은 남자들로 그득했다. 인도어를 몰라도 대충 볼 수 있는 줄거리의 영화였다. 아버지의 사랑을 한 몸에 받고 자란 부잣집 여자가 있다. 미녀다. 땅덩어리가 넓어 그런지 인도의 미녀는 미의 스케일도 크다. 한국의 미녀 따위는 한 발로 밟아줄 것 같은 강력한 미를 자랑한다. 성형 따위는 하지 않았을 것이다. 몸매는 적당히 날씬하다. 꼬챙이처럼 마른 체형이 아니다. 부드러운 살집과 곡선이 있다.

아무튼 그 미녀가 한 남자를 만난다. 문제는 그 남자가 너무 촌스럽다는 사실이다. 못생기지는 않았지만 잘생기지도 멋지지도 않다. 솔직히 느끼하다. 심지어 그 남자는 뜬금없이 노래를 부른다. 남자가 노래를 부르기 시작하니 배경이 타지마할로 바뀐다. 정확히 말하자면 타지마할 CG이다.

중간중간 할리우드 영화에서 보았던 장면들이 재현된다. 영화 〈빅〉에서 나왔던 술집의 건반 모양 바닥 위에서 춤을 추는 남자. 그 옆에서 목을 거북이처럼 돌리며 춤을 추는 여자. 미녀의 아버지는 남자와의 사랑을 인정하지 않는다. 하지만 결국 인정하게 될 것이다. 이것은 인도 영화이니까. 나쁜 사람은 벌을 받고 좋은 사람은 복을 받고 부자와 미남, 미녀는 오래오래 행복하게 살 것이다. 마지막까지 보지 못했다. 영화가 얼마나 긴지 중간 휴식시간까지 있을 정도였다. 모르긴 몰라도 마지막 장면에서 성대한 결혼식이 치러지고 남자는 탭댄스를 추고 여자는 거북이처럼 목을 돌릴 것이 분명했다.

시내의 식당에서 탄두리치킨을 주문해 나눠 먹은 후(별로 맛이 없었다.) 다시 뭄바이역으로 돌아왔다. 북인도로 떠나는 사람들은 먼저 출발했지만 우리의 목적지인 고아로 가는 기차는 늦게 출발해 역에서 좀 더 기다려야 했다. 기다리는 사람은 너무 많은데 기차역 안에는 의자가 거의 없었다. 부유해 보이는 사람들, 가난해 보이는 사람들이 한데 뒤엉켜 있었다. 대부분은 바닥에 천을 깐 채 눕거나 앉아서 기차를 기다리고 있었다.

역 플랫폼은 마치 모네의 그림 〈생 라자르 역〉 같았다. 오래되고 거대한 기차들이 지붕이 있는 플랫폼 안으로 칙칙폭폭 들어온다. 마치 집 안으로 들어오는 기차를 보고 있는 것 같은 느낌이다. 위용이 대단하다. 있을 수 없는 일이 일어나는 것 같은 기분이다. 비행기 바람에 쓰러지는 활주로 옆의 판잣집들처럼.

저물녘 기차가 도착했다. 태어나서 처음으로 침대 기차를 타보는 것이라 무척 설레었는데 막상 타보니 이건 포로수용소행 기차라고 해도 납득이 갈 정도였다. 천장에는 새까맣게 먼지가 낀 선풍기들이 다닥다닥 붙어 있고, 좌석마다 때에 전 푸른색 비닐시트의 긴 의자가 아래위로 두 개 달려 있다. 잘 때는 벽에 붙은 가운데 시트를 들어 올리는데 그렇게 하면 3층 침대가 된다. 그나마 맨 아래와 맨 위는 좀 나은데, 가운데에 누웠다가는 폐소공포증으로 호흡곤란이 올 것 같았다. 나중에 봉준호의 영화 〈설국열차〉를 보다가 영화 속의 꼬리칸과 이 3층 침대칸이 비슷하다는 생각을 했다.

호기심 많은 인도 남자들이 외국인인 우리를 구경하러 몰려들었다. 우리가 가지고 있는 『론리 플래닛』을 잠깐 볼 수 있겠냐고 물어 빌려주었더니 신기한 표정으로 돌려본다. 그 안에서 이방인이 촬영한 자기 나라 사람들의 사진을 보고, 자기가 사는 동네가 나와 있는지 찾으면서 그들은 아이처럼 즐거워했다. 곧 기차가 출발하려는 듯 기관들이 요란한 소리를 내며 작동하기 시작한다. 사람들은 짐을 여기저기에 구겨 넣고는 자리에 앉아 간식을 꺼내어 먹으며 창밖을 내다본다. 플랫폼에 선 사람들이 기차에 탄 사람들을 향해 손을 흔든다.

대학에 입학해 집을 나온 이후 나는 수도 없이 버스터미널을 떠나왔다. 고향의 허름하고 작은 터미널이었다. 어느 때는 혼자였고 또 어느 때는 부모님을 뒤에 남겨두고 떠났다. 공기조차 무겁고 갑갑한 그 멋없는 도시에 나의 부모님과 동생과 집과 다니던 학교와 친구들을 두고 떠났다. 내가 뛰놀던 산과 바다와 골목과 운동장을 두고 떠났다. 떠날 때마다 새로 태어나는 기분이었다. 나를 아는 사람도, 내가 아는 사람도 극히 적은 거대한 도시에서 나는 내가 아닌 사람, 내가 원하는 사람인 척할 수 있었다. 그렇게 새로 태어나기 위해서는 예전의 것들을 깨끗이 잊거나 버려야 했는데 왠지 울적한 기분이 들기도 했다.

출발하는 것들은 제각기 다른 각도로 떠난다. 버스는 대개 터미널을 곡선으로 돌아서 출발한다. 남겨두고 가는 것들을 한 번 더 찬찬히 보려는 듯이. 남겨진 것들은 곡선으로 사라진다. 눈물을 훔치는 얼굴과 뒷짐 진 나이 든 이들과 보잘것없는 플라스틱 벤치와 초라한 기둥과 지붕들, 승강장에 매달린 서울, 부산, 울산, 목포, 대전의 투박한 지명들이 곡선으로 흐릿해진다. 그건 꼭 작은 쇼 같아서 떠나는 마음은 더욱 착잡해진다.

성인이 되어 나는 내 돈으로 구입한 항공권을 들고 비행기에 올라 다른 나라로 떠날 수 있게 되었다. 겨우 혼자 고속버스를 탈 수 있게 되었던 시절에는 상상조차 못했던 일이다. 나는 떠나고 싶었고 떠나는 사람이 되고 싶었다. 보다 근사한 인생을 살고 싶었고 보다 근사한 사람이 되고 싶었다. 이 비행기 안에는 그런 특권을 부여받은 사람들만이 올라탈 수 있을 것 같았다.

출발하는 비행기는 지루해질 때까지 활주로를 천천히, 아주 천천히 돌다가 어느 순간 힘을 주어 부르르 떨며 하늘을 향해 예각으로 솟구쳐 오른다. 남겨진 것들은 또 부르르 떨리며 예각으로 멀어진다. 손바닥만 한 창밖으로 보이는 것은 새까만 활주로와 반짝이는 불빛과 방금 전까지 대기했던 공항의 지붕과 하늘과 바다 같은 것들이다. 사람들은 점처럼, 아니 점보다 더 작아지고, 도로를 달리는 장난감 같은 자동차들을 내려다보고 있노라면 모든 것이 무의미하다는 생각마저 든다. 하늘을 향해 날아오르는 것은 인간의 영역이 아니기에 어쩌면 오만해지는 것인지도 모른다. 이 출발에는 미련보다는, 설렘과 희망과 안도가 함께한다. 공항이 대개 사람들이 실제로 살아가는 곳에서 외따로 떨어진, 휑한 벌판 위에 지어져 있기 때문일 것이다. 공항을 거쳐 어딘가로 떠날 때 나는 곧 돌아올 계획이기 때문일 것이다. 이것의 현실의 연장선상에 있지 않음을, 어디까지나 기분전환을 위한 가벼운 외출 같은 것임을 잘 알고 있기 때문일 것이다.

사실 나는 기차여행을 별로 해본 적이 없고, 특별히 기차를 좋아하지도 않는다. 어린 시절 명절 때 서울이나 속초에 가느라 기차를 탄 적이 있는데, 자리가 없어 진해역에서 일단 마산이나 부산으로 나가는 기차의 우편칸에 서 있던 기억이 난다. 한번은 기차를 타고 가다가 대구인지 동대구역인지에서 기차가 잠깐 멈췄을 때 아빠가 물을 떠오겠다며 물통을 들고 내렸었다. 아빠는 한참이 지나도 돌아오지 않았고 나는 창밖으로 아빠를 찾았지만 플랫폼에도 아빠는 보이지 않았다. 결국 기차는 출발했고 나는 거의 울 뻔 했다. 이대로 아빠를 영영 못 만나는 건 아닌지 걱정이 되어 견딜 수가 없었다. 기차가 역을 빠져나왔을 때 복도 끝의 문이 열렸다. 그리고 기적처럼 물통을 든 아빠가 싱글벙글 웃으며 나타났다.

버스나 비행기와는 달리 출발하는 기차는 직선으로 플랫폼을 떠나간다. 남겨진 사람들, 남겨진 기차역은 마치 영화 속의 필름들처럼 천천히, 그러다 빠르게 프레임 바깥을 향해 직선으로 밀려난다. 그들은 이제 내 인생의 지나간 시절이다. 더 이상 그들은 나에게 영향을 미치지 못할 것이다. 나는 새로운 인생을 향해 달려가야 한다. 동시에 나는 더 이상 내가 남겨두고 온 것들을 되찾지 못하리라는 사실을 깨닫는다. 그것들이 좋은 것이건 나쁜 것이건. 영광스러운 것이건 치욕스러운 것이건. 사랑하는 것이건 미워하는 것이건.

이제 나는 직선으로 뭄바이를 남겨두고 떠난다. 무엇이 기다릴지 상상조차 가지 않는 남인도를 향해서.

기차는 직선으로 플랫폼을 떠나간다.

남겨진 사람들, 남겨진 기차역은 마치

영화 속의 필름들처럼 천천히,

그러다 빠르게 프레임 바깥을 향해 직선으로 밀려난다.

그들은 이제 내 인생의 지나간 시절이다.

더 이상 그들은 나에게 영향을 미치지 못할 것이다.

나는 새로운 인생을 향해 달려가야 한다.

동시에 나는 더 이상 내가 남겨두고 온 것들을

되찾지 못하리라는 사실을 깨닫는다.

그것들이 좋은 것이건 나쁜 것이건.

영광스러운 것이건 치욕스러운 것이건.

사랑하는 것이건 미워하는 것이건.

두 번 다시 그곳에 ─────
갈 일은 없지만

살다 보면 생각지도 못하고 계획하지도 않았고
가고 싶지도 않았던 장소에 발이 묶일 때가 있기 마련이다.
그럴 때 나는 땅갈로르를 떠올린다.

→ 2001년도에 인도를 여행할 때만 해도 제대로 된 인도 가이드북이 없었다. 이상하게도 인도를 여행했다는 사람들이 쓴 책을 읽어보면 다들 향신료만큼이나 지독한 인도의 환상에 도취된 듯 보였다. 인도에 대한 객관은 찾아보기 힘들었다. 그곳은 두 번 다시 발도 들이고 싶지 않은 끔찍한 곳이거나, 이해하고 싶은 욕망은 간절하나 본인의 공력이 미미하여 이해할 수 없으니 꼭 다시 와서 이해하고 싶은 곳이거나, 아니면 지상낙원이었다.

그래봤자 그건 그냥 나라가 아닌가.

그래서 나는 『론리 플래닛』의 인도판을 샀다. 론리 플래닛, 외로운 행성. 가이드북에 이렇게 낭만적인 이름을 붙이다니. 그 자신도 여행자이던 창업자가 만든 가이드북으로, 배낭여행을 하는 서양인들은 대개 이 푸른 커버의 책을 들고 다닌다. '이런 나라에 가는 사람도 있을까' 싶은 나라까지 완벽하게 커버하고 있다는 것이 장점이다. 『론리 플래닛』만 있으면 세상 어디든 갈 수 있다.

언젠가 나는 가이드북도 없이 인도를 여행했다는 사람을 만난 적이 있다. 그는 말 그대로 지나는 사람을 붙잡고 물어 물어 다녔다고 한다. 그래서 가이드북을 들고 다니는 여행자들이 가보지 못한 곳에 갈 수 있었고, 알지 못하는 정보를 얻을 수 있었으며, 만날 수 없었을 사람들을 만나고, 할 수 없었을 일들을 할 수 있었다고 한다. 그 용기를 높이 산다. 부럽다. 어쩌면 그것이야말로 진정한 여행인지도 모른다. 하지만 나처럼 길 물어보기를 싫어하는 사람은 죽었다 깨어나도 그럴 수 없을 것이다.

한때는 그런 것이 부끄러웠다. 물어야 할 상황에서 물어보기를 싫어한다는 것이. 그런데 알고 보니 나만 그런 것이 아니었다. 내가 좋아하는 작가 빌 브라이슨도 길 물어보기를 싫어한다고 했고, 영화 〈인 디 에어〉에서 주인공이 호텔 바에서 만난 여자 역시 길 물어보는 게 싫다고 당당하게 말했다. 우리가 길 물어보기를 싫어하는 이유는 같다. 바보처럼 보일까 봐. 정말 바보 같은 이유다. 여전히 바보 같다고 생각한다. 물어보지 않는 쪽보다는 물어보는 쪽이 훨씬 낫다고도 생각한다. 그렇지만 별수 없다. 세상에는 이런 사람도 있고 저런 사람도 있는 거니까.

아무튼 『론리 플래닛』은 두껍다. 벽돌처럼 두껍다. 글씨는 작고 빽빽하다. 사진은 거의 없다. 이 가이드북은 영어라서 불친절하고, 그 장소에 도착하기 전까지는 그곳이 어떤 모습인지 도무지 감이 오지 않게 만든다는 점에서 불친절하다. 사진이 없으면 상상력을 고취시키기에는 좋겠지만 내가 돈을 들여 가이드북을 사서 무겁게 들고 다니는 이유는 상상력을 고취하기 위해서가 아니라, 길을 잃지 않기 위해서다.

『론리 플래닛』에 비하면 한국의 가이드북은 친절하다. 때로는 지나치게 친절하다. 숙소마다 방 사진이 꼼꼼히 붙어 있다. 식당의 사진, 요리의 사진도 붙어 있다. 한 나라에 도착해서 집에 돌아오는 날까지 길을 잃거나 헤매지 않도록 하나에서 열까지 다 알려준다. 친절한 여행 가이드를 만난 기분이다. 요즘은 무거운 가이드북을 들고 다니는 대신 먼저 다녀온 사람들이 블로그에 올린 정보로 여행하는 사람들이 더 많다고 한다. 블로그는 가이드북보다 더 친절하다. 구석구석까지 사진을 찍어 올리고 위치와 가격과 감상평을 세세하게 달아두었다. 안심이 된다. 시키는 대로만 하면 될 것 같다. 가지 않았는데도 가본 것 같다. 그리고 여행지에 도착해서는 블로그에 나온 그대로 체험했다는 사실에 안심한다.

『론리 플래닛』에는 그런 것이 없다. 이 안내서는 최소한의 정보만을 준 후 나머지는 당신이 알아서 하라고 한다. 수영을 가르친답시고 아이를 물속에 던져 넣는 야속한 체육선생님 같다. 심지어 『론리 플래닛』의 일본 규슈판에는 유명한 관광지

'하우스텐보스'에 대해 이런 소개글 하나만 달랑 남겨놓았다. '누가 일본까지 와서 네덜란드 축소 마을을 구경하고 싶겠는가.' 재미있는 가이드북이다.

그때 나는 인도의 서쪽 해안 지방인 고아에서 중부의 마이소르라는 도시로 이동할 예정이었다. 마이소르는 과거 마이소르 왕국의 수도로, 이곳에는 유명한 마이소르 궁전이 있다. 고아의 마드가온역에서 기차를 타고 남쪽을 향해 내려가 망갈로르라는 '볼 것도 없으니 그냥 지나쳐가야 할 도시' '어떤 여행자가 일부러 여길 찾아올까 의심스러운 도시'(나의 생명줄 『론리 플래닛』에 그렇게 나와 있었다.)에 도착한다. 망갈로르에 도착하자마자 바로 야간버스를 타고 마이소르까지 직행하는 빈틈없는 일정. 하지만 빈틈없는 세상의 모든 것에는 필연적으로 빈틈이 생기게 마련이다.

일단 마드가온역에서 망갈로르로 가는 기차표를 샀다. 플랫폼에는 몇몇 인도인들이 기차를 기다리고 있었다. 매점에서는 조잡한 과자 몇 종류와 손잡이가 달린 플라스틱 컵을 팔고 있었다. 1리터 정도의 사이즈다. 컵이라기에는 크다. 인도 사람들의 가방에는 너 나 할 것 없이 이 컵이 달려 있다. 이 컵으로 무얼 하는 걸까.

알고 보니 그들은 이 컵을 다양하게 활용했다. 우선은 샤워할 때 쓴다. 인도의 숙소는 욕실 타입이 대개 일반 샤워와 버킷 샤워로 나뉘어져 있다. 일반 샤워에는 샤워기가 달려 있고 버킷 샤워는 말 그대로 버킷, 그러니까 양동이에 담긴 물을 퍼서 씻는 것이다. 그럴 때 이 컵이 필요하다. 물론 방값은 버킷 샤워 쪽이 싸다.

또 화장실에서도 컵이 필요하다. 인도의 화장실에는 휴지가 없다. 적어도 내가 여행했던 2001년도에는 그랬다. 지금은 모르겠다. 인도에도 휴지 유행이 퍼졌을까. 그렇다면 아마도 지금까지의 정화조와 하수구 시스템으로는 역부족일 것이다. 아무튼 인도 사람들은 화장실에서도 자기만의 컵을 들고 다니며 양동이에 담긴 물을 퍼서 뒤를 씻는다.

인도에서 나는 손으로 밥은 먹었지만 손으로 뒤를 씻지는 못했다. 거기까지는 자신이 없었다. 그래서 휴지를 사서 들고 다녔는데 어디든 휴지를 잘 팔지도 않을뿐더러 팔더라도 비쌌다. 우리나라 휴지의 반 정도 두께인 휴지가 비슷한 가격이었다. 질도 안 좋았다. 그 질 나쁜 휴지를 돈보다 더 아껴가며 소중히 썼다.

그나저나 오전 중에 도착했어야 할 기차는 오후가 다 지나도록 감감무소식이었다. 인도에서는 비일비재한 일이다. 덕분에 빈틈없이 완벽했던 나의 마드가온-망갈로르-마이소르 진군 계획에도 심각한 차질이 생겼다. 기차가 오지 않는 채로 오후 2시가 넘어가자 나는 비통한 심정으로 오늘 밤 망갈로르를 출발하는 버스를 타지 못할지도 모른다는 사실을 받아들여야만 했다. 결국 나는 무려 5시간 동안이나 오지 않는 기차를 기다렸다.

문제는 이런 엄청난 사고를 마주하고도 함께 기차를 기다리던 인도인들은 일말의 불안감이나 초조함, 분노, 안타까움, 심지어 절망감조차 드러내지 않았다는 것이다. 그들은 기다리고 기다렸다. 그저 기다릴 뿐이었다. 시계를 보고 저 멀리 철로 끝을 보고 멍하니 앉아 기다렸다. 이럴 줄 알았다는 듯 아예 플랫폼 바닥에 천 한 장을 깔고 드러눕기도 했다. 그런 그들의 표정은 일견 평온해 보이기까지 했다. 아, 이것이 인도를 여행한 사람들이 하나같이 무릎을 꿇은 인도인의 저력이라는 것이구나. 거리에 나뒹구는 소똥 하나에도 심오한 의미를 부여하는 진지

한 사람들이 찬탄하는 그것! 하지만 내가 정말로 무릎을 꿇고 싶었던 인도인의 저력은 기차가 도착하는 순간 발휘됐다.

기차는 해가 넘어가기 직전에야 예고도 없이 플랫폼으로 기어 들어왔다. 그와 동시에 명상하는 수행자처럼 늘어져 있던 사람들이 갑자기 용수철이 튀어 오르듯 자리에서 벌떡 일어나더니 달리기 시작했다. 눈빛이 매서워졌다. 소리를 질렀다. 옆 사람을 밀쳤다. 채 서지도 않은 기차에 매달렸다. 미처 매달리지 못한 사람들은 창문 너머로 자기 짐을 던지는 투혼을 발휘했다. 가진 짐이 없던 어떤 아저씨는 자기 손수건을 던져 넣었다. 내가 봤다. 전쟁을 소재로 한 영화에나 나올 것 같은 아비규환이었다.

출근길 지하철 환승통로를 걷다가 앞사람이 갑자기 뛰기 시작하면 자신도 모르게 같이 뛰는 것처럼(이런 경우 플랫폼에 도착했을 때 지하철은 이미 떠난 뒤다.) 위기감에 사로잡힌 나는 그 피난민 대열에 합류해 내 커다란 몸뚱이를 그들 틈에 밀어 넣으려 애썼다. 그러지 않고서는 이 기차에 발조차 디딜 수 없을 것 같았다. 나는 반드시 이 기차를 타야 한다! 나는 무려 5시간이나 이 기차를 기다렸단 말이다! 이 기차를 타고 망갈로르에 도착해 오늘 밤 떠나는 마이소르행 버스를 타야 한단 말이다!

나보다 머리 하나는 작은 사람들과 벌인 격투 끝에 겨우 기차에 올랐을 때 나는 눈앞에 펼쳐진 인도인의 저력에 다시 한번 무릎을 꿇고 말았다. 방금 전까지 악에 받친 얼굴로 기차에 오르려 난리치던 사람들이 텅 빈 좌석의 일부를 띄엄띄엄 점유한 채로 아까의 세상에서 가장 평화로운 표정으로 여유롭게 창밖을 내다보고 있었던 것이다. 그들은 마치 20년 전부터 이 기차에 타고 있던 사람들 같았다. 내가 졌다.

너무 늦게 도착한 기차는 한밤중이 돼서야 낯선 도시 망갈로르에 도착했다. 여행 중의 모든 도시가 낯설지만 '볼 것도 없으니 그냥 지나쳐가야 할 도시'라고 생각해 관심도 없던 이 도시는 더더욱 낯설었다. 마이소르행 버스는 진즉에 떠났다. 나는 말 그대로 이 도시에 발이 묶인 것이다.

어두운 기차역에서 만난 왠지 믿음이 안 가는 인상의 릭샤 운전수에게 호텔로 데려가 달라고 했다. 그는 예정된 수순대로 알았다고 말한 뒤 내가 말한 호텔이 아닌 다른 호텔(그가 손님을 데려가면 커미션을 받는)로 나를 데려갔다. 인도에서는 이런 시스템(시스템이 맞다. 100대의 릭샤를 타면 90대는 당신을 목적지가 아닌 곳으로 먼저 데려갈 것이기 때문에)에 익숙해질 필요가 있다. 딱히 나쁜 의도를 가진 것도 아니고 그냥 한번 떠보는 것에 불과하기 때문이다. 그 호텔이 아니면 눈을 살짝 부라리며 "뭐하는 거예요? 원래 말했던 곳으로 데려가 줘욧!"이라고 한마디 해주면 된다. 인도 사람들은 사기를 치려고 들다가도 상대가 세게 나오면 절대로 강권하지 않는다. 그런 면에서 순수한 편이다. '아님 말고' 식이다.

그러나 나는 앞서도 말했듯이 오밤중에 '볼 것도 없으니 그냥 지나쳐가야 할 도시'에 와 있었다. 안전하고 쾌적한 호텔을 구할 수 있을지조차 확신할 수 없었다. 심지어 뜨내기가 떴다는 소문이 시내에 파다하게 퍼져 망갈로르의 모든 범죄자, 전과자, 잠재적 범죄자들이 모처에서 집결하고 있을지도 모를 일이었다. 나는 가방을 꼭 끌어안고 싶었지만 일부러 가슴을 쫙 펴고 눈을 부릅뜬 채로 어둠을 노려보며 담대한 척했다. 내가 인도에서 두 달간 살아남은 방식이었다.

인도의 도시에는 숙소가 많다. 이런 데도 일부러 찾아오는 사람들이 있을까 싶은 곳에도 반드시 숙소가 있다. 수많은 인도 사람들이 매일같이 어딘가로 떠나고 또 돌아온다. 기차역에

가면 인도 사람들의 절반이 매일 움직이고 있는 게 아닌가 싶을 정도다. 그들 중 대다수는 비즈니스 트립과는 별 관계가 없어 보이는 사람들이다. 보자기에 먹을거리를 싸 가지고 다니는 아녀자들도 많다. 그들은 어디로 가는 걸까. 성지 순례를 다니는 사람들도 있을 것이다. 그들은 유명한 사원에 가고 성스러운 강이나 바다에 간다. 그리고 그곳에서 몸을 던져 목욕을 한다. 그런 이유에서인지 인도의 어느 도시에서건 숙소를 구하기는 어렵지 않다.

기차 안에서『론리 플래닛』을 급히 뒤져 점찍은 망갈로르의 호텔은 불이 꺼져 있었고 문은 잠겨 있었다. 하지만 문을 두드리자 어두운 로비 바닥에서 한 남자가 주섬주섬 몸을 일으키더니 문을 열어주었다. 그가 제시한 방값은 생각보다 비쌌다. 고민을 좀 하다 딴 곳으로 가겠다고 했더니 그는 별달리 기분 나쁜 기색도 없이 문을 닫고는 다시 로비 바닥에 누웠다. 어두운 거리를 걸어 근처의 호텔 몇 군데를 돌아다녀보았지만 방이 없거나('볼 것도 없으니 그냥 지나쳐가야 할 도시'의 호텔에 방이 없는 이유는 대체 뭐란 말인가!) 있다고 해도 아까 그 호텔보다 비쌌다.

별수 없이 부끄러움과 미안함을 무릅쓰고 처음의 호텔로 다시 돌아왔다. 문을 두드리니 바닥에서 또 그 남자가 일어났다.

그는 짜증도 내지 않고 기계적으로 장부를 내민 후 우리를 방으로 안내해 주었는데, 이제 보니 로비 바닥에는 그 남자 말고도 대충 이불을 깔고 누워 자는 몇 명의 남자가 더 있었다. 왠지 그들을 밟고 지나가는 기분이었다. 엘리베이터 앞에 선 그의 얼굴에는 아무런 표정도 없었다. 너무 졸렸나 보다.

방은 나쁘지 않았다. 꽤 넓은 데다 테라스도 있었다. 하지만 화장실에서는 지독한 하수구 냄새가 났다. 침구는 눅눅했다. 나는 그 '볼 것도 없으니 그냥 지나쳐야 할 도시'의 딱히 마음에 들지 않는 호텔에서 꼬박 하룻밤을 보내고 한나절을 더 보냈다. '볼 것도 없으니 그냥 지나쳐야 할 도시'에 갇혀 있는 것도 갑갑해 죽겠는데 비까지 내렸다.

아침에는 일단 우산을 쓰고 밖으로 나갔다. 『론리 플래닛』에 나온 슈퍼마켓에 갔다. 깨끗했지만 선반 위에는 물건이 거의 없었다. 상심해서는 살균하지 않은 우유와 시리얼을 사 와서 호텔 방에서 우적우적 먹었다. 다시 밖으로 나가서 공영버스에 비해 시설이 월등히 좋다고『론리 플래닛』이 추천한 사설 버스 회사로 갔다. 그곳에서 오늘 밤 마이소르로 떠나는 버스표를 예매할 수 있었다. 돌아오는 길에는『론리 플래닛』에 나온 식당에서 점심으로 탈리를 먹었다. 맛이 괜찮았다. 무뚝뚝하고 뚱뚱한 여주인이 눈빛과 제스처로 밥을 더 줄까 하고 물었다. 더 먹었다가는 배가 찢어질 것 같아서 거절했다. 다시 우중충한 길을 걸어 숙소로 돌아왔다. 어젯밤 로비 바닥에서 자던 남자가 졸린 얼굴로 카운터에 앉아 있었다.

할 일이 없어 하루 종일 침대 위를 뒹굴었다. 짐을 꾸려 버스 출발 시간 전 다시 버스 회사로 가보니 사무실 안에는 나처럼 버스를 타려는 사람들이 잔뜩 앉아 있었다. 그중 눈이 부리부리하고 배가 나온 아저씨가 나를 뚫어지게 쳐다보아서 나도 질새라 노려봐주었다. 3초쯤 눈싸움을 하다가 아저씨는 매우 자연스럽게 천장에 붙어 있는 선풍기 쪽으로 시선을 옮겼다.(내가 이겼다.) 그러다가 내가 방심하면 아저씨는 나를 다시 쳐다보기를 반복했다. 이러다 아저씨가 청혼이라도 할 것 같아서 나는 아저씨를 존재하지 않는 사람 취급했다.

출발 시간이 되어 버스에 올랐다. 내 앞자리에 앉은 인도 새댁은 의자 등받이를 정확히 170도로 젖혔다.(그 이상은 젖혀지지 않았기 때문이다.) 나는 웃으며 "의자 좀 올릴 수 없겠니? 지금 내 다리가 네 머리에 눌린 게 네 눈에도 보일 텐데"라고 한마디 했다가 새댁의 잡아먹을 듯한 시선을 마주해야 했다. 새댁은 정확히 이렇게 말했다.

"그럼 너도 뒤로 젖히면 되잖아!"

버스 의자 등받이를 너무 많이 젖히면 뒷자리의 승객에게 피해를 주는 나라에서 온 나는 새댁의 머리채를 쥐어뜯는 대신, 밤새 선잠에서 깰 때마다 앞 의자를 무릎으로 차는 소심한 복수를 감행했다.

버스 안에서 나는 또 『론리 플래닛』을 펼쳤다. 『론리 플래닛』의 간략한 설명에 따르면 마이소르는 꽤 큰 도시였고 이러저러한 관광지들이 있었으며 시골에서는 보기 힘든 몇몇 편의시설도 있다고 했다. 새댁의 머리통을 허벅지 위에 올려둔 채로 나는 행복한 상상에 빠져들었다. 이 도시에는 그럴듯한 건물과 세련된 상점이 늘어선, 잘 포장된 깨끗한 거리가 있을 것이다. 사람들은 가벼운 차림으로 거리를 활보하고 나는 오랜만에 문명세계의 향기를 맡으며 행복에 젖겠지. 에어컨이 있는 카페에 가서 맛있는 아이스크림이라도 사 먹어야겠다. 그러고 나서 쇼핑몰에 들러 옷 구경을 좀 하고 이 거적 같은 옷을 어서 빨리 버릴 수 있도록 새 옷도 몇 벌 사야겠다. 오랜만에 커리가 아닌 음식도 좀 먹어보자. 피자도 좋겠군. 맥주도 한잔 마실 수 있다면 더할 나위 없겠는데. 그렇게 여독을 푼 후에 샤워기가 달린 욕실에서 깨끗이 씻고 푹신한 침대 위에서 두 다리 쭉 뻗고 푹

자야지.

그런 상상을 하니 실성한 사람처럼 입가에서 웃음이 피식 피식 새어 나왔고 허벅지 위 새댁의 머리통도 참을 수 있을 것만 같았다. 그러다 나는 잠이 들었다. 새벽녘이 되어 차가 멈춰서며 누군가가 "마이소르!"라고 소리쳤다. 잠에서 깨어 창밖을 바라보았다. 내가 잘못 본 게 아니라면 밖은 모래바람이 휘몰아치는 황무지였다. 다 쓰러져 가는 더러운 매점 하나가 위태롭게 서 있었다. 여기가 마이소르였다. 어찌나 절망했는지 새댁의 머리채를 쥐어뜯고 싶은 심정이었다. 망할 『론리 플래닛』. 상상력 따위는 필요 없어. 나에게는 예측 가능한 미래가 필요하단 말이다!

인도에서 모든 것들은 예측 불가능했다. 때때로 기차는 너무 늦게 도착했다. 계획에도 없던 일정이 추가되었다. 한밤중에 알지도 못하는 도시에 내려 잠잘 방을 구해야 했다. 숙소는 너저분했고 화장실에서는 시궁창 냄새가 났다. 문을 열고 나가면 배 나온 아저씨들의 눈요깃거리가 되어야 했다. 새로이 나타나는 모든 것들이 기대를 배반했다. 어느 거리든 멋이라곤 없었다. 먼지 낀 쇼윈도와 지저분한 골목과 더러운 식당과 외국인을 경계하거나 아니면 뭔가를 팔아보려는 사람들. 음식은

먹을 만하거나, 도저히 먹을 수가 없거나, 둘 중 하나였다. 해변
은 우중충했다. 관광명소는 여기나 저기나 똑같았다. 어딜 가
든 기대는 나를 배반했다. 하루 이틀이라면 신나고 즐거웠을지
도 모른다. 하지만 매일매일은 싫었다.

　인도에서 『론리 플래닛』은 물속에서 허우적대는 나를 팔짱
을 낀 채로 지켜보고만 있는 야속한 체육 선생님이었다.

　대학 4학년의 장래희망이 '유라시아 일주'였던 나의 대단하
신 모험심은 이제는 좀 더 소심하고 내밀하고 진지한 쪽으로
방향을 틀었다. 나는 내가 읽지 못했던 책들을 읽고 싶고, 만나
지 못했던 사람들을 만나고 싶고, 하지 못했던 일들을 해보고
싶다. 더 이상 낯선 장소를 예전처럼 열망하지 않는다.

　대신 나는 내가 잘 알고, 또 좋아하는 곳에 간다. 그런 곳에
서 나는 가이드북 따위는 없이, 특별한 목적지도 없이, 관광명
소나 인기 식당 같은 것들은 염두에 두지 않고 그냥 어슬렁거
리며 돌아다닌다. 관광 안내소에서 얻은 지도 한 장만 달랑 손
에 쥔 채로. 길을 잃으면 스마트폰을 켜고 구글 맵을 들여다보

면 그만이다.

작지만 동네 사람들로 붐비는 활기찬 식당을 발견하면 두려움을 무릅쓰고 들어가 본다. 테이블에 자리를 잡고 앉아서 읽을 수 없는 글자들이 가득한 메뉴판을 뚫어져라 쳐다보고 옆테이블에 앉은 사람들이 먹고 있는 요리를 흘깃거린다. 수줍게 손을 들어 종업원을 부르고 더듬더듬 음식을 주문하고 처음 맛본 요리에 당황하기도 하고 슬퍼하기도 하고 기뻐하기도 한다.

어슬렁거리다 신기하거나 아름다운 장소가 나타나면 그곳에서 잠시 발걸음을 멈춘다. 그곳은 작은 가게일 수도 있고, 빌딩 틈새의 비좁은 공원일 수도 있고, 이름 없는 사원일 수도 있고, 그냥 골목이거나 강변일 수도 있다. 그곳에서 시간을 보내며 나는 누구의 것도 아닌 나의 여행을 기록한다. 내가 허용할 수 있는 정도의 예측 불가능성 속에서 아무도 모르는 짜릿함을 느낀다. 『론리 플래닛』도 없는 나는 그렇게 여행을 한다.

살다 보면 생각지도 못하고 계획하지도 않았고 가고 싶지도 않았던 장소에 발이 묶일 때가 있기 마련이다. 그럴 때 나는 망갈로르를 떠올린다. 내 평생 두 번 다시 망갈로르라는 도시에 갈 일이 있을까. 없을 것이다. 기적이 일어나거나 엄청나게 운이 나쁘지 않는 한은 없을 것이다. 망갈로르 시청에서 나를 홍보대사로 초대할 일도 없을 것이다. 어쩌면 망갈로르라는 도시가 여행을 다룬 책에 실리는 것은 이번이 세계 최초일지도 모른다. 그렇다면 가능성이 없지는 않겠다.

망갈로르를 떠올리면 그저 한밤중에 의도치 않게 알지도 못하고 알고 싶지도 않은 도시에 떨어진 적이 있었다는 생각이 든다. 뭐 그렇게 나쁘지는 않았다고도 생각한다.

세기말의
프랑스어 수업

어쩌면 나처럼 절망도 희망도 없이 외국어를 공부하는 사람은
그저 현실에서 도피하려는 것인지도 몰랐다.
어딘가에 닿고 싶지만 닿을 만한 목적지를 찾고 있지 못한 것인지도 몰랐다.

대학 3학년 때 제2 외국어 수업으로 '프랑스어 회화'를 신청했다. 대부분 중국어나 일본어 수업을 들었지만 나는 프랑스어를 선택했다.

1999년도의 일이었다. 세기말이었다. 밀레니엄이라는 단어가 여기저기서 들려왔다. 영국인지 미국인지의 노파심 많은 어느 부부는 자기 집 지하실에 밀레니엄 비상 키트를 준비해두었다며 자랑스럽게 그 사진을 공개했다. 사람들은 밀레니엄 버그로 전산망이 마비, 전 지구적 혼란이 도래할지 모른다는 불안과 음모를 수군거렸다. 라면과 생수와 휴지를 사재기하는 사람들도 있었다.

당시 스물두 살의 꽃다운 여대생이었어야 할 나는 꽃답기는커녕 머리도 잘 감지 않았다. 옷도 잘 갈아입지 않았다. 누더기 같은 옷만 골라 입고 다녔다. 심지어 곰팡이까지 핀 옷을 툭툭 털어 입고 나가는 것이 내 스타일링의 전부였다. 남학생이 아니라 파리나 바퀴벌레가 꼬일 지경이었다. 가방도 잘 들고 다니지 않았다. 지하방에 사는 사람들이 대개 그러하듯 햇빛 볼일 없이 살면서 세상과의 거리감을 유지하기 위해 5월까지 커다란 코트를 입고 다녔다. 그 코트의 주머니 속에는 사르트르의 『구토』나 도스토옙스키의 『죄와 벌』의 문고본이 들어 있었고, 나는 수업 시간에도 구석에 앉아 그 책들을 꾸역꾸역 읽었다. 지루해지면 교수가 문 바로 옆에 서 있어도 당당하게 문을 열고 나가버렸다. 볕 좋은 날에는 학교 벤치에 아무렇게나 늘어져 있었다.

나의 프랑스어 선생님은 30대 후반의 미혼 여성이었다. 그때 내게 프랑스어 선생님은 '나이 든 여자'였다. 30대의 나이라는 것은, 그것도 30대 후반의 나이라는 것은 나에게 그야말로 미지의 세계였으니 말이다.

선생님과 나는 꽤 친했다. 나처럼 붙임성 없는 사람, 특히나 교사 집단과는 단 한 번도 가까이 지내본 적 없는 사람에게는 특이한 일이었다. 어쩌다 그렇게 되었는지는 모르겠지만 선생님과 나는 종종 통화를 하고 메시지를 주고받았다. 가끔 만나밥을 먹기도 했다. 주로 학교 식당에서였다. 인문대 앞 양지바른 벤치에 앉아 이야기도 했다. 커피숍 같은 데는 가지 않았다. 선생님은 보온병에 담아온 따뜻한 차를 마셨던 것 같다. 나에게도 권했을 것이다. 어쩌면 나는 거절했을지도 모른다. 선생님이 한 이야기들은 조금씩 기억이 나는데, 내가 무슨 말을 했는지는 전혀 기억이 나지 않는다.

선생님은 구의동 집에서 왕십리 학교까지 낡은 프라이드를 몰고 출근하면서 바나나 하나로 아침을 해결한다고 했다. 선생님에게 할당된 수업은 몇 시간 되지 않았고, 프랑스어는 인기가 없었다. 선생님은 적은 수입으로 검소하게 살아가는 데 익숙했다. 선생님의 고향은 제주도였고 방학 때면 제주도에 내려가 있었다. 그때 나는 선생님의 고향집 주소로 편지를 보내기도 했다. 나는 그 나이 든 여자에게 무엇을 적어 보낸 것일까.

선생님과 이야기를 나눌 때마다 나는 구절과 구절 사이에 숨은 초조함과 불안함을 느낄 수 있었다. 선생님은 일거리를 좀 더 구하고 싶어 했다. 프랑스어 문서를 번역하거나 사업과 관련된 통역 일을 간간히 하고 있긴 했지만 선생님은 점점 더 나이가 들어가고 있었고, 말했다시피 프랑스어는 인기가 없었다. 선생님은 프랑스에서 지내던 시절에 대해서 가끔씩 이야기하곤 했다. 프랑스에서 지내던 시절에 선생님은 나이 든 여자가 아니었을 것이다. 프랑스에 환상을 품고 프랑스어에 동경을 품은 젊은 여자였을 것이다. 이 삶도 나를 사랑하고 나 역시 이 삶을 사랑한다고 확신하는 젊은 여자였을 것이다. 그런 여자였기에 프랑스까지 갈 용기를 냈을 것이다.

지금 나는 프랑스어 선생님보다 더 나이를 먹었다. 그럼에도 선생님은 여전히 나에게 '나이 든 여자'다. 선생님은 나를 무엇으로 기억하고 있을까.

휴학을 하고 아르바이트를 하면서 나는 종로 파고다어학원의 프랑스어 회화 수업에 등록했다. 30대 후반이거나 40대 초반일 프랑스 남자가 가르치는 수업이었다. 수강생은 다섯 명 정도였다. 나를 뺀 이들은 모두 프랑스 유학을 준비 중인 사람들이었다. 나처럼 아무 목적도 없이 프랑스어를 배우는 사람은 없었다. 아, 이상한 여자가 하나 더 있었다. 프랑스어 수업인데 강사에게 늘 영어로 이야기하는 여자였다. 물어보지도 않은 이야기를 잔뜩 늘어놓아 듣는 사람의 인내심을 시험하는 그런 여자였다. 강사는 그 여자를 짜증스러워했다.

"지금은 프랑스어 수업 시간이야. 프랑스어 수업에서는 프랑스어로 이야기해야지."

실은 우리 모두 그 여자를 짜증스러워했다. 심지어 강사는 대놓고 이렇게 물어본 적도 있었다.

"넌 프랑스어를 왜 배우는 거니?"

그러자 그 여자는 대답했다.

"심심해서."

그 여자는 정말 심심한 것 같았다. 가끔 쉬는 시간에 그 여자가 영어 강사들과 건물 뒤쪽에서 담배를 태우고 있는 모습이 보였다. 그들과도 별로 친해 보이지는 않았지만 그 여자는 그들에게 쉴 새 없이 이야기를 하고 있었다. 수강료를 내고 말할 대상을 찾는 여자 같았다.

그 당시 내가 하던 아르바이트는 전화로 한 대학 공대의 졸업생 인명부를 파는 것이었다. 나는 매일 이화동 로터리의 작은 사무실에 앉아 리스트 속 전화번호로 전화를 걸어 "졸업생 인명부가 나왔는데 주문하시겠습니까?"라고 물었다. 물론 전화를 건 주 목적은 그다음에 있었다. "혹시 광고가 필요하십니까? 뒤 페이지에 광고를 실을 수도 있는데요."

인명부에는 졸업생들의 이름과 주소와 전화번호와 직장명이 들어갔다. 좋은 직장에 다니는 사람들은 당당하게 직장 이름을 말했다. 어떤 사람들은 이름과 주소, 전화번호까지는 이야기하다가도 직장명을 물으면 답을 피했다. 전화를 끊기도 했다. 그냥 싣지 말라는 사람도 있었다. 활기차게 전화를 받는 사람도 우울하게 전화를 받는 사람도 있었다. 고마워하는 사람도

의심하는 사람도 화를 내는 사람도 있었다. 나이가 많은 사람은 자신의 정보를 싣고 싶어 했고 나이가 적은 사람은 관심 없어 했다. 대부분은 광고를 싣지 않았지만 가끔 광고를 싣는 사람도 있었다. 공장이나 가게, 주유소를 운영하는 사람들이었다. 동창들에게 많이 알릴수록 좋은 사업을 하는 사람들이었다. 가끔 직장을 물으면 "그냥 출판사라고 해주세요"라고 귀찮은 듯, 비밀스러운 듯 말하는 남자들도 있었다. 나는 옆자리의 베테랑 언니에게 물었다.

"출판사가 왜 이렇게 많지요? 공대인데."

그러자 언니가 답했다.

"그건 국정원을 말하는 거야."

아르바이트가 끝나면 종로 파고다어학원까지 걸어갔다. 가을에도, 겨울에도 걸었다. 한국의 가장 좋은 계절 속을, 한국의 가장 혹독한 계절 속을 걸었다. 걷다가 노점에서 김떡순을 사 먹기도 했다. 김치전과 떡볶이와 순대를 마구 버무려주는 세트인데 깻잎이 잔뜩 들어가서 맛있었다. 아니면 백노날드에서 천 원짜리 치즈버거를 사 먹었다. 채소라고는 오이피클만 달랑 몇 개 든 햄버거였다. 하지만 머스터드소스가 맛있었다. 그걸 사서 우적우적 먹으면서 학원까지 갔다.

학원에는 사람들이 참 많았다. 수업이 시작되기 전이나 끝나고 난 후에는 줄을 서서 계단을 오르내려야 할 정도였다. 그 많은 사람들이 외국어를 배우기 위해서, 그리하여 무언가가 되기 위해서, 또는 무언가가 되기 위한 자격을 얻기 위해 애쓰고 있었다. 그런데 나는 아니었다. 나는 대체 왜 프랑스어를 배우고 있는 거지? 프랑스에 갈 생각조차 없으면서. 이게 무슨 도움이 될 거라 믿지도 않으면서. 아마 프랑스어 수업 시간에 영어로 말하는 여자 역시 마찬가지였을 것이다.

집으로 가는 지하철 안에서도 나는 내내 프랑스어 교재를 꺼내 읽고 따라 쓰고 입속에서 발음했다. 주말이면 혼자서 프랑스문화원에 갔다. 도서관에 가서 프랑스 뉴스를 보고 프랑스어 책들을 뒤적거렸다. 겨울이 지나 봄이 되어 아르바이트도, 파고다어학원도 그만두고 남산의 알리앙스프랑세즈에 다니기 시작했다. 그곳은 오직 프랑스어만 가르치고 배우는 학원이라 분위기가 더 좋았다. 역시나 수업을 듣는 사람들 대부분이 프랑스로 유학을 가려는 사람들이었다. 나는 기초 레벨 중에서 중급의 수업을 들었는데 얼마 후 피카소를 닮은 선생님이 나를 불러 말했다.

"너는 이 반에서 수업을 듣기에는 수준이 좀 높아. 상급으로 옮기는 게 어떻겠니?"

나는 아직은 자신이 없다고 말했다. 피카소를 닮은 선생님은 다음 달에는 상급반 수업을 한번 고려해 보라고 했다. 나는 알았다며 고개를 끄덕였다. 그리고 그다음 달부터는 수업에 나가지 않았다.

그 가을과 겨울과 봄에 나는 아르바이트를 하고 프랑스어학원에 가고 프랑스문화원에 갔다. 그리고 남자친구의 편지와 휴가를 기다렸다. 그해에 내가 한 일은 오로지 그것뿐이었다. 대체 왜 그랬을까. 산문집 『이 작은 책은 언제나 나보다 크다』에서 작가 줌파 라히리가 이탈리아어에 대한 사랑을 고백했던 것처럼, 나도 프랑스어와 사랑에 빠졌던 것일까. 아니, 그건 아니었다. 만약 그랬더라면 나도 프랑스로 날아갔을 것이다. 나에게는 그만큼의 야심조차 없었다. 한 조각의 야심도 없이 나는 그해를 프랑스어에 바친 것이다.

나의 프랑스어 선생님이 젊은 시절 그랬던 것처럼 이 삶을 사랑하고 이 삶도 나를 사랑한다고 확신하는 젊은 여자애였더라면, 나 역시 프랑스로 날아갔을지도 모른다. 그런데 내게는 그런 확신이 없었다. 어쩌면 나처럼 절망도 희망도 없이 외국어를 공부하는 사람은 그저 현실에서 도피하려는 것인지도 몰랐다. 어딘가에 닿고 싶지만 닿을 만한 목적지를 찾고 있지 못한 것인지도 몰랐다.

어느 순간 나는 프랑스어 공부를 그만두었다. 조금의 미련도 없이 그만두었다. 밀레니엄이 지나고, 세계는 멀쩡하고, 밀레니엄키트는 아마 다 먹어치워 버렸을 테고, 새로운 세기가 시작된 후부터였을 것이다.

불확실하기만 했던 내 인생이 조금씩 확실해지기 시작했다. 학교에서 함께 영화를 찍고 연극을 하는 선후배들이 생기고, 힘겹게 졸업을 하고, 그보다 더 힘겹게 취직을 하고, 아침마다 갈 곳이 생기고, 신용카드 신청서의 '직장'란에 써넣을 주소가 생기고, 내 책상이 생기고, 내 전화기도 생겼다. 명함도 생기고, 출입카드도 생기고, 소속 부서도 생기고, 할 일도 생겼다. 동료가 생겼다. 매일 함께 일하고, 회의하고, 웃고, 떠들고, 술을 마시고, 그러다 싸우고, 미워하고, 험담을 하고, 결혼식에 참석하고, 장례식에 참석할 동료들이. 칭찬을 듣기도 하고 욕을 먹기도 했다. 매달 같은 날이면 월급도 들어왔다. 월급을 쪼개 적금도 부었다. 내 힘으로 월세를 내고 공과금을 내고 식재료를 샀다. 가끔은 사치를 부려 좋은 옷과 구두도 샀고 아무짝에도 쓸모없지만 정신건강에는 도움이 될 장식품이나 예쁜 그릇 같은 것도 샀다. 돈을 모아 휴가 때 해외여행도 갔다.

더 이상 내게는 프랑스어가 필요 없었다. 미지의, 무용한, 야심 없는, 확신 없는, 그래서 더더욱 아름다웠던 그 세계가 나에게는 더 이상 필요 없었다. 내 세계는 이제 너무나 확실했으니까. 출근 시간에 맞춰 회사에 도착해 정해진 일을 한 후 퇴근 시간에 퇴근을 하면 되니까. 그 기분은 어찌나 짜릿했던지.

프랑스에 갈 기회는 프랑스어 학원에 열심히 다니던 그 시절에는 상상조차 못한 식으로 찾아왔다. 그 시절 이화동 로터리에서 아르바이트를 하면서 파고다어학원까지 함께 걸어가던 친구(그 친구는 영어 수업을 들었다.)가 회사에서 진행하는 파리-런던 프로젝트에 나도 외부 인력으로 참여하게 된 것이다.

17시간 동안 비행기를 타고 런던의 히드로 공항을 거쳐 겨우 파리의 드골 공항에 도착했을 때는 기진맥진한 상태였다. 히드로 공항에서 비행기가 연착되어 4시간 넘게 대기해야 했기 때문이다. 게다가 히드로 공항의 입국 검문 수색은 짜증스러울 정도로 엄격했다. 잔뜩 긴장을 한 채 드골 공항에 도착했는데 프랑스 출입국관리소의 직원은 여권을 힐끗 보더니 도장을 쾅쾅 찍어주고는 저리로 가라고 했다. 또 검문 수색을 당하겠지, 라고 생각했는데 가보니 그냥 밖이었다. 잘못 나왔나 싶어 어리둥절할 정도였다. 프랑스에 입국하는 건 어이가 없을 정도로 간단했다. 아, 이게 프랑스로구나.

드골 공항에서 택시를 타고 숙소로 이동하는 동안 내다본 창밖의 풍경은 그냥 서울시 영등포구 같았다. 스산하고 멋없는 건물들이 스쳐 지나갔다. 콘크리트 박스 같은 지저분한 아파트들도 많았다. 심지어 숙소가 있는 브로샹은 파리에서도 아랍이나 아프리카계 이민자들이 모여 사는 동네였다. 거리를 지나는 사람들의 대부분이 아랍인이나 아프리카인이었고, 간판은 죄다 아랍어로 쓰여 있었다. 배가 고파 뭐라도 먹어야 했는데 식당들이 모두 문을 닫아 먹을 곳이 동네 어귀에 있는 인도식 프라이드치킨 체인점뿐이었다. 그 치킨집에서 주황색 인테리어와 인도인 점원들에게 둘러싸인 채 맛없는 치킨과 콜라를 꾸역꾸역 쑤셔 넣으며 꾸벅꾸벅 졸았다. 대체 이게 무슨 프랑스란 말이냐.

숙소는 파리 스타일의 멋진 아파트였다. 사진으로 찍으면 그럴듯하지만 실제로는 싸구려 자재로 너무 멋을 부려 정이 안 가는 그런 아파트. 창문 밖으로 건너편 아파트들이 보였다. 영화나 사진에서나 보던 근사한 아파트들이었다. 하지만 그런 풍경이 매일 눈앞에 펼쳐져도 아무렇지 않았다. 이상한 일이었다.

다음 날 아침에는 일찍 일어나 동네 빵집으로 달려갔다. 작은 빵집의 문을 열자마자 바게트를 끌어안은 대여섯 살 정도의 어린아이가 걸어 나왔다. 이제야 '여기가 파리구나!' 싶었다. 우리는 크루아상과 팽 오 쇼콜라를 주문했다. 구석의 테이블에 앉아 에스프레소도 두 잔 주문했다. 맛있었다. '이것이 진짜 크루아상이로구나!' 싶은 맛이었다.

낮에는 일을 하고, 저녁에는 오페라에 가서(진짜 오페라가 아니라 오페라 극장 앞 동네) 화려한 파리의 거리를 걸었다. 프랑스 레스토랑에 가서 식사도 했다. 요리는 하나같이 짰다. 어느 밤에는 추적추적 내리는 비를 맞으며 몽마르트르와 샹젤리제에 가보기도 했다. 하루 주어진 휴일에는 루브르에서 시작해(박물관에는 들어가지 않았다.) 센 강을 따라 또 걸었다. 노트르담을 지나 이름 모를 골목의 식당에 들어갔다. 노련한 웨이터에게 추천 요리를 부탁했더니 "이건 좀 지나치게 프랑스 스타일인데…… 나는 정말 좋아해"라며 순대 같은 요리를 추천했다. 한

입 먹는 순간 끔찍한 비린내에 구역질이 날 지경이었다. 먹는 둥 마는 둥 하는 우리를 보는 웨이터의 표정이 슬퍼졌다. 별수 없이 몇 번 더 입에 집어넣었지만 그 맛은 인류애로도 극복할 수 없었다. 식당을 나와 입안의 비린내를 씻어내기 위해 근처의 북적대는 바에 들어가 프랑스 사람들과 테이블을 나눠 쓰며 맥주도 마셨다. 조금 더 걷다가 싸구려 칵테일을 파는 작은 바에 죽치고 앉아 계속 술을 마셨다. 그리고 또다시 어두운 센 강변을 걸어 루브르까지 가서는 전철을 타고 숙소로 돌아왔다.

파리에서 나는 내 프랑스어에 놀랐다. 프랑스어를 말해보지 않은 지 10년이 넘었기 때문이다. 나는 "이것이 무엇인가요?" "이것은 얼마인가요?" "지하철역은 어디에 있나요?" "커피 한 잔, 크루아상 하나 주세요"라는 말밖에는 할 줄 몰랐다. 아, 나의 치열했던 1년은 대체 어디에 바쳐진 것일까.

한 번은 저녁거리를 사기 위해 브로샹의 중국 반찬가게에 간 적이 있다. 얼굴이 동그란 중국 여자는 부드럽고 친절하면서도 어쩐지 단호해 보이는 스타일이었다. 그녀는 중국어가 아닌 프랑스어로 이야기했다. 나는 프랑스어와 영어를 섞어 이야기했다. 나는 그녀가 천천히, 북경어 악센트가 섞인 프랑스어로 해주는 설명을 들었다. 다른 손님들도 많았지만, 우리가 지나치게 망설이고 또 지나치게 많은 것을 물었지만, 그녀는 초조해하지도 않고 우리를 다그치지도 않았다. 그녀는 최선을 다해서 우리를 응대해주었다. 그러면서도 하나라도 더 팔기 위해 안달하지도 않았다. 어떻게 그럴 수가 있을까? 어떻게 그럴 수가 있는 거지?

나는 아직도 종종 그 여자의 생각을 한다. 그 여자는 아마도, 나와 비슷한 나이일 것이다. 프랑스 파리에서 중국 반찬을 팔고 있는 중국 여자. 자기 자신을 부끄러워하지 않는 여자. 손님에게 하나라도 더 팔려고 하기보다는 하나라도 더 도와주려는 여자. 그런 여자들을 만나면 나는 언제나 무릎이라도 꿇고 싶어진다. 배를 드러낸 채로 누워 아양을 떨고 싶어진다.

모 대학 공대의 졸업생에게 직장명을 물었을 때 잠깐 동안 이어지던 어색한 침묵을 떠올린다. 끝내 말하지 않고 끊어버리던 그 사람의 인생을 떠올린다. 그때는 그런 생각을 못했지만 지금은 그런 생각을 한다. 그 사람의 사정을 내가 어떻게 알겠는가. 너무 좋은 직장이라서, 알고 보니 재벌의 후계자라서 밝히고 싶지 않은 건지도 모른다. 아니면 부모 덕에 일 따위는 하지 않고도 떵떵거리며 잘 살고 있는 건지도 모른다. 그냥 자기 정보를 밝히고 싶지 않은 건지도 모른다. 그런데 만약, 그런 게 아니라면, 내가 느낀 것이 옳다면, 그렇게 생각을 하면, 갑자기 슬퍼진다. 돌이킬 수 없는 나이에 돌이킬 수 없는 선택의 연속으로 잘못된 자리에 서 있다고 느끼는 그 사람의 사정에 슬퍼진다. 나도 이제는 그 사람의 나이가 되었기 때문이다.

이제 나는 모 대학 공대의 졸업생들에게 전화를 걸어 "졸업생 인명부를 사시겠습니까?"라고 묻던 그 어린 여자애가 아니다. 아무런 야심도 목적도 없이 프랑스어에 내 몸을 던지던 그 어린 여자애가 아니다. 나도 이제 프랑스어 선생님처럼 '나이든 여자'가 되었다. 나는 '나이 든 여자'의 삶을 살고 있다.

나의 프랑스어 선생님은 어떻게 살고 있을까? 선생님의 불안감과 초조함은 어찌 되었을까? 나는 선생님을 좋아했다. 불안감과 초조함을 느꼈다고 해서 선생님을 싫어하지는 않았다. 어쩌면 선생님은 지금도 프랑스어 수업을 하고 있을 것이다. 프랑스어의 인기는 그때나 지금이나 비슷하게 바닥을 달리고 있을 것이다. 어쩌면 더 나쁜 상황인지도 모른다. 선생님은 여전히 불안하고 초조할 것이다. 아마 지금쯤 쉰이 훌쩍 넘은 나이가 되었을 테니까.

그럼에도 선생님은 희망을 잃지 않았을 것이다. 불안하고 초조하지만 씩씩하게, 아침마다 바나나 하나를 들고 낡은 프라이드 자동차에 오를 것이다. 현재를 해결하기 위해서 미래를 향해 달려갈 것이다. 선생님에게는 그런 힘이 있었다. 그때는 몰랐지만 지금은 안다. 그래서 내가 선생님을 좋아했나 보다.

파리의 어느 밤에 친구와 장을 보러 나갔다가 술집이 문을 열었기에 한잔하기로 하고는 노천 테이블에 앉았다. 우리는 샹그리아 한 병을 주문했다. 정신없는 브로샹역 근처의 정신없는 거리였다. 딱히 아름다울 것도 없고 특별할 것도 없었다. 바로 뒤 2차선 도로는 퇴근길 정체가 극심했다. 급기야 차에서 내린 아저씨가 앞 차 운전자에게 뭐라고 삿대질을 하며 항의를 했다. 친구가 말했다.

"프랑스어는 욕을 해도 우아하구나."

우리는 샹그리아를 마시며 즐거워했다. 얼마 있다 눈이 풀린 키 큰 아랍 남자 하나가 나타나 술집 앞을 서성거리다가 안으로 들어갔다. 잠시 후 주인과 고성이 오가나 싶더니 무언가가 깨지는 소리가 났다. 남자가 컵을 던져 깨버린 모양이었다. 사람들은 소리를 질렀고 옆 테이블에 앉아 있던 사람은 급히 달아났다. 친구도 소리를 지르며 자리에서 일어나더니 아직 반쯤 남은 샹그리아 병을 꼭 끌어안았다. 술은 버릴 수 없다는 강렬한 의지의 표현이었다.

아랍 남자는 가게 밖으로 나와 가게를 향해 저주를 퍼부었다. 우아한 발음과 악센트의 저주였다. 얼굴이 파랗게 질린 주인은 그에 맞서 또 우아한 발음과 악센트로 소리쳤다. 친구가 물었다. "뭐라는 거야?" 나는 알아들었다.

"Apelle la police!"

경찰 불러!

프랑스어에 바친 나의 세기말에도 아무런 의미가 없지는 않았다.

지도 위를 걷는 법

사는 게 지도 위의 선과 면처럼 단순하다고 생각했다.
힘들어봤자 꼬불꼬불한 길일 뿐이라고 생각했다.
그렇지만 실제의 세상은 지도나 약도 속의 세상과는 달랐다.

내가 어릴 때는 책장사라는 사람들이 있었다. 주로 어린이 도서의 전집류를 방문판매하는 사람들이었다. 바바리코트를 입은 책장사 아저씨와 엄마가 부엌 바닥에 쪼그리고 앉아 손님용 찻잔에 담긴 인스턴트커피를 마시며 책 카탈로그를 한참 들여다보고 있던 모습이 기억난다. 가난한 사람들도 허리띠를 졸라매고 할부로 이 책들을 샀다. 엄마는 장고 끝에 세계명작 동화 전집과 한국 위인전을 사기로 결정했다. 한 세트를 통으로 사기는 부담스러워 같은 아파트에 사는 친구네와 반씩 나누어서 샀다. 친구와 나는 절반을 다 읽고, 나머지 절반을 바꿔 읽었다.

학교에서 돌아오자마자 가방을 집어던지고 동네 아이들과 어울려 신들린 듯이 뛰어놀던 시절도 사춘기가 시작되기 전까지였다. 초등학교 6학년쯤 슬슬 사춘기가 찾아오자 갑자기 혼자 있고 싶어졌다. 아무것도 하기 싫어졌다. 심지어 케이블 TV도, 컴퓨터도, 스마트폰도 없던 시절이었다. 호랑이는 담배를 태우고 곰이 사람으로 변신하던 시절이었다. 혼자 있어 봤자 할 일이 없었다. 나는 방바닥 위에 멍하니 누워서 죄 없는 벽지만 쥐어뜯거나 천장의 직각선을 눈으로 따라가며 존재하지 않는 무늬를 수도 없이 그리고 지웠다. 그게 지겨워지면 책꽂이에서 세계명작 동화책을 하나씩 뽑아서 읽었다. 수도 없이 읽고 또 읽었다. 위인전은 잘 읽지 않았다. 반대로 책의 절반을 가진 내 친구는 위인전을 종종 읽었다고 한다. 그래서 나는 발명가가 되고 친구는 정치인이 됐을까? 그럴 리가. 마흔이 된 우리는 고만고만한 일을 하며 만날 때마다 신세한탄, 팔자타령을 메들리로 하며 산다.

사실 그때 나는 동화책과 위인전보다는 아빠의 책장에 꽂힌 책들을 구경하는 걸 더 좋아했다. 그 책들의 수준이 그다지 높다고 할 수도 없었고 심지어 아빠는 책이라고는 안 읽는 사람이었지만, 그래도 책이 있긴 있었다. 그중에서도 아빠가 영어 공부를 하느라 정기구독했던 《리더스다이제스트》 영한대역본을 나는 제일 좋아했다. 그 얇은 책 안에 온갖 신기하고 놀라운 이야기들이 잔뜩 들어 있었다. 지금의 〈신기한 TV 서프라이즈〉와 비슷한 스타일의 책이었다. 아직도 기억에 생생한 이야기는 한겨울에 집 근처의 꽝꽝 언 호수에 스케이트를 타러 갔다가 물에 빠진 두 미국 여자아이들의 이야기였다. 인적이 드문 호수에서 한참 동안 의식을 잃고 있던 그 아이들은 둘 다 살아났는데, 그럴 수 있었던 이유는 오리털 점퍼를 입고 있었기 때문이다. 오리털 점퍼의 부력으로 가라앉지 않고 떠올랐던 것

363

이다. 그래서 나는 꽝꽝 언 호수에 갈 일이 생긴다면 꼭 오리털 점퍼를 입겠노라고 속으로 다짐하고 또 다짐했다.

그림이 많은 커다란 영어사전이나 영어회화책도 좋아해서 종종 뒤적거렸다. 그러나 내가 가장 즐겨 보던 책은 지도책이었다. 아빠의 책장에는 미국에서 사 온 아틀라스 지도책이 있었다. 주황색 표지의 크고 무거운 책이었다. 질릴 정도로 촘촘한 지도들로 가득 찬 책이었다. 나는 거의 매일 그 책을 꺼내 그 촘촘한 지도들을 한 장씩 넘겨보았다. 책에서는 왠지 약 냄새가 나는 것 같았다. 무심하고 인간미 없는 책이었다.

그게 아니면 학교에서 받은 사회과부도도 짬짬이 보았다. 사회과부도에는 아틀라스 지도책과는 달리 인간미라는 것이 있었다. 엉성하고 따뜻한 느낌도 들었다. 다 자라서도 다이어리의 뒷면에 있는 지도를 보는 것을 좋아했다. 다이어리를 다 쓰면 지도만 뜯어서 벽에 붙여놓기도 했다.

나는 지도가 좋다. 지도를 들여다보는 것이 좋다. 요즘도 지하철역 플랫폼에만 들어서면 자석에라도 끌리듯 지도 앞으로 다가간다. 내가 사는 안양이 어디에 있고 그중에 우리 동네는 또 어디에 있으며 우리 집은 어디에 있는지, 어떤 길을 거쳐야 다른 동네와 다른 도시에 닿을 수 있는지 눈으로 가늠해 본다.

흐뭇하게 지도를 들여다보다 정신을 차려보면 내 옆에 할아버지들이 잔뜩 서 있다.

　나는 이 우주의 미아 같은 존재다. 언제나 마음 한구석이 불안하다. 부모, 형제도 있고 남편과 자식도 있고 친구도 있지만, 알 수 없는 불안함이 있다. 발붙일 데를 찾지 못해 늘 전전긍긍한다. 지도를 들여다보고 있노라면 내가 차마 가늠할 수도, 이해할 수도 없을 정도로 넓은 이 세상이 한눈에 들어온다. 지도의 시점으로 높은 곳에서 내려다보면 이 세상이 기가 막힐 정도로 작고, 또 촘촘히 이어져 있는 것만 같아 짜릿하다. 모든 것이 익숙한 선과 면으로 표시되어 있으니 훨씬 쉽게 느껴진다. 길고 꼬불꼬불한 선만 따라가면 서울에서 속초까지 산책하듯 다녀올 수도 있을 것 같은 기분이다. 이제 그 길은 나에게 미지의 것이 아니다. 안도감이 드는 동시에 호기심이 생기기도 한다. 어디든 갈 수 있을 것만 같다.

　그때 나의 나이 방년 27세. 제대로 된 커리어가 시작되었다. 그렇게 살 수 있으리라고는 꿈도 못 꾸었는데, 그렇게 살게 되었다. 직장이 생기고 명함이 생겼다. 월세를 낼 수 있게 되었다. 주말이면 마트에서 장도 보았다. 매일 만나는 사람들도 생겼다. 칭찬을 듣기도 했고 욕을 먹기도 했다. 나는 단단한 공동체의 일원이 되었다. 그런데 그 공동체가 싫어졌다. 그렇다면 떠나면 되는 일이었다. 어려울 게 없었다. 그때는 그렇게 인생이 스위치 한 번 껐다 켜는 정도의 힘으로 간단하게 전환할 수 있는 것인 줄로만 알았다.

전 직장을 떠나 새 직장에 입사하기 전, 일주일 정도의 쉬는 기간을 두었다. 혼자서 도쿄에 가기로 했다. 이전까지는 일본에 가고 싶은 마음이 조금도 없었다. 태국에 갈 때도, 인도에 갈 때도, 오사카의 간사이 공항에서 하룻밤을 체류했지만 밖으로 나갈 생각조차 하지 않았다. 그때의 내게 일본은 비싸고 매력 없는 나라일 뿐이었다.

그런데 가네시로 가즈키의 소설을 읽다가 그만 일본에 가고 싶어졌다. 소설 속 지명들이 실제로는 어떤 모습일지 궁금해졌다. 일본이 어떤 나라인지 궁금해졌다. 나는 항공권을 예약하고 도쿄 우에노역 근처에 있다는 싸구려 비즈니스호텔을 예약했다. 인터넷으로 확인한 우에노역에서 호텔까지의 약도는 명료했다. 역을 빠져나와 직진하다가 오른쪽으로 꺾은 후 그대로 직진하면 왼쪽. 나는 그 약도를 손에 쥔 채로 일본 땅에 도착했다.

우에노역의 정신없는 출입구를 겨우 빠져나오자마자 나는 나의 순진함과 멍청함과 안일함에 절망했다. 지도는 지도일 뿐이라는 사실을 왜 잊었던 걸까. 지도에는 무계획적으로 세워진 부조화스러운 빌딩들과 그 빌딩에 붙은 정신없는 간판 같은 건 나오지 않는다. 거리를 걷는 수많은 사람들도 당연히 없다. 나무도, 쓰레기통도, 노점상도 없다. 아름다운 것도, 추한 것도 없다. 지도는 중립적이다. 어떤 입장도 취하지 않고 어떤 견해도 드러내지 않는다. 지도는 세계의 축약본에 불과하다. 지도는 세계를 단순화할 수 있을 만큼 단순화한다. 지도의 시점은 바닥이 아니라 저 위에 있다. 심지어 내가 가진 것은 제대로 된 지도도 아닌, 약도였다. 세계를 지도보다 더 축약한 것. 반드시 필요한 정보만을 남기고 나머지는 싹싹 지워버린 것.

나는 우에노역 앞이 약도에서처럼 허허벌판일 줄 알았다. 나는 왜 이렇게 순진하고 멍청하고 안일한 사람인 것일까. 당연하게도 거리는 내가 비즈니스호텔에 도착하는 데 도움을 줄 목적으로 깨끗하게 청소되어 있지 않았다. 당연하게도 도쿄 시민들이 혹시 내가 길을 헷갈릴까 오늘만은 잠시 외출을 자제한 것도 아니었다. 당연하게도 여기는 지도에는 등장하지 않는, 사람들이 사는 곳이었다. 울긋불긋하게 장식한 건물 1층 상가 앞에 사람들이 모여 있었다. 파친코였다. 대낮에, 저렇게 많은 사람들이, 일말의 부끄럼도 없이 도박을 한다는 사실에 충격을 받았다. 그 정도로는 놀라기에 이르다는 듯이 긴 머리 가발에 화장을 하고 투피스 정장, 하이힐 차림으로 맞선이라도 보러 가는 듯 차려입은 남자가 지나갔다. 남자는 무표정했고 사람들은 그를 못 본 척하고 있었다. 기모노를 입은 중년 부인도 종종걸음으로 지나갔다. 아, 일본은 이런 곳이로구나. 나는 긴장하고 당황한 기색을 감추기 위해 노력하며 약도를 쥔 오른손에 힘을 주었다. 그리고 '직진 후 오른쪽'을 기도문이라도 외우듯 속으로 되뇌었다.

그때 누군가가 나를 붙잡았다. 순진한 인상의 아주머니였다. 아주머니는 일본어로 내게 무어라고 물었다. 나는 일본어를 몰랐지만 아주머니가 지금 내게 우에노역이 어디냐고 묻고 있다는 것은 눈치로 알았다. 나는 말없이 아주머니에게 내가 걸어온 길 쪽을 가리켰고 아주머니는 무척 감사해하며 가버렸다. 아마 아주머니는 13년이 지난 지금까지도 내가 일본 사람인 줄로 알고 있을 것이다.

길을 걸을 때 누군가가 당신에게 길을 묻는 일이 잦은 편인가? 나는 그런 편이다. 어딜 가도 사람들은 내게 길을 묻는다. 도대체 왜일까 생각해봤다. 사람들은 인상이 좋아 보이는 사람에게 길을 묻곤 한다. 허리춤에 회칼이라도 꽂고 있을 것 같은 사람에게는 묻지 않는다. 아마 그 정도로 내 인상이 좋아 보이나 보다, 하고 생각하다가 나는 내가 길을 묻는 패턴을 떠올려봤다. 나는 보통 아주머니들에게 길을 묻는다. 왜냐하면, 만만하니까. 결국 내가 아주머니처럼 보인다는 얘기다. 하지만 결혼하기 전에도 사람들은 내게 길을 많이 물어봤는데?! 기억을 더듬어보니 20대 중반에 동대문역사공원역에서 한 할머니가 결혼도 하지 않고 출산도 해본 적이 없는 나를 "애기 엄마"라고 부르며 길을 물었던 적이 있었다.

　거의 패닉 상태로 사거리까지 직진해 오른쪽으로 돌아 신호등을 몇 개나 지나고 한참을 걸어 올라가자 드디어 호텔이 나왔다. 이 정도면 우에노역 근처라고 하기도 민망할 정도였다. 비좁은 로비에는 다행히 한국인 아르바이트생이 대기하고 있었다. 그에게서 방 키를 받아서 엘리베이터를 타고 위로 올라갔다. 호텔 복도는 어둡고 후덥지근하고 미래지향적이었다. 밝고 희망찬 미래가 아닌 디스토피아적 미래. 방문 앞에 있는 커다란 자판기에서 오토바이 소리가 났다. 방은 숨이 턱 막히게 좁았다. 욕실 문을 열었다가 깜짝 놀랐다. 사람 하나가 서 있기도 비좁은 공간에 잘도 세면기와 변기와 욕조를 쑤셔 넣었다. 욕조에 들어가 있다가 폐소공포증으로 호흡곤란이 와 내일 아침에 물에 퉁퉁 불은 시체로 발견된다 해도 놀랄 일이 아닐 것 같았다.

상심한 마음으로 일단 에어컨을 켜고 침대 위에 털썩 주저앉아 한쪽 벽을 완전히 가린 우중충한 커튼을 걷었다. 놀랍게도 벽 전체가 통유리로 되어 있었다. 거리가 한눈에 내려다보였다. 맞은편 빌딩의 사무실 안이 손에 잡힐 것처럼 가까웠다. 누가 업무 중에 야한 사진을 보거나 코를 파고 있는지도 다 보일 것 같았다. 저쪽에서는 내 방 안이 보이지 않기를 바라다가 순간 '무슨 상관이람. 여긴 날 아는 사람이 아무도 없는데!'라는 생각이 들었다. 오늘 밤엔 스트립쇼라도 한판 해야겠다고 마음먹었다.

조금씩 우에노역 주변의 거리에 익숙해졌다. 이제 나는 지도도 약도도 없이 동네를 활보할 수 있었다. 첫날에는 식당에 들어가는 것조차 두려웠지만(내가 아는 일본어는 "아리가또"와 "스미마셍"뿐) 몇 번의 시도 끝에 마츠야라는 덮밥 체인점에서 소고기 덮밥 먹는 법을 익혔다. 입구의 자동 식권 기계에서 음식 사진을 보고 버튼을 누른 후(언제나 김치 소고기 덮밥!) 돈을 넣으면 나오는 식권을 종업원에게 가져다주면 말 한마디 할 필요 없이 덮밥 한 그릇을 건네준다. 마츠야의 소고기 덮밥은 싸고 양이 많고 맛이 좋았다.

이제는 파친코 앞을 까마귀처럼 서성이는 사람들도, 우에노 공원을 사람처럼 서성이는 까마귀들도 눈에 익었다. 가끔 여장남자와 마주쳐도 처음처럼 놀라지는 않게 되었다. 각자의 인생이 있음을 인정하게 되었다. 즐겨 찾는 회전초밥집도 생겼다. 난생처음 일본 라멘도 먹어보았다. 끝내주는 맛이었다. 시장바구니를 옆에 놓고 라멘 한 그릇과 맥주 한 잔을 시켜먹던 옆자리 아주머니처럼, 나도 라멘에는 맥주를 곁들였다.

나는 아무런 목적도 없이 돌아다녔다. 혼자라서, 할 수 있는 일이 거의 없어서 그냥 돌아다녔다. 시부야와 신주쿠와 하라주쿠에 갔다. 우에노 공원에도 가고 메이지 진구에도 가고 기치죠지와 지브리 미술관과 이노카시라 공원에도 갔다. 야마치와 센다기의 오래된 골목에도 갔다. 서서 먹는 국숫집에도 가고 이른 아침의 카페에서 크루아상을 곁들인 커피도 마셨다. 하루 종일 거의 누구와도 말을 하지 않았다. 다리가 부르트도록 걷고 난 저녁에 호텔까지 돌아오는 길에서 호객행위를 하고 있던 삐끼들이 심심한지 말을 걸었다. 하지만 그들이 뭐라고 하는지는 알 수 없었다.

호텔 근처의 편의점에 들러 간식도 사고 맥주도 샀다. 비좁은 욕조에 몸을 구겨 넣고 들어가 있으면 다리의 피로가 서서히 풀렸다. 질식하지 않기 위해 욕실 문은 활짝 열어두었다. 나는 오랫동안 목욕을 하면서 맥주를 마셨다. 그러고 나면 얼큰하게 취했고 이내 온갖 심적 고통이 물밀 듯이 밀려와서 침대 위를 뒹굴며 온갖 추태를 다 부렸다. 혼자 오길 잘한 것 같았다.

그 시간쯤 되면 옆방 남자가 돌아오는 소리가 들렸다. 언젠가 복도에서 그와 마주친 적이 있었다. 양복에 슈트케이스를 든 중년의 남자였다. 아마 지방에서 도쿄로 출장을 온 남자이리라. 나는 그 남자가 엘리베이터에서 내려 방문을 열고 들어가는 소리를 숨죽여 들었다. 커튼을 걷고 건너편 건물의 사무실에서 불을 밝힌 채로 야근을 하는 사람들을 한참 동안 바라보았다. 스트립쇼는 하지 않았다.

밤마다 그렇게 목욕을 하고 맥주 한 캔에 취해 한 시간쯤 나뒹굴다 보면 갑자기 정신이 번쩍 들었다. 나는 벌떡 일어나 옷을 입고 발랄하게 우에노역으로 걸어가서 맥도날드의 형광 불빛 아래서 커피를 마셨다. 그때만 해도 일본 맥도날드는 매장 안에서도 담배를 피울 수 있었다. 2층에는 담배를 피우며 밤을 지새우는 사람들로 가득했다. 싸구려 옷으로 멋을 낸 노란 머리의 여자애가 혀 짧은 발음으로 누군가와 끝도 없이 통화를 하고 있었다. 칙칙한 옷차림의 노인들이 어깨를 숙인 채로 테이블 위만 바라보며 앉아 있었다. 그들 틈에 둘러싸여 커피를 홀짝거리고 있으려니 어쩐지 기분이 훨씬 나아지는 것 같았다.

한국에 돌아가면 나는 새 직장에서 일하게 된다. 지금까지와는 다른 인생이 시작될 것이다. 가진 게 아무것도 없어서 인생의 행로를 쉽게 바꿀 수 있다고 믿었던 것 같다. 사는 게 지도 위의 선과 면처럼 단순하다고 생각했다. 힘들어봤자 꼬불꼬불한 길일 뿐일 거라고 생각했다. 아무리 힘들고 위험해져도 오리털 점퍼 같은 대비책만 있으면 괜찮으리라 믿었다. 사람은 언제 어디에서나 변할 수 있고, 성장하며, 깨달음을 얻게 되리라 믿었다. 영화나 책에 나오는 이들처럼.

그렇지만 실제의 세상은 지도나 약도 속의 세상과는 달랐다. 그것은 처음 우에노역 출입구를 빠져나왔을 때 맞닥뜨린 풍경과 비슷한 곳이었다. 아무리 약도 속 경로를 유심히 들여다보았어도, '출입구를 나와 직진한 후 우회전해서 다시 직진, 그리고 왼쪽'이라 수십 번을 외웠어도, 실제의 길은 그렇게 단순하지가 않다. 그 길을 가기 위해서 나는 그 길 위의 수많은 것들에 상처받지 않고, 놀라지 않고, 번뇌하지 않고, 의연하게 통과해야만 했다.

그럴 때 깨달음과 교훈 같은 건 중요하지 않은 건지도 몰랐다. 변화와 성장이 매번 일어난다고 볼 수도 없었다. 그저 그때그때 닥쳐오는 것들, 일어나는 일들을 받아들이는 수밖에 없었다. 하나하나씩 헤쳐 나가는 수밖에 없었다. 가끔 침대 위를 나뒹굴며 추태를 부릴 때도 있겠지만, 창밖으로는 잘 살고 있는 사람들이 날 상심하게 만들겠지만, 뭐 어쩌겠는가. 그러다가도 벌떡 일어나서 한밤중의 발랄한 커피 산책이라도 다녀와 기분 전환을 해줘야 하는 것이다.

그리고 이 정도면, 도쿄에서 할 만큼 한 것 같았다.

실제의 세상은 지도나 약도 속의 세상과는 달랐다.

그것은 처음 우에노역 출입구를 빠져나왔을 때

맞닥뜨린 풍경과 비슷한 곳이었다.

아무리 약도 속 경로를 유심히 들여다보았어도,

'출입구를 나와 직진한 후 우회전해서 다시 직진,

그리고 왼쪽'이라 수십 번을 외웠어도,

실제의 길은 그렇게 단순하지가 않다.

그 길을 가기 위해서 나는 그 길 위의 수많은 것들에

상처받지 않고, 놀라지 않고, 번뇌하지 않고,

의연하게 통과해야만 했다.

그럴 때 깨달음과 교훈 같은 건 중요하지 않은 건지도 몰랐다.

에필로그

I

돌아갈 곳이 있다는 게 얼마나 다행인지

애거사 크리스티의 책 중에『봄에 나는 없었다』라는 제목의 소설이 있다. 성공적인 인생을 살고 있다고 믿는 한 중년 여자가 여행 도중 사막 한가운데의 호텔에서 발이 묶여 아무런 할 일도 없이 홀로 시간을 보내는 이야기다. 그러는 동안 아마 태어나서 처음으로 그녀는 자기 자신에 대해서, 그리고 자신의 인생에 대해서 생각하게 된다. 그러다가 결국 자신의 인생이 감춘 거대한 기만을 발견한다는 내용.

사막 한가운데에서 오직 오지 않는 기차를 기다리는 것밖에는 할 일이 없을 때 무엇을 생각하게 될까? 나라면 아마 노트와 연필을 찾아내서 뭐라도 끄적거릴 것이다. 그도 지겨우면 주인공처럼 사막을 산책하겠지. 사막을 산책하다가 또 지겨우면 방에 들어와서 침대 위에 누워 멍하니 맞은편의 벽을 바라볼 것이다. 아, 결국 그 여자와 똑같군.

사실 나는 아무것도 할 일이 없는 자의 괴로움을 안다. 침대 위에 누워 멍하니 맞은편 벽을 바라보는 자의 고통을 안다. 인도에 서였다. 밤거리를 혼자 돌아다니기가 위험해 해가 지면 그대로 방에 돌아와 누워 있었다. 대화를 나눌 상대도 없었다. 방 안에는 오직 나뿐이었다. 거울을 봐도 나였다. 여기에도 나, 저기에도 나였다. 스마트폰도 없던 시대였다. 읽을 책이라고는 본문에도 나오지만 장 보드리야르의 『시뮬라크르와 시뮬라시옹』뿐이었다. 대체 왜 그런 책을 들고 갔느냐고? 그러게나. 나는 그 책을 저주하고, 그 책을 들고 간 나 자신을 저주했다. 그 책 말고는 읽을 것이 영어사전과 영어로 된 가이드북뿐이었다. 사람이 이렇게 아무것도 안 해서는 안 된다는 생각에 초조해진 나는 잠들 때까지 짐을 풀고 싸기를 반복했다. 하지만 그 짓도 한계가 있었다. 결국, 나는 다시 침대 위에 누워 맞은편 벽을 바라보았다. 그럴 때의 시간은 거의 죽음과도 같다. 어쩌면 애거사 크리스티의 소설 속 주인공도 죽었던 것인지 모른다. 그녀는 자신의 삶으로부터 유배당했는데, 자신의 삶으로부터 유배당한다는 것은 죽음과도 같기 때문이다. 나는 그 시간을 어떻게 견뎠는지 모르겠다. 한 달 더 그 짓을 해야 했다면 정신이 어떻게 되었을 것이다. 머나먼 타국에서 광인이 되어 거리를 배회하는 나를 목격했다는 사람들이 나왔을 게 틀림없다.

그 죽음과도 같은 시간 동안 나는 왜 이런 곳에 왔는지 후회했던 것 같다. 집으로 돌아가서 먹을 음식들의 목록도 열심히 짰다. 그리고 일기도 썼다. 지금 그 일기를 읽는다면 아주 재미있을 것이다. 나는 지금 혼자도 아니고, 외롭지도 않고, 인도에 있는 것도 아니니까. 그 일기를 쓴 나와 지금의 나 사이에는 15년이라는 간극이 있으니까. 그러나 그 일기장은 귀국하기 전 환승하러 들른 방콕의 공항 공중전화 위에 잠시 올려두었다가 깜빡 놓고 간 사이 도둑맞았다. 공항 안내소에 부탁해 방송까지 했지만 끝내 찾지 못했다.

도대체 그 강박적인 자아 성찰과 끔찍한 과대망상으로 가득 찬 일기장을 누가, 무슨 목적으로 가져간 것일까. 그걸 가져간 사람은 한국 사람이거나 한글을 읽을 줄 아는 사람일까. 집에 가서 자식들에게 보여주며 "얘들아, 이것 봐라. 세상에는 이렇게 지질한 인간이 있는데 너희는 자라서 이런 인간이 되면 절대로 안 된다"고 호통을 칠 작정으로 말이다. 일기장도 없으니 그 한 달 동안 무엇에 대해 생각했는지는 영원히 알 수 없게 되었다.

대신 그 여행에서 돌아온 나는 다른 사람이 되었다. 바로 절대고독이 무엇인지 아는 사람. 고독의 바닥에서 몸부림쳐본 사람만이 킬리만자로의 표범과도 같은 매서운 눈매를 갖게 되는데, 그때의 내 눈빛도 그러했을 것이다. 킬리만자로의 표범의 눈빛을 가진 사람은 살아가기가 쉽지 않다. 취직도, 연애도 쉽지 않다. 내가 사장이라도 킬리만자로의 표범 따위는 뽑지 않을 것이다. 내가 남자라도 킬리만자로의 표범 같은 여자와는 연애하지 않을 것이다. 그때는 그것을 몰랐다.

두 달 동안 빽빽하게 자아 성찰을 한(더불어 집에 가서 먹을 것의 목록과 해야 할 일들의 목록으로 가득한) 일기장을 잃어버리고서 방콕 공항 안을 어슬렁거리다가 입국장까지 흘러들었는데, 삐쩍 마른 서양 여자 하나가 나에게 다가왔다. 그 여자는 물었다.

"혹시 너 카오산로드까지 갈 거니?"

나는 기쁜 마음으로 답했다.

"아니, 나는 고향으로 간다."

"아, 그렇구나. 나는 이제 막 방콕에 도착했어."

그 말을 들으니 고생길에 첫발을 내디딘 그녀에게 안쓰러운 마음이 들면서, 동시에 이 지긋지긋한 여행을 끝낸 나 자신에게 뿌듯한 마음도 들었다. 그래서 나는 으스대듯 이렇게 말했다.

"음, 나는 인도에서 한 달 넘게 머물다가 여기로 넘어왔어. 그리고 이제 두 달 만에 집으로 가는 거야."

그러자 그녀는 두 눈 가득 동정심을 담아 나에게 말했다.

"아, 그렇구나. 정말 안됐다."

우리는 웃으면서 헤어졌다. 그러나 헤어지고 나서도 그녀의 마지막 눈빛과 표정과 말투는 계속해서 나를 찜찜하게 만들었다. 뭐가 안됐다는 거야? 나는 이 지긋지긋한 여행을 끝내고 이제 집으로 돌아갈 텐데! 이 걸레 같은 옷들에서 이제 해방될 텐데! 더럽고 비좁고 불편한 숙소는 이제 안녕인데! 매일 삼시 세끼를 어디에서 때워야 하나 고민하지 않아도 될 텐데! 먹을 만한 음식과 먹지 못할 음식 사이에서 끝도 없이 조울증적 증세를 겪지 않아도 될 텐데! 온종일 누구와도 말 한마디 나누지 않고는 밤마다 스스로를 질책하지 않아도 될 텐데! 나는 이제 조국으로 돌아갈 텐데! 나와 비슷한 얼굴의 사람들, 나와 같은 말을 쓰는 사람들, 나와 비슷한 생각을 하고 나와 비슷한 음식을 먹고 나와 비슷한 하루하루를 살아가는 사람들 사이에 섞이게 될 텐데! 거기엔 내 방과 내 물건과 내 가족과 내 친구들이 있는데! 흥!

그러다 나는 문득 깨닫는다. 나는 그 모든 익숙한 것들로부터 떠나고 싶어서 떠난 것이고, 낯선 나라에서 죽도록 고생을 한 후에 이제 그 모든 익숙한 것들에게로 다시 돌아가려는 것이구나. 어쩌면 그것이 바로 여행이라는 것이겠구나.

새로운 숙소에 도착해 그곳에 내 짐들을 채워 넣고, 떠나는 날에는 그곳을 말끔히 정리해두고 가는 것을, 어딘가에서 받아온 전단지와 쇼핑한 물건들의 태그와 포장지, 영수증과 다 마신 플라스틱 물병 따위를 그러모아 휴지통에 꼭꼭 집어넣고 가방을 챙겨 마지막으로 문을 닫기 전 무언가 빠뜨리고 간 것이 있는지 텅 빈 방을 한 번 더 둘러볼 때의 그 느낌을, 나는 좋아한다. 내가 알지 못하는 곳에서, 내가 살지 않는 곳에서, 나의 일상을 구축하고 또 그것을 말끔히 철거하는 것을 나는 좋아한다.

그때 나의 일상은 무엇에도 구애받지 않는다. 나는 말 그대로 집도 절도 없는 처지다. 가족도, 친구도 없다. 회사에 나가지도, 학교에 다니지도 않는다. 해야 할 일도 없다. 나는 오로지 내가 원하는 대로 이방인으로서의 나의 특별한 일상을 쌓아 올릴 수 있는 것이다. 집으로 돌아가기 전까지는.

그렇지. 돌아갈 곳이 없다면, 그것은 여행이 아닌 거지.

여행이라는 참 이상한 일

초판 1쇄 인쇄 2017년 7월 20일
초판 3쇄 발행 2019년 2월 18일

지은이 한수희 ㅣ **펴낸이** 김종길 ㅣ **펴낸 곳** 인디고
책임편집 이은지 ㅣ **편집** 이은지, 이경숙, 김진희, 김보라, 김은하, 안아람
마케팅 박용철, 김상윤 ㅣ **디자인** 정현주, 박경은, 손지원
홍보 윤수연, 김민지 ㅣ **관리** 박은영

출판등록 1998년 12월 30일 제2013-000314호
주소 (04029) 서울시 마포구 월드컵로8길 41 (서교동)
전화 (02)998-7030 ㅣ **팩스** (02)998-7924
이메일 bookmaster@geuldam.com ㅣ **페이스북** www.facebook.com/geuldam4u
블로그 http://blog.naver.com/geuldam4u ㅣ **인스타그램** geuldam

ISBN 979-11-5935-021-4 02810
책값은 뒤표지에 있습니다.
잘못된 책은 바꾸어 드립니다.

이 도서의 국립중앙도서관 출판시도서목록(CIP)은 e-CIP홈페이지(http://www.
nl.go.kr/ecip)와 국가자료공동목록시스템(http://www.nl.go.kr/kolisnet)에서 이
용하실 수 있습니다. (CIP 제어번호 : 2017016730)

글담출판에서는 참신한 발상, 따뜻한 시선을 가진 원고를 기다리고 있습니다. 원고는
글담출판 블로그와 이메일을 이용해 보내주세요. 여러분의 소중한 경험과 지식을 나
누세요.
블로그 http://blog.naver.com/geuldam4u **이메일** geuldam4u@naver.com